O PALCO
TÃO TEMIDO

O PALCO TÃO TEMIDO

RENATA WOLFF

Porto Alegre · São Paulo · 2023

"Minha única ambição é chegar a escrever um dia mais ou menos bem, mais ou menos mal, mas como uma mulher."

— Victoria Ocampo —

Para Augusta

SUMÁRIO

11	Prólogo
13	1. Burburinho
25	2. Bastidores
35	3. Cortina
59	4. Camarim, primeira chamada
77	5. Jogo de cena
107	6. Alçapão
131	7. Ribalta
151	8. Camarim, segunda chamada
163	9. Saída falsa
187	10. Entreato
213	11. Ex-machina
239	12. Êxodo
259	13. Deixa
281	14. Camarim, última chamada
289	15. Palco aberto
303	16. Estreia
311	Epílogo
315	Notas

PRÓLOGO

26 de setembro de 1976

O entrevistador toma fôlego.

— Bem, vamos à sua obra — ele começa, os olhos nas anotações ao colo. — Vamos falar de *Um sonho realizado*, que aparece em 1951 e é um de seus contos mais celebrados, assim como *Os adeuses*, novela curta, *Para uma tumba sem nome*, *A face da desgraça*, *Jacob e o outro*, *O estaleiro* e *O inferno tão temido*, que penso eu que seja um título especialmente caro — ele ergue ao entrevistado o rosto cortês e lança-lhe um gesto de incentivo — a Juan Carlos Onetti.

— Não só o título como o conto — Onetti confirma. A voz grave de tabaco, mais para dentro da garganta do que para fora, ganha a ênfase sutil de um abaixar do queixo e um sorriso ligeiro.

— Não só o título como o conto. Tanto que eu quase me atreveria a pedir que o senhor nos relate a origem desse conto que é tão especialmente... da sua predileção.

— Sim. Não, a origem desse conto é simplesmente que me contaram a história. E a história existia.

Os olhos de cão bassê transitam entre vivazes e esquivos. As hastes dos óculos, em lugar de descansarem nas orelhas, perdem-se nos cabelos. A imagem em preto e branco lhe assenta; Onetti parece existir em preto e branco.

— Era um casal de jovens que trabalhavam em uma rádio e se haviam feito essa jura de amor de que nada, nada poderia interferir, fosse lá o que acontecesse.

Onetti estende as pausas, reforça algumas palavras, outras pouco superam um balbucio. O entrevistador não interfere: permite os silêncios, os desvios e o arrastar das frases, como a uma anedota de bar entorpecida de uísque e madrugada.

— Bem, quando ela violou o juramento de amor, o indivíduo rompeu com ela. E então, por despeito, e isso aconteceu — ressalta, com um gesto e um erguer das sobrancelhas —, ela começou a mandar-lhe cartas com fotografias. Dela. E fotos obscenas, todas. Para martirizá-lo.

Ele pega da mesa um copo d'água e segura-o sem beber.

— Eu lembro que tentei... Me pus a escrever a história e notei que fracassava, fracassava, fracassava. Até que, um dia, uma alemã, que pode estar por aí escutando, me disse: e por que não escreves como uma história de amor? — O olhar esvai-se em uma procura distante e volta a fixar-se. — Porque, se ela segue mandando as fotos, é porque segue apaixonada por ele. Ainda que queira destruí-lo. — Ele levanta um ombro. — Caso contrário, esqueceria totalmente.

— Claro, se não se interessasse...

— Claro.

Onetti afinal bebe do copo, lentamente, e devolve-o à mesa. Busca o cinzeiro e diz:

— E então foi assim, escrito como uma novela de amor. Agora, os fatos são todos...

— Verídicos — sugere o entrevistador.

— Verdadeiros — Onetti conclui, decisivo, trazendo para si o cigarro.

CAPÍTULO 1
Burburinho

26 de setembro de 1976

O hotel La Riviera acolhia a noite madrilenha de domingo. Hóspedes tratavam com o concierge, um casal de idade tomava o elevador, o mensageiro impulsionava um carrinho de malas adornadas de monogramas em prata. Em algum canto se fumava um charuto particularmente amadeirado. Um grupo em inícios de festejo ergueu-se dos assentos na sala contígua e deixou-a, atravessando o saguão entre risos discretos, atacados pelo latido avulso do lulu-da-pomerânia no colo da moça de echarpe violeta ao balcão. Próximos do cãozinho e de sua dona, dois homens — um alto e um de bigode —, que esperavam seus recados, voltaram-se para a vista agora livre da sala anexa, em busca da certeza de que os cochichos eram verdadeiros: estava presente no hotel uma atriz de cinema, argentina como eles.

— Parece tão miúda — duvidou o de bigode.

Sentada, de costas, a mulher assistia a uma entrevista monótona no aparelho de televisão. Usava um coque sem disciplina. Apoiava o cotovelo no braço da poltrona bergère e segurava um cigarro, a manga da blusa azul com bordado marrom escorregando do pulso fino.

O homem de bigode esperou a moça da echarpe terminar de dizer à recepcionista algo em francês. Ela agradeceu e saiu, e o sorriso que ele oferecia foi notado somente pelo olhar arredio do cãozinho. Ele confidenciou ao amigo:

— Que culo.

— Prefiro nossas compatriotas — disse o outro, mais alto e delgado, ainda atento à mulher da outra sala. — Estrelas de cinema.

— Estrela não sei. Engraçada é.

— Não preciso que interprete Molière e segure os tornozelos ao mesmo tempo.

O cavalheiro loiro que, ali perto, usava o telefone da recepção ergueu o olhar, encarou-os rapidamente e virou-se. Seguiu falando ao bocal, a outra mão dedilhando o mármore. Assim como eles, tinha sotaque portenho. O homem de bigode recebeu um envelope e duas mensagens e abaixou a voz.

— Pode estar em filmagem.

— Ou tendo um caso. Dizem que é amante de López Rega.

— Dizem que é amante de todo mundo...

— Mais razão para tentar.

O homem alto ajeitou o cabelo e a gravata e tomou o rumo da sala de televisão. O de bigode objetou que as acompanhantes os esperavam para jantar, mas seguiu-o. Antes que transpusessem as portas em arco guardadas por folhagens, o mais afoito deteve-se. Deu meia-volta, tomou o braço do amigo e conduziu-o na direção oposta, avisando que o loiro do telefone fora mais ligeiro, cortara-lhes o caminho e agora sentava-se ao lado da mulher.

— Está com ela — riu.

— La puta madre.

Seguiram aos elevadores. A seta em bronze descrevia em meia-lua a descida dos andares. O mais alto deu um passo atrás e vislumbrou a atriz. Ela parecia não fazer caso da conversa do namorado. Soprava fumaça de cigarro em uma quase espiral.

Por acaso, ela moveu o rosto e deixou-se ver de perfil, os olhos baixos, a boca amargando um dissabor. Massageava a testa com a ponta dos dedos. Era bela, mesmo o nariz. A campainha anunciou a chegada ao térreo, as portas lustrosas apartaram-se e mostraram o ascensorista uniformizado em vermelho.

— Graciela Jarcón — o mais alto murmurou devagar enquanto entravam e o amigo pedia o andar do restaurante. Ainda tentou colocar a cabeça para fora, espiar um último gesto, como em despedida. Não conseguiu. — Dama da comédia argentina.

18 de janeiro de 1977

Os passos de Teodoro, assistente de direção, ecoavam no átrio do Teatro Nacional Cervantes, acidentais e lentos sobre o piso encarnado, marcando a longa espera por Graciela Jarcón, que, contra os prognósticos mais realistas, estava em vias de chegar para juntar-se tardiamente aos ensaios daquela montagem de *Macbeth*. Teodoro esfregou o cabelo, olhou o relógio de pulso e o teto, com as vigas atravessadas e o cintilante lustre baixo. Aproximou-se de uma das colunas acobreadas junto à sequência de portas estreitas, tocou os desenhos. Através do vidro martelado de uma porta, enxergou um vulto, que a abriu num repente e deu passagem a uma mulher de vestido acinturado e óculos escuros. Teodoro ficou parado enquanto a atriz tirava os óculos e vinha ter com ele, seguida do homem. Graciela sorria largo, os olhos delineados.

— Está se sentindo bem?
— Sou... Teodoro. Teo... um dos assistentes.

Ela ofereceu um mucho gusto tranquilizador. Cumprimentou-o com beijos às faces. Apresentou-o a Rafael, o marido, e os dois apertaram as mãos. Teodoro apontou as escadas sem atinar para o que indicava. Ela deduziu, cordial:

— O ensaio?
— Sim. No... salão dourado.

Graciela tomou a frente; Teodoro alcançou-a nos degraus. Rafael, atrás, explicava o atraso. O assistente pouco escutava, quase estonteado, seu olhar refém do olhar da atriz, até que ela riu.

— Dale, não é para tanto — disse e cutucou-o. — Nem tudo é verdade.

Ele escutou sobre contratempos no tráfego à medida que subiam os dois lances de escadas. No andar de cima, continuou em direção ao salão e diminuiu o passo ao perceber que Graciela ficava a meio caminho. Ela recuou, agarrou-se à balaustrada e mordeu uma unha. Já não sorria.

— Senhora?

Ela parecia empalidecer, e o marido acudiu-a. Ela cobriu a boca com uma mão frouxa. O assistente ouviu a confissão abafada:

— Onde é que eu estava com a cabeça...

— Teo — Rafael pediu —, nos permite cinco minutos?

Ele concordou e se afastou. Ainda discerniu a pergunta de Rafael se Graciela havia bebido e um palavrão em resposta. Deixou-os no momento em que a discussão se inflamava. Entrou no salão dourado e, ao fechar a porta, atraiu os olhares do diretor e de parte do elenco, espalhados sem ordem, sentados ou em pé, entre folhas de papel, xícaras de café e peças de roupa. Teodoro acercou-se de Guillermo Lacorte, o diretor, que golpeava o maço de texto com a ponta da caneta.

— Chegou. Pediu... cinco minutos.

— Claro. — Lacorte abriu os braços. — Já esperamos três horas, o que são cinco minutos?

À voz alta, interrompeu-se, ao centro do grupo, a cena em que Hécate censurava as feiticeiras por secretos entendimentos e tratos de morte. Uma atriz falou em cansaço enquanto ajeitava a peruca sobre as orelhas. Alguém serviu-se de água, outro fez um alongamento. Gastón Molina, o ator principal, encostado à parede, avisou, à guisa de defesa:

— Espere até vê-la no palco.

— Isso se ela subir ao palco — o diretor devolveu. — Se não subir, quero meus cem pesos.

— Você já me deve isso.

— Coisa nenhuma. Só vou dever se a senhora Jarcón se dignar a aparecer para nós, mortais, bem ali.

Lacorte indicava a entrada com o polegar estendido em ênfase. Teodoro observou o salão aquietado em expectativa. As portas permaneciam imóveis, ocultando o que se passava no corredor.

20 de abril de 1977

O segundo andar da confeitaria Ideal, amplo e quase vazio, tinha uma serenidade civilizada: o esparso tilintar da louça, o trânsito discreto do garçom sob a luz filtrada como renda fina no vitral da cúpula. Perto da janela, dois estudantes, em pé e algo deslocados na Ideal, tiritavam à espera do caderno autografado pela comediante sentada à mesa. Um deles esfregava as pontas dos dedos e falava muito. Os dois tinham os ingressos comprados para vê-la no Cervantes, o estudante disse, e, em parte arrependido de ter tocado no assunto delicado da estreia do sábado próximo, já tão rodeada de comentários, passou a tagarelar elogios a um papel dela no cinema.

— Gostamos muito do filme.

Graciela Jarcón agradeceu sem pausa no traço hábil da dedicatória. Passou à assinatura de letras estendidas e arrematou-a com um risco curvo na horizontal. O rapaz sorriu ao tomar o caderno de volta, e o companheiro entregou o dele. Esteban, ele disse quando ela perguntou a quem autografar. Os dois garotos se entreolharam. Esteban quis dizer algo a fim de escutá-la mais.

— Lembro que a senhora ganhou um prêmio.

— Eu? — Ela bebeu da xícara e encostou o guardanapo de tecido nos cantos da boca. — Não.

— Em San Sebastián. O Concha de Plata?

— Quem ganhou foi a outra. Graciela Borges.

O amigo repreendeu Esteban com um toque do cotovelo, a mão no bolso do uniforme do colegial. Desta vez o autógrafo alongou-se. Entre agradecimentos mútuos, Graciela devolveu o caderno fechado e a caneta. Pegou o cigarro do cinzeiro. O fumo, exalado das narinas, ocupou o espaço entre ela e os dois garotos, hesitantes em um momento de silêncio. Uma voz atrás deles pediu licença. Era de uma mulher muito maquiada, que tirava os óculos escuros de aviador e portava uma grande bolsa a tiracolo, da qual saiu um gravador portátil. Ela dirigiu-se à atriz, escusando-se da chegada tardia.

— Milena Martelli, do El Nacional.

As duas cumprimentaram-se, comentaram do tempo. A recém-chegada gaguejou em uma palavra e sentou-se. O garçom vinha anotar o pedido. Os rapazes, já sem sentido ali, afastaram-se, acenando uma despedida entre mais elogios. Em retorno, Graciela moveu os dedos com a graça de uma cauda de pássaro.

Antes de descerem ao térreo da confeitaria, Esteban observou a mesa. A jornalista ligou o fio de um pequeno microfone ao gravador e tirou devagar da bolsa um bloco de notas. A cada gesto, ela estendia um olhar nervoso à atriz, que abria um pequeno frasco metálico e vertia o líquido na xícara.

— Acho que está pondo bebida no café.

— Não me admira.

— Você viu? Quase pegamos o início de uma entrevista exclusiva. O que ela escreveu para você?

O companheiro leu algo sobre agradecimentos e saludos cordiales. Esteban buscou a página no próprio caderno.

— "A Esteban, um abraço afetuoso, Graciela Jarcón. P.S.: Graciela Borges pode exibir sua Concha de Plata à vontade".

Os dois tomaram as escadas. Riam baixo. Esteban virou-se, como para obter a derradeira segurança de que era mesmo ela, a mulher que causava risos mesmo de costas para a câmera, o talento que, de tanto medo, jamais pisara um palco, a beleza que, no intervalo de um mês na Inglaterra, seduzira um Beatle e um membro da família real. O garçom subia as escadas com a bandeja servida. Antes de perdê-las de vista, o garoto viu quando a repórter, muito séria, acionou o gravador em um gesto cerimonioso. À distância ele não podia ouvir, mas imaginou o estalo do botão e o zumbido da fita cassete entrando em rodagem, capturando para sempre o que até então havia sido mera tarde de outono.

23 de abril de 1977

O diretor de palco fumava apreensivo ao atravessar os bastidores na noite de dupla estreia: a de *Macbeth* no Cervantes e a de Graciela Jarcón no teatro. Encontrava, sem satisfazê-los, os olhares de temor coletivo e de rivalidade curiosa dos funcionários, integrantes do elenco e pessoal de cenografia. No vácuo da sua passagem, ora sob luzes, ora sob as sombras do teatro, formava-se um burburinho. Ele desviou de uma estrutura de metal, deu uma instrução a um contrarregra, ignorou o comentário sobre a atriz principal e seguiu adiante. Ao chegar a um corredor e a determinada sala, entrou, sentou-se e afrouxou o colarinho com sofreguidão. Limpou-se do suor. O técnico encarava-o divertido, de braços cruzados sobre a mesa de onde operava o sistema de comunicação interna.

— Está fechada no camarim — o diretor informou antes da pergunta.

O técnico riu.

— Não sei por que foram escolhê-la.

— Fez questão. Por despeito à la Borges.

O diretor de palco alcançou uma xícara sobre a mesa e bebeu o resto de café frio.

— A substituta já está de sobreaviso.

— Você jogou o quê?

— Que sim.

— Pode pagar, viejo.

— Veio aos ensaios e correu tudo bem.

— Não quer dizer nada — o técnico declarou com um suspiro. Cruzou as mãos atrás da cabeça. — Todo mundo sabe que é louca.

O diretor fixou-se no relógio da parede. Bateu alternadamente os dedos no braço da cadeira no mesmo ritmo do ponteiro, o único som entre eles até que, ao cabo de uma volta, ordenou com uma urgência minada de incerteza:

— Chame agora.

O técnico pressionou um botão, virou outro à esquerda, inclinou-se, levou a boca ao microfone e emitiu o alerta formal e seco:

— Graciela Jarcón, primeira chamada, trinta minutos para entrar em cena.

CAPÍTULO 2

Bastidores

19 de outubro de 1950

Graciela jogou a cabeça para trás em uma gargalhada muda. Firmou no penteado o chapéu pontudo de festa e levantou a taça em brinde. Trocou sorrisos com seu par, de gravata borboleta, e com o outro casal da mesa. Bebeu a sidra. Sem mudar a expressão, falou baixinho à moça ao seu lado.

— Na Argentina Sono Film andam devagar...
— Soube de um teste no Apolo. Uma revista com Pepe Arias.
— Teatro? Não faço.

Um balão flutuou e chegou à mesa. Graciela mandou-o adiante com um tapa delicado dos dedos cobertos de luvas longas de cetim. Os quatro novamente se entreolharam e comemoraram com bebida. Os homens voltaram a atenção para o salão, para o vaivém ondulante do baile sob luzes das quais pendiam serpentinas errantes, como teia de aranha festiva. A colega retomou os cochichos:

— Agora me lembro. Smart, no início do ano. — Ela esperou que Graciela admitisse. Teve de insistir. — Você era a próxima, depois de mim, mas saiu correndo quando a chamaram. Até Blanca Podestá ficou olhando.

Graciela tocou o paletó do acompanhante em um afago coquete. Ele piscou. Ela tornou à outra moça, emprestando às palavras a aparência discorde de uma confidência frívola.

— Vai apresentar a mesma coisa?
— Como?
— No teste do Apolo. Vai fazer o monólogo que fez no Smart?
— Creio que sim. Por quê?

O camafeu pesava. Graciela secou a pele do colo de leve. Continuou:

— Aquela parte sobre o apelido de infância antes do sapateado, tente encurtar. Termine com "e se querem me chamar assim, o que se há de fazer?" e entre rápido com o passo mais forte e com os braços. Vai marcar melhor o tempo.

O maestro dirigiu-se ao microfone, e o salão aplaudiu o anúncio de que se aproximava a meia-noite. Os quatro ocupantes da mesa animaram-se, uniram-se ao coro que entoou a contagem regressiva, desde cinco até o estouro do feliz ano-novo. Graciela segurou as faces do par e beijou-o estalado. Atirou uma serpentina longe sobre a pista de dança, o fio retorcido espichando-se em direção alguma. Ela estimulava outro brinde quando o diretor gritou corta.

Os casais e os sorrisos desfizeram-se. A banda deixou as posições no palco. Dois refletores apagaram, a grua descia com a câmera, os contrarregras entravam para desmontar o cenário. O diretor chamou a metade esquerda do salão para ficar na cena da igreja. Os demais figurantes, como Graciela, dispersavam-se. Ela alcançou o fecho atrás do pescoço e livrou-se do colar de camafeu, arrancou as luvas pelas pontas dos dedos. Abanou-se no caminho até o diretor. Ele dava ordens, avisava isto e aquilo com o sotaque galego. Ela hesitou. Achou melhor perguntar ao ajudante.

— Não vão me usar na igreja?
— É decisão dele.

Ela chegou mais perto e tocou o ajudante discretamente no quadril.

— E o que tínhamos acertado, de eu sempre aparecer ao fundo?

Ele disse fazer o quê, ameaçava impaciência, atendeu outra pessoa. Graciela decidia-se entre desistir e seguir para a sala do figurino ou ainda tentar. Afinal encorajou-se, animada pela sidra, e foi ao diretor. Inspirou e ofereceu-se para todas as cenas, falou que fazia boa figura na câmera. Surpreendeu-se: ele largou a prancheta, uniu as sobrancelhas espessas e revoltas por trás dos óculos. Ela agarrou-se à lasca de atenção e listou habilidades, inventou experiência, chegou a sugerir uma fala com a ousadia temerária de quem se vê uma acrobata pedalando um monociclo, avançando sem saber como, pois era o único meio de manter o equilíbrio.

— Tenho talento, o senhor vai ver.

— Bem, graças a Deus. — Ele bateu uma palma. — Estava mesmo querendo outra protagonista, agora, com... — Verificou a prancheta. — Quatro cenas por filmar. Você me caiu do céu. Uma camada de maquiagem, uma tinta no cabelo e pronto. — Virou para o ajudante atrás de si. — Avise a Mecha Ortiz que ela acaba de ser substituída pela senhorita... Como se chama mesmo? Permita-me anotar para a placa na porta do camarim.

Ele empunhou a caneta e simulava esperar a informação. Graciela fitou o diretor e suas sobrancelhas, o ajudante e seu pescoço largo e curto, e retirou-se, evitando os olhares da equipe e do elenco. Uma das mãos carregava as luvas e o colar, a outra puxava a barra do vestido para desenganchá-la do salto incômodo. O chapéu pontudo soltava-se e ameaçava cair. Andou de queixo erguido até sumir por uma porta.

GRACIELA DEIXOU O FIGURINO em um cabideiro na sala do vestuário, em meio a uma sequência de cores, drapeados e bordados, lantejoulas e luxos postiços. Sabia atrás de si a colega da mesa na cena do baile e esperava que ela não houvesse escutado o diretor. Ouviu-a perguntar:

— Será que aparecemos?

— Só se filmassem com telescópio.

Ela despediu-se. Calçou os sapatos e segurou a bolsa de melindrosa, de malha metalizada com canutilhos azuis, de maneira a disfarçar a descostura próxima do fecho. Antes de sair para o corredor, teve de dar passagem a um carrinho de equipamentos.

— Sabe — a moça chamou, reaplicando o batom —, muita gente começa fazendo pontas.

Graciela agradeceu o consolo saído do sorriso de batom cereja, uma tonalidade marcante que ela nunca vira. Cruzou o estúdio. Parou somente uma vez, ao lado de um aparador, junto a um holofote desligado e uma escada dobrável; roubou da bandeja sobras do lanche, comeu depressa e enfiou o que coube no chapéu de festa guardado na bolsa. Reservou alguns a um menino que sempre encontrava na estação do metrô, tocando gaita de boca em troca de moedas.

ERA TARDE QUANDO Graciela chegou ao escuro e ao sono da pensão de Don Pablo. Fechou-se na cozinha. Preparou chá morno de hortelã, pão com manteiga e descascou uma laranja. Sentou-se, tirou os sapatos, massageou a planta dos pés, os tornozelos e os dedos e raspou da unha uma lasca do esmalte rachado. Leu sob luz fraca as manchetes do jornal. Perón e Evita haviam inaugurado a sede da CGT na Azopardo, não longe dali. Ela deteve-se na foto da primeira-dama, em um elegante conjunto claro, os lábios enunciando vigorosamente o hino nacional junto ao marido e aos secretários. Passou aos anúncios de empregos. Tomou um gole graúdo e fez o chá passear em um lado e outro da boca, lavando-se do resto do gosto imprestável do ajudante do diretor e suas promessas vazias. Moveu o rosto no ritmo do samba que a produção pusera a tocar, antes da filmagem, para acertar o passo dos casais perante a orquestra silenciosa do falso ano-novo. Não o conhecia, mas guardou-o na memória. Tentava sempre ter música nos bastidores da mente.

26 de janeiro de 1976

Milena Martelli trabalhava naquilo que apelidavam de ala do ócio na redação do El Nacional: turismo, lazer, eventos e sociedade, participações e obituário, cultura e arte, filmes, livros e os passatempos. Também naquela ala do andar havia a sala do editor da seção e a mesa do copidesque, de onde Milena saíra para ter a filha e para onde jamais a devolveram. Agora ela ocupava um extremo, sob a alta janela, e de lá contemplava o movimento ao ponto da previsibilidade, designando os colegas a partir das seções pelas quais respondiam: os humores do editor ao longo da semana, conforme passasse mais ou menos tempo com sua senhora (respectivamente mau e bom augúrio); a disposição da coluna social antes e depois da Fernet Branca do almoço, perceptíveis também pela variação no penteado, que por aquela época imitava o da presidenta Isabelita; as escapadas do redator da bilheteria de cinema e da recepcionista do andar à saleta do depósito que só fechava por dentro. Naquela segunda-feira, ela também reparou no atraso de Victoria, a garota responsável pela coluna das sugestões de livros, que chegava com o cabelo demasiado solto, quieta como de costume, salvo por um bom dia ao largar-se na cadeira.

— Buenas tardes — Milena mal respondeu, o tardes espichado, nenhum respiro no golpear certeiro da datilografia, elastecendo até onde fosse possível a fugaz sensação de que as palavras encadeavam-se sozinhas e o sentido materializava-se perfeito. Terminou de escrever e arrancou triunfante o papel. Bebeu da xícara de café. Releu o texto, trocou duas palavras, eliminou uma frase e escreveu uma série de letras no canto inferior da última página. Colidiu as folhas contra a mesa para alinhá-las. Mostrou o artigo à colega, que lia a correspondência, e disse:

— Um poema. Nem precisaria do moedor de carne da revisão.
— Parabéns.
— Quer saber a verdade sobre mim, Victoria?
— Não.
— A verdade é que não me incomodo de corrigir artigos dos outros, ganhar pouco e sentar ao lado de uma hippie libertina...
— Obrigada.
— ... desde que possa escrever de vez em quando.

Victoria finalmente passou os olhos no texto. Milena criticava o show de Piazzolla em Mar del Plata e lastimava o estado da arte, a morte de mestres como Troilo e D'Arienzo, o vazio das novas formas do tango em comparação com a força de suas raízes. Usava o epíteto "assassino do tango".

— Um pouco demais, não?
— Para que tão cedo não esqueçam — Milena sorriu.

O colega do obituário comentava alto sobre a diagramação, protestando lugar para as fotografias. O mensageiro transitou entre as mesas. Milena entregou a Victoria um texto coberto de rasuras vermelhas, a maior parte um "x" vetando parágrafos inteiros.

— Vá preparando o horóscopo. E refaça isto.
— O que há?
— Pergunto eu. O que é isso de — Milena releu o lide — "Li a poesia de Cristina Peri Rossi em um dia de chuva pesada".
— É o novo jornalismo. Gonzo. Perspectiva individual.
— Mas que perspectiva, se você nem assina? Olhe: é um quarto da página para resenhar seis livros por semana. Sem gonzo.

— Vou começar a passar as resenhas direto ao copidesque — Victoria reclamou. — Você é subeditora, não está aqui como delegada da censura oficial.

Em outra mesa, alguém olhou na direção delas. Um telefone tocou duas vezes, agudo, em meio ao trotar das máquinas de escrever. O editor deixou sua sala e foi aos elevadores. Fumava uma quase bagana, passava a mão na careca, perguntava do cartunista e pedia que, da próxima vez, fizessem um café decente.

— Victoria — Milena disse baixo, os olhos nos dela —, tome cuidado.

Milena trocou a fita da máquina, limpou a tinta dos dedos. Rodou nela uma página em branco e testou com as palavras "Milena Martelli, 26 de janeiro de 1976". Victoria detinha-se no artigo rejeitado. Milena tomou um livro do canto da mesa.

— Tente este. — Conferiu a capa. — A coletânea de Onetti da Lumen.

Victoria recebeu devagar o volume. Abriu-o, leu o índice. Milena olhou o estreito relógio de pulso e pediu os chocolates que, por sua vontade, ficavam trancados na gaveta de baixo da mesa da colega. Victoria distraía-se, deixava-se absorver pelo livro de Onetti com certo ar de perturbação, e Milena teve de repetir. Enfim a vizinha de mesa entregou a chave, de um lugar que Milena virou-se para não ver, e destrancou a última gaveta. Passou a Milena um bombom e voltou a fechá-la.

— Fique logo com os doces na sua mesa — Victoria sugeriu, ainda lendo o livro.

— Disciplina.

A moça dos boletins veio trazer uma notícia de Hollywood da Associated Press. Milena abriu o embrulho de celofane do bombom e mordeu-o exatamente no meio. Demorou-se no sabor do chocolate amargo, do recheio de damascos. Terminou a xícara de café.

— Veja só — disse, lendo o boletim —, Nelly Lynch faleceu.
— Quem?
— A atriz da época de ouro. Por lá se chamou Nora Montclair.
— Não conheço — Victoria anunciou, estalando alto os dedos uns contra os outros, como sempre fazia antes e depois de bater à máquina.
— Ela teve uma cena famosa de canto e dança no Obelisco em um filme...

Victoria nem escutava. Milena levou à boca a outra metade do bombom e sacudiu a cabeça. Que geração.

Milena foi à sala das cópias e, quando voltou, dali a alguns minutos, encontrou a mesa de Victoria desocupada, decerto porque ela saíra para um almoço tardio. Sobre alguns papéis estava o horóscopo. Sob o signo de Milena, Touro, além dos seis números da sorte, Victoria redigira: "Mantenha-se inabalável em suas convicções. Nada como as tradições de antanho para nortear o porvir. Inventar e inovar? Não, obrigado. A você satisfaz a virtude do anteontem. A Pátria saúda e conta com sua marcha corajosa rumo ao passado". Ao lado, os grampos que Milena oferecera emprestados, com um bilhete: "Pode copidescar o meu texto, mas deixe em paz o meu cabelo".

CAPÍTULO 3
Cortina

22 de fevereiro de 1951

Graciela levantou a tampa do sanitário do quarto dos fundos da pensão de Don Pablo em San Telmo. Recuou e respirou por entre os lábios. Acionou a descarga, ajoelhou-se nos ladrilhos em losangos pretos e brancos, despejou o produto e esfregou o interior com a escova, energicamente, apressando o fim da tarefa. Deixara o rádio no outro cômodo, ligado em um volume que a alcançasse, para ao menos entretê-la enquanto faxinava, e por isso só percebeu a chegada de Don Pablo quando ele a chamou da porta.

— Este é Rafael, que vai ajudar na limpeza.

O moço entrou sério. Ela jogou a escova dentro do balde, ficou em pé, lavou as mãos e secou-as no vestido de florzinhas. Virou-se para observá-lo fazer a cama: era loiro e usava calças muito grandes, presas por suspensórios ao corpo magro.

— Rafael do quê?

— Jarcón — ele ofereceu sem devolver a curiosidade.

— De Buenos Aires?

Rafael olhou-a retraído. No rádio, um anúncio enaltecia o pioneirismo das geladeiras Siam na indústria da refrigeração elétrica argentina. Don Pablo, em seu passo moroso, cruzou o corredor, fazendo caminho de volta à parte frontal da casa.

— Se não gosta de falar, é bom tomar cuidado. — Graciela afastou as pernas, encolheu-se para imitar uma corcunda, contraiu a boca e formou uma carranca. Gesticulava curto enquanto lhe saíam as palavras roucas e o sotaque galego. — Aqui na minha pensão se respeita a privacidade dos hóspedes. Até a de Ivanovitch, ex-malabarista de circo, que mora em Barracas mas passa as semanas aqui para fugir da sogra, que tem gota e matou o marido de pressão alta. Diga, já lhe contei pela milésima vez de quando vi Justo Suárez vencer Tani por pontos no Luna Park?

Rafael soltou uma risada aguda. A imitação chegou aos ouvidos do senhorio, que gritou para trabalharem mais e falarem menos, chamou-a "humorista sem plateia", e Graciela desmontou o personagem.

— Desculpe, Don Pablo.

Ela tomou a vassoura. Às suas costas, o rapaz elogiou:

— Você é boa.

Graciela sorriu. Rafael tinha os olhos grandes e claros em um rosto delicado, quase de gringo. Ela encostou a vassoura à parede e ajudou-o a dobrar os lençóis retirados: segurou as pontas de um lado, ele do outro, e aproximaram-se para uni-las justo no momento em que soou no rádio a voz de Gardel, como se a arrumação fosse um primeiro passo da dança. Ela disse:

— Canta melhor a cada dia, não acha?

— Bueno — ele largou o serviço e segurou-a pela cintura num repente —, um Gardel não se desperdiça.

Ela riu, surpresa.

— Não danço, mas aonde você guiar eu vou.

Ela viu-se conduzida em volteios dramáticos nas mãos suaves do novo amigo, no espaço que a velha mobília permitia. Livrou-se das alpargatas a fim de bailar mais leve sobre as tábuas do piso. O sol, cortando uma diagonal pela janela, iluminava os olhos dele, e ela encheu-se de ternura pelo modo como ele a tocava, pelo ritmo dos pés e dos quadris, esquecia-se do cheiro da latrina e da água sanitária, do estômago vazio desde o mate com leite da manhã. Gardel finalizou chorando "el tiempo viejo que nunca volverá", e quando pararam de dançar, a um último cingir dos corpos, Graciela pressentiu em Rafael a sombra que uma tristeza guardada reconhece na outra. Quis vê-lo alegre de novo. Abraçou-o intimamente, sem aviso ou motivo, e falou, recuperando o fôlego:

— Tem compromisso à noite?

RAFAEL NÃO DEMOROU em atinar para a meia verdade do convite: sequer haviam assistido ao filme que estreava na Rua Lavalle, com Mecha Ortiz no papel de destaque e a cena de ano-novo na qual Graciela talvez figurasse em algum canto. Chegaram pouco antes das portas se abrirem para a saída do público e revelarem, no interior do Monumental, a movimentação do pessoal de cinema, que permanecia no coquetel, trocava cumprimentos e comentários, dava autógrafos e posava às câmeras. Ainda na calçada, abrindo caminho no rio de gente que enchia a Lavalle e suas inúmeras salas, Graciela alisou uma ruga na saia rodada do vestido verde de estampa escarlate, o melhor que pudera bancar na loja de segunda mão. Endireitou a gravata de Rafael e ele lhe consertou com o dedo o borrão na linha do batom.

— Você me prometeu ao menos uma pizza — ele lembrou.

— Se isto der certo — ela declarou, buscando o espelhinho na bolsa —, atravessamos a rua e você pede a fatia que quiser.

— Fatia?

— No balcão, porque não tenho o da gorjeta.

Ela terminou de retocar o pó, segurou o braço do amigo e empertigou-se. Os dois entraram no cinema e mesclaram-

-se ao grupo, destoando dos trajes e dos perfumes, os passos cuidadosos no carpete, nada dos giros livres do tango improvisado na pensão. Graciela conservava um sorriso, atenta às figuras a quem pudesse se apresentar, e manteve distância do diretor e suas sobrancelhas. Rafael deslumbrava-se com a proximidade de Mecha e de outros, como Tito Alonso e Hugo del Carril.

— Não aponte — Graciela pediu entre dentes. Escutou alguém falar de uma produção nos Estúdios San Miguel e puxou Rafael gentilmente naquele caminho.

As LUVAS PRETAS, emprestadas do ateliê de reparos com a bolsa combinando, não assentavam com o vestido, Graciela sabia, mas eram o meio de esconder as unhas danificadas pela limpeza da pensão e a queimadura provocada por uma panela quente do restaurante da Brown onde lavava pratos desde dezembro. Enfiou-as de volta, no toalete do Monumental, depois de lavar-se, quando a estreia já esfriava e ela nada obtivera nas tentativas de contatos. Firmou no peito o broche de flor de pétalas assimétricas saindo de uma pedra negra facetada ao centro. Inclinou o rosto procurando a luz: as lâmpadas na moldura do espelho bisotado poderiam simular as de um camarim, pensou, como quem se consola. Tocou a clavícula pronunciada e quis ter mais cabelo no alto da cabeça. Contou os pesos para as fatias de pizza; o insucesso não a faria negar a Rafael alguma janta. Deu espaço na pia a alguém.

— Você é a menina que andava aí empurrando um cartão?

Graciela fechou a bolsa. Viu a mulher primeiro pelo reflexo. O rosto não lhe era de todo estranho e, no entanto, com sua dificuldade em memorizar faces, jamais o localizaria. Graciela tirou do decote quadrado a nota do Crítica.

— Sou atriz.

A outra desdobrou o papel e leu-o em um murmúrio. "Correta em sua única intervenção a senhorita Graciela Cáceres". Virou-o como se buscasse o restante no verso.

— É o que tenho — ela defendeu-se antes.

— Como se chama?

— Eis aí. Graciela Cáceres.

— Não. — A mulher devolveu o recorte. — O de verdade.

— Ou a senhora tem laburo para mim, ou não precisa saber.

Houve um quê de aprovação e de estudo no modo como Graciela foi encarada. Ela preparou-se para elencar seus talentos como fizera no discurso ao diretor do filme, porém sobressaltou-se quando a outra lhe apalpou a cintura. Deu um tapinha nas mãos que a mediam.

— Epa!

— Sim... Há de servir.

A mulher tirou os brincos e entrou em uma cabine. Abria os botões na lateral do vestido azul com bordados em negro. Sinalizou que Graciela ocupasse a cabine vizinha.

— Você nunca vai a eles — avisou ao fechar a porta. — Deixe que venham até você.

Rafael, que se enfarava da espera junto ao toalete do Monumental, teve de olhar duas vezes: Graciela voltava de maquiagem renovada e um vestido diferente, azul como os brincos que agora substituíam os de antes, embora com o mesmo broche na borda do decote. Até a postura era distinta. Não teve tempo de pedir explicação, porque logo atrás vinha uma figura cujos traços marcados na face vagamente felina apanharam sua memória.

— Nelly Lynch — ele disse.

— Nelly Lynch — Graciela repetiu, aliviada com a lembrança. Voltou-se à mulher, o dedo para ela. — Você era tão boa. Cantou a música na frente do Obelisco naquele filme. Não foi? E depois desapareceu completamente. Quero dizer...

Ela recriminou-se pelo comentário irrefletido. Nelly não se importou; até arrumou o penteado de Graciela.

— É o que acontece a quem fala.

— Do quê?

— Do que é feito a atrizes em coxias de teatro, bastidores de estúdios, gabinetes fechados e quartos de hotel. Essas histórias que todo mundo prefere esquecer, eu gosto de contar a quem queira ouvir. E um dia o personagem do conto é um diretor de companhia que mais tarde vem a ser secretário de governo e, bem... Quando ajudo em algum roteiro ainda me convidam para a estreia, desde que meu nome não apareça e eu não saia nas fotografias. Para que a senhora Perón não se inteire.

Nelly disse que era melhor não circularem juntas e indicou o mezanino. Graciela e Rafael seguiram para lá e, na passagem, ela alcançou duas taças de uma bandeja. Graciela emborcou a sua, sob a mirada do amigo, e lambeu discretamente uma gota do lábio. Notou olhares para si e o vestido emprestado, que lhe sobrava no busto e demandou enchimento com lenços de papel. Depois de se acomodar próximo da balaustrada, às vistas dos presentes, ela buscou incentivo nos olhos claros de Nelly, que descera ao andar inferior, e sorriu. Colocou-se à vontade, lembrou os nomes, arranjou uma segunda taça com o garçom e modulou uma voz audível porém natural. Rafael, também instruído, perguntou de planos imaginários.

— Estou esperando a resposta da Artistas Associados.

— O filme de Soffici?

Ela assentiu ao bebericar.

— Acho que vão escolher Zully ou Olga. Mas também li um roteiro de Abel Santa Cruz. Amadori deve dirigir e Sandrini estrelar. Uma moça em lua de mel que... — Fingiu cuidar ouvidos alheios. — Bem, depois conto o resto.

O mezanino começava a esvaziar. Havia ainda um nome que Nelly apontara, um produtor, e ele parecia escutá-la. Rafael vacilou; confundia-se.

— E... o teatro?

— Em ensaios — ela improvisou. — Iniciaram na semana passada.

O produtor interessou-se. Perguntou qual era a peça. Graciela respondeu menos segura.

— *Romeu e Julieta*, no Splendid. Com Luis Arata.

Atrás dela, um cochicho duvidou: "Arata?". O produtor persistia.

— Quem dirige?

Ela sorveu mais champanhe. Passou os olhos ao redor: era observada, inclusive pelo diretor enfezado do filme da estreia, a alguns metros. Para sua surpresa, ele mesmo sugeriu:

— Parravicini?

— Isso mesmo — ela disse. — Uma honra, de verdade.

Alguém riu.

— Que mestre, Parravicini. Imagine — o diretor comentou ao produtor —, morto há dez anos e ainda trabalhando.

Graciela fitou-o. Ouviu-o explicar que ela era a negrita atrevida da figuração. Encarou Rafael. Ele movia os lábios, aconselhando sem emitir som, e ela distinguiu "Ivanovitch". Levou uns segundos em pensamentos. Novamente emborcou a taça, inspirou fundo e chamou o garçom com um silvo estridente. Tinha, agora, todos os olhares. Dirigiu-se ao produtor.

— O senhor sabe como perderam para Franco na Espanha? — Depositou a taça na bandeja com tamanho ímpeto que quase a derrubou. — Faltava munição. O soldado republicano teve de telefonar ao inimigo. — Imitou segurar e discar o aparelho, fez o sotaque soar mais nasal e arraigado do que o de Don Pablo. — "Não sei se temos balas para todos, vocês se importam de repartir as que dispararmos?".

Houve somente um sorriso desconfortável, mas ela continuou depressa.

— "O tanque enguiçou. Vamos mandar um carro com um soldado em cima e ele vai proferindo insultos. Matar não mata, mas desmoraliza". Também não tinham metralhadoras. Usavam um fuzil e o davam a um soldado gago. — Notou uma risada comedida. — "Os paraquedistas só nos servem para um salto, porque os atiramos sem nada para economizar equipamento". E os canhões, fabricavam, mas se esqueciam de colocar o buraco. "Não estranhem, estamos disparando por fora: um aciona o gatilho e o outro corre com a bala".

Graciela alimentava-se da mistura de reações, de ter o mezanino como súbito palco. O grupo constrangia-se. Rafael e mais uma ou outra voz achavam graça. O diretor, contrariado, sorria apenas o bastante. Ela contou, sem perder a cadência, do barco que os próprios republicanos afundaram, do submarino sem uso porque os soldados não conseguiam prender a respiração por muito tempo, da escassez de montaria que obrigava o coronel a ir correndo atrás do regimento a cavalo.

— "Resolvemos treinar a infantaria para levar os companheiros às costas. Sim, funcionou. Até um pouco demais, pois começaram a dar coices e comer pasto".

Ela aproveitou os risos tímidos, gesticulou como quem engancha o bocal e fez uma pequena mesura. Dividiu com Rafael uma piscadela. Um fotógrafo à volta posicionava a máquina. O diretor lançou, desdenhoso:

— Agora as de italianos, piba.

— De italianos tenho também — devolveu em meio ao silêncio. — Mas, se conto as de italianos, os galegos não entendem.

O clarão do flash ofuscou a cena no preciso instante em que irrompeu a gargalhada de Rafael, solitária em uma plateia perplexa, e Graciela olhou satisfeita para a câmera, as mãos enluvadas diante do corpo, unidas sem outro motivo além de controlar o tremor e camuflar o trote no peito.

Os cinemas da Lavalle, concentrados em poucas quadras, formavam um corredor de brilho, soletrados na vertical em uma cadeia alucinante: Luxor, Arizona, Ocean, Rose Marie, París, Ambassador, Trocadero, Electric, Paramount. Instalados no balcão do Rufino que dava à rua, Graciela e Rafael comiam as fatias de pizza, presunto para ela e anchovas para ele, apreciando a vista do movimento pulsante e da torre moderna do Monumental. Graciela esfregou os lóbulos das orelhas: os brincos de Nelly incomodavam. Tirou-os. Rafael brincava de adivinhar pedaços de conversas da gente na calçada, criava uma discussão para um casal. Ela pouco interferia. Confundiu esquerda e direita quando ele orientou a espiar um passante. Teve de olhar as mãos para lembrar.

— Tenho problemas com isso...

— Eu quando chico era canhoto, mas tanto apanhei que agora escrevo com as duas.

— Agora já sei — ela disse. — Você só conta suas histórias à noite.

— E você? Digo, e o seu passado?

Faltavam-lhe guardanapos; ela tirou um dos lenços de papel do enchimento do sutiã e limpou-se com ele.

— Era atriz até que um dia insultei metade do estúdio.

— Valeu a pena.

Os dois se enxergaram pelo reflexo na vidraça e sorriram. Rafael fez menção de ir, sem revelar aonde. Perguntou se ela queria que a deixasse na pensão, mas Graciela preferiu ficar. Rafael beijou-a no rosto, agradeceu a janta, ganhou a rua e misturou-se à noite abafadiça. Após perdê-lo de vista, ela tirou da bolsa o cartão de visitas que o fotógrafo do coquetel da estreia lhe escorregara junto com um afago secreto no braço. Alguém abriu a porta de vidro do Rufino e entrou. Nelly veio ao encontro de Graciela e estendeu um elogio amistoso.

— Eu gostei.

— Não são minhas, ouvi no rádio. Biondi, acho — ela admitiu, desanimada. — Bem, menos a última.

— Me lembrou Niní.

— Marshall?

Ela confortou-se. Destrocaram os brincos.

— Vou lavar o vestido. Onde o devolvo?

Nelly pediu uma caneta ao caixa e Graciela ofereceu o verso do cartão do fotógrafo para a anotação. Nelly leu-o.

— Ele disse alguma coisa de anúncios de cosméticos — Graciela explicou.

— Certo. — Nelly pôs-se a escrever. — Se lhe agrada a ideia de fugir deste cavalheiro correndo em volta de um tripé, esteja a gosto. Caso contrário, apareça neste endereço e começamos.

NA SEMANA SEGUINTE, na sacada exígua do sobrado na Boca onde funcionava a casa de tango da polonesa Rebecca Liberman, Rafael compartilhava com a amiga Rosa Ríos um intervalo entre os números de dança e canto de um e outro na casa. Contava dos acontecimentos com Graciela na Lavalle e tentava convencer Rosa de que vira estrelas do cinema de perto.

— Assim, a um braço.

Os dois, muito juntos para caberem no espaço, debruçavam-se à grade, prestando-se a chamarizes ditos exóticos da casa de tango: ele era anunciado como "a flor do pampa", e ela, "a pérola negra". Além do movimento costumeiro, a rua estreita estava salpicada dos atletas menos disciplinados dos jogos pan-americanos em busca de entretenimento. Rosa apontou dois jovens.

— Estão falando inglês.

Rafael projetou-se à frente e fez adeusinho.

— Hello, boys! God bless America! — Sem obter resposta, zangou-se. — Arrogantes. Bing Crosby nem para engraxar os sapatos de Gardel serve.

Rosa ofereceu o mate, ele recusou. Ela vestia um terno escuro, bem ajustado ao seu porte. Rafael usava vestido rendado e uma gargantilha com cravo de seda vermelha, a mesma cor dos lábios. Dentro do estabelecimento, às costas deles, tocavam *Yira Yira* na curiosa versão em iídiche traduzida e interpretada pela própria Rebecca Liberman. Ele esmigalhou um inseto no piso gretado.

— O que vai cantar hoje?

— O mesmo de sábado, mas antes vou declamar um poema que escrevi.

— A ver.

Rosa disse os primeiros versos, sobre o sol dourado riscando o Plata visto da rambla de Montevidéu. Rafael escutava até que viu, à luz de um poste do outro lado da rua, uma figura carregando uma sacola, andando rápido, aproximando-se deles. Segurou o pulso da amiga.

— É Graciela, da pensão.

— A atriz?

— Eu... Vou entrar.

— Por quê?

— Porque estou de salto alto na noite.

Rosa deu de ombros.

— Ela também.

Graciela chegava perto. Rafael decidiu chamá-la. Ela não o localizava. Ele disse que olhasse ao alto à esquerda, mas ela olhou à direita.

— A outra!

Afinal ela enxergou o aceno e, se estranhou qualquer coisa, foi por um átimo. Correspondeu alegre e cruzou a passos curtos a via de paralelepípedos.

— Sou eu — ele falou, mostrando-se, algum tom afobado entre vaidade e acanhamento. — Vai contar a Don Pablo?

— Contar que tudo lhe cai bem, Rafi?

— Durante o show, sou Libertad. Como a Lamarque.

— Atahualpa — Rosa apresentou-se —, como o Yupanqui.

— As duas... Os dois... Enfim, duas pessoas muito elegantes.

Rafael perguntou se Graciela queria entrar e escutar o poema de Rosa, o que ela declinou dizendo que se atrasava. Mostrou a sacola com o vestido de Nelly Lynch, lavado e passado.

— Ela vai me ajudar.

Graciela disse muito prazer a Rosa e despedia-se quando ele interrompeu.

— Está decepcionada?

— Decepcionada como?

— Achou que íamos nos apaixonar?

A atriz deu passagem a um grupo ruidoso. Já retomava o andar quando respondeu:

— Achei que eu ia.

Graciela seguiu adiante, movendo a cabeça ao compasso do tango.

— Cuidado — Rosa alertou a Rafael, já fora do alcance dos ouvidos da atriz. Sugava da bomba. — Nas vidas deles, somos passageiros. Você já sabe.

Rafael encarou-a. O som do bandoneón carregava consigo, desde o interior da casa, o aroma de colônia barata de alfazema. Soaram aplausos e o agradecimento estridente de Rebecca. Ele ajustou a gargantilha e os anéis e tornou a apoiar-se à sacada. Avistou Graciela dobrar a esquina sem olhar para trás, um vulto a mais entre apetites furtivos e rostos sem sobrenome.

23 de março de 1976

Victoria já servira a sobremesa aos amigos, em seu apartamento, longe das lidas do El Nacional e das resenhas inconsequentes que lhe permitiam publicar no suplemento de cultura, quando bateram à porta. Ela soube quem era antes mesmo de atender: Alicia, a vizinha do final do andar, logo no momento em que Victoria inundava-se de euforia pela mesa cheia, o apartamento com música, a chance de receber a celebração pequena, mas franca. Victoria reduziu o volume no aparelho de rádio e cobriu os lábios com o indicador em riste. Os outros três puseram-se a censurar uns aos outros por falar alto. Victoria desculpou-se assim que girou a maçaneta:

— Vamos cuidar, Alicia.

— Você sabe que eu tenho este ouvido...

A vizinha aceitou as promessas. Victoria empurrou a porta e cerrou-a sobre o olhar de Alicia, que se esticava para dentro, à desordem da mesa e suas garrafas, cinzeiros, migalhas e restos do espaguete e do bolo de baunilha na louça. Ao redor da mesa estavam Cacho e Ernesto, amigos próximos, e Beatriz, a namorada de Ernesto de vários meses. Cacho arrancou um naco de pão e com ele desenhou uma espiral em seu prato até embeber no molho vermelho já frio.

— Por que não disse que é seu aniversário, Vicky? Só se completam anos trinta uma vez.

— Todas as idades são assim, Cacho.

— Você não conhece minha tia, que tem quarenta e nove desde 1968.

— Não cantamos parabéns — Beatriz sobressaltou-se. — Comemos sem cantar. Tem velas, Vicky?

— Nada de parabéns. — Ela foi à escrivaninha, embaixo da janela da sala, e abriu a gaveta. — Vamos é ler a ata.

— Ata?

— Já lhe contamos da associação, Beba, da época de estudantes — Cacho disse.

— Mas não sabia que era tão oficial.

— Extremamente oficial, meu amor — Ernesto declarou à namorada, acendendo um cigarro. — Tanto quanto a Triple A e suas operações, que todo mundo aqui parece fingir que não existem. Ninguém toca no assunto desde que chegamos para a janta.

Os rostos abateram-se, seguidos de um vácuo de palavras, aplacado pelo jazz vindo do rádio. Victoria sentou-se, a folha em mãos, o papel denunciando em vincos e manchas o tempo vencido desde aquela noite do segundo ano da faculdade. Alisou uma ponta que ameaçava rasgar. Ernesto fumava olhando para cima; faltava-lhe a outra mão, perdida em um acidente. Beatriz descia um bocado de bolo com um gole do vinho. Cacho, debruçado à mesa, o cabelo ondulado caindo ao pescoço, afinal falou para Ernesto:

— Che, que hora de...

— Bem, e o quê? Fazemos que nada acontece, que não sabemos o que vem aí? Desde janeiro dois amigos caíram.

— Eram meus amigos também — contestou Victoria.

— E meus — Cacho garantiu —, mas nem por isso estrago a festa.

— Eles têm razão, Bebito — disse Beatriz, acarinhando o ombro do namorado.

Victoria buscou instantaneamente o olhar de Cacho. Os dois compartilharam o sufocar de uma gargalhada até a soltarem ao mesmo tempo. Ernesto entortava a boca para reprimir a reação, mas enfim mostrou o sorriso de dentes separados e esmagou o cigarro no cinzeiro fingindo ultraje.

— Tropa de boludos.
— Por minha causa — Beatriz explicou, também rindo.
— Beba e Bebito.

Victoria anunciou que daria início às formalidades. A golpes na mesa, Cacho e Ernesto criaram um rufar de tambores cerimonial. Ela impostou a voz nas primeiras palavras e depois, recordando a vizinha e um temor menos particularizado, suavizou-a.

— Nesta data, os abaixo assinados, por ocasião do aniversário da primeira, constituem entre si, por suas soberanas vontades e no espírito dos direitos e das garantias individuais que informam a República Argentina, uma associação que, fiel aos seus princípios morais de antiautoritarismo e pensamento independente e descentralizado, remanescerá sem nome, e assim tanto mais comprometida com a promoção da justiça social e das liberdades democráticas, com a denúncia de quaisquer governos que as ameacem e com a defesa intransigente do povo, mediante todos os instrumentos alcançados pelo livre exercício do jornalismo, restando sob todas as circunstâncias autorizado o uso das mais variadas substâncias psicotrópicas que se lhes façam disponíveis ao longo da nobre empreitada, cuja fundação será marcada, anualmente, pela leitura solene da ata desta sessão que entra para a imortalidade. Buenos Aires, 23 de março de 1965. E nossos nomes e documentos, et cetera.

— Saúde! — exaltou Cacho.

A mesa uniu os copos. A leitura causou outro intervalo quieto: os fundadores beberam e partilharam sorrisos de ocaso. A sala encheu-se de tudo o que não se dizia, do início fresco da madrugada que esvoaçava a cortina. Victoria lambeu do garfo a cobertura de glacê. Ofereceu mais bolo e café e, refutando ajuda, empilhou pratinhos. Beatriz pediu para ver a ata.

— Três burgueses brincando de revolucionários. — Ela beliscou Ernesto, logrou descontraí-lo um tanto. — Você guardou a sua?

— No meu apartamento... Posso procurar amanhã.

Beatriz falou em querer uma cópia. Dos quatro, era a que tinha a voz mais mole da bebida. Seu gosto característico por penteados exibia, naquela noite, um rabo de cavalo alto, de um só lado da cabeça.

— Então com vocês três foi amor à primeira vista?

Victoria riu com gosto. Os dois rapazes, também divertindo-se, atropelaram um ao outro nas negativas.

— Levou um par de semestres.

— Você devia ver esta aí na disciplina de leitura e produção textual. "Não vamos ler Ocampo e Woolf? E Mistral e Vilariño?".

— E eles — Victoria avisou da cozinha —, com suas personagens que tiravam a roupa na metade da primeira página. Era sempre a mesma coisa. Dois parágrafos, puf, seios desnudos e mamilos duros. Uma onda de frio generalizada no conto amador universitário.

— Dale, Vicky! — Beatriz gritou, o braço ao alto, agitando a pilha de pulseiras de prata e cobre.

A aniversariante gesticulou silêncio mais uma vez. Ia e vinha, recolhendo louça e trazendo as xícaras servidas e o açucareiro, e participava da conversa aos pedaços. Cacho contava de uma aula.

— Até protestou quando o velho Maldonado leu o meu conto dizendo que era o melhor da turma. Na quarta frase Vicky levantou e saiu da sala. — Cacho adoçou seu café. — Hoje entendo, mas na época fiquei amuado.

— Noite de confissões... — Beatriz ergueu-se e pegou a máquina fotográfica emprestada do namorado. — Precisamos marcar a ocasião.

Victoria tomou seu lugar à mesa. Apoiou o cotovelo. Mirou o amigo por um minuto, acompanhou os giros da colher na xícara. Passou as mãos sobre os olhos, a face nem sóbria, nem risonha. Beatriz decifrava o funcionamento da câmera portátil. Ernesto falou como quem contemporiza.

— Não me lembro disso.

— Eu sim — Victoria disse. — Sabem, esses trinta anos... Se perdem alguns receios de... Algumas coisas perdem o sentido tão de repente. — Ela tirou um risco de maquiagem da ponta do dedo, as pálpebras à meia-altura. Verteu vinho na taça. — Cacho, digamos que você atendesse Alicia à porta, no meu lugar. O assunto se alongaria, não acha? Antes de chegar ao barulho você teria de explicar quem é, se mora no prédio, o que faz aqui, como entrou, quem o autorizou, dar referências... Um trabalho e meio para provar que tem direito a estar do lado de dentro. E quase se convence de que melhor seria deixar outra pessoa atender. Pois bem. Nós somos, com sorte, as convidadas. Vocês são os proprietários. E o mundo é Alicia com seu ouvido suscetível. — Bebeu. — Naquele dia, na aula do velho, declarei trégua com o clube de masturbação mútua. Os novos Borges, Calvino e Hemingway que serão lidos e celebrados pelos próximos Borges, Calvino e Hemingway. E nisso se vão os séculos.

Victoria largou a taça. Juntou uma sobra de pão da toalha e comeu.

— Mas chega por hoje. — Segurou, à mesa, a mão de Cacho e a de Ernesto. — Meus amigos. Meus bons amigos.

O clique da fotografia apanhou-os e cristalizou o momento: Victoria, os braços estendidos para os lados na oferta do carinho, e os semblantes absortos, quase atônitos, dos colegas. Beatriz apareceu por detrás da câmera. Estava séria e dirigia um olhar intenso à anfitriã.

— É exatamente assim.

A FESTA SE TRANSPUSERA à sala. Victoria espalhava-se no sofá e assistia ao balanço dos convidados à música, lânguido, harmonizando-se a toques mais ou menos sutis. Beatriz alegou cansaço. Sentou-se no piso, ao lado de Victoria. Ernesto chamou:
— Vamos, Vicky.
— Não danço bem.
— É a terceira vez que me nega... Desisto. — E, para Cacho, em tom de piada: — Eu e você. Como faziam no porto.

Os rapazes imitaram um tango. Encobriam com risos a proximidade. Victoria já não distinguia os contornos da dança, das vozes ou da melodia: tudo se diluía sob um cenário velado e opaco, como se ela o visse enquanto mergulhada n'água. Beatriz despertou-a.
— Não tinha amigas na faculdade?
— Eram poucas — Victoria suspirou. — Logo se afastavam.
— Por?
— Decerto eu não era pura o suficiente.
— Que bom — Beatriz riu. — Gostamos que não seja.

Beatriz abraçou-a e deu um beijo lento em seu rosto. Victoria não o refreou nem correspondeu.

— Estou moída — disse, e bocejou. Enrolou no dedo uma mecha ruiva da amiga.

Beatriz pegou uma almofada do sofá para acomodar-se melhor no chão. Cantarolou a melodia fora do tom, a língua solta atropelando sílabas. Victoria novamente fechava os olhos. Emergiu com a pergunta de Beatriz:

— De lá para cá, o que fez a associação, Vicky? Digo, sei que Bebito trabalhou com Rodolfo Walsh no Noticias, e Cacho passou pelo ERP... E agora estão no La Opinión e no La Razón. E você foi parar no El Nacional.

— A coluna de sugestões de leitura. Anônima. E o horóscopo quando chego por último.

— Abandonou a militância?

Victoria desviou o olhar à janela. Um carro passava veloz na Laprida.

— Quis me dedicar à escrita.

— Ernesto diz que você não termina nada do que escreve.

— Por isso voltei ao jornalismo.

— Você não fala muito de si mesma, não é?

Ela espreguiçou-se.

— Desistir é tão mais fácil, Beba.

O baile dos rapazes terminou. Ernesto jogou-se em uma cadeira, com outro cigarro e outra taça de vinho. Cacho serviu-se de bolo. A estação de rádio tocava uma canção menos conhecida. O ambiente tornou-se sonolento, mas Cacho escusou-se para usar o banheiro e trouxe Victoria à vigília justo antes de adormecer por completo. Ela encontrou Beatriz observando-a. Victoria sussurrou:

— Estou fazendo umas anotações... Umas ideias.

— Diga — pediu Beatriz.

— Há um conto de Juan Carlos Onetti. Sobre uma atriz.

— Leio bastante Onetti. Atriz... A das fotografias?

— Fotografias ao ex-marido. Por vingança.

Victoria narrou brevemente a história: um jornalista de quarenta anos e uma atriz de vinte apaixonam-se, casam-se e juram amor incondicional. Porém, quando ela confessa um caso inconsequente, ele a rejeita. A atriz sai em turnê e começa a enviar ao marido, pelo correio, fotografias de si mesma na cama com outros homens. O tormento acaba por levá-lo ao suicídio.

Ao fim, Victoria apontou a escrivaninha. Ao lado do telefone e da Lettera 22, entre uma anarquia de rascunhos datilografados, havia uma folha de caderno com escritos à mão sob uma caneta-tinteiro, coisas desordenadas que acumulava fazia meses, desde que, no jornal, Milena Martelli entregara-lhe a coletânea de Onetti da editora Lumen para a resenha. Beatriz alcançou a caneta e o papel. Victoria leu um trecho: "Não me move, meu Deus, para querer-te, o céu que me há um dia prometido; e nem me move o inferno tão temido para deixar por isso de ofender-te".

— *O inferno tão temido*. Assim se chama — disse Beatriz.
— Grande conto.
— "Se o que ouso esperar não esperara, o mesmo que te quero te quisera".

Victoria levou a caneta à boca. Beatriz observou:
— Parece que é uma história verdadeira.
— Ouvi falar.
— Que loucura, não? Meter-se na cama à vontade é uma coisa, até tirar as tais fotos e enviá-las... Mas ela manda uma foto à mãe do sujeito, não é assim? E ele se atira de uma janela.
— Foi à filha. Ela manda a fotografia à criança. E ele toma remédios.
— Dios — Beatriz pensou, sacudiu a cabeça. — O que deve ter sido esse momento na vida do homem... Imaginar a niña abrindo o envelope.
— Não é isso que imagino — Victoria cortou, não sem rispidez.
— E o que é?
— Ela. — Victoria olhava fundo, mas sem direção. — A atriz. Penso nela.

— Como se chama mesmo?

A conversa entre os homens — Cacho voltara à mesa e falava de trabalho — causou a queda de um copo, e o ruído e o apuro dos dois em limpar o piso e recolher os cacos dispersou o tema do conto de Onetti. As duas se entreolharam. Beatriz apossou-se da caneta de Victoria, escura e toda rajada em verde, com um efeito iridescente que lembrava madrepérola. Ao longo da patilha, a marca Parker em relevo.

— Hermosa — Beatriz admirou.

— É uma Vacumatic.

Beatriz desenroscou a tampa e examinou a ponta. Repetia "Vacumatic" como se elucidasse cada sílaba. Victoria esperava a devolução e teve de reclamá-la. Ao recebê-la, pôs a tampa no lugar com cuidado. O tênue desconforto foi rompido por Beatriz.

— Você tem algo aqui...

Victoria esfregou uma gota de sangue que surgia de uma narina. Beatriz ajudou-a com um guardanapo.

— Gosto de você, Vicky.

— E eu de você, Beba.

— Não, mas... — Beatriz tornava-se emotiva, a voz fina. — Gosto mesmo. É importante que saiba. Assim, de verdade. Não importa o que venha a... Promete que sabe?

Beatriz acariciou o rosto de Victoria em ambos os lados, as pulseiras metálicas chocando-se umas contra as outras. Seu rabo de cavalo lateral pendia quase desfeito à altura do pescoço. Em troca, Victoria alisou as mãos da amiga.

— Pronto, pronto.

— Deixe os meninos com seus clubinhos — Beatriz chegou perto, chorosa — e escreva. Não perca tempo. Senão os Onetti e os Cortázar ali contam as histórias por nós. — Esticou o polegar na direção dos homens, suavizou a expressão e encostou a testa à dela. O canto saiu em um fio. — Que los cumplas feliz. Que los cumplas feliz.

Beijaram-se. A ruiva limpou uma lágrima dos cílios e virou-se para Cacho e Ernesto, à mesa.

— Me vou. Terminam sem mim desta vez, não?

— Quer que eu vá também, mi amor?

— Nada. Divirtam-se. — Beatriz tirou a bolsa do cabide. Estava aberta e deixava entrever a máquina fotográfica. — Esperem. Não tiramos uma todos juntos.

Os quatro reuniram-se. Na extremidade do grupo, Beatriz segurou a câmera com a lente para eles e o maior afastamento que o braço proporcionava, avisou "digam uísque" e apertou o botão. Que maneira de se fotografar, foi o comentário geral.

O SONO LHE ESCAPARA, e a trama no teto, desenho da luminária alaranjada cuja lâmpada ensaiava falhar, distraía-a. Victoria estendeu a mão para cima e desenhou palavras no ar com um dedo indolente. Apagou algo, como se em uma lousa, e tornou à escrita flutuante, visível apenas para ela. Ernesto descera para acompanhar Beatriz ao táxi, e Cacho vinha deitar-se com Victoria. Ela deu espaço no sofá. Cacho envolveu-a pela cintura e pela nuca e beijou-a. Ela abraçou-o. Sentiu-o por sobre o jeans, com sua leve curva, sempre pronto tão depressa. Ele a trouxe para cima de si e Victoria acomodou-se, sentada sobre ele. Cacho emagrecera, a barriga descarnava, viam-se as primeiras costelas. O estrabismo Victoria sempre considerara um charme: desde a faculdade Cacho dizia que tinha um olho no futuro.

— Hoje não — ela disse.

— Mas é seu aniversário.

— E vocês são os presentes?

Abaixou-se para beijá-lo. Desvencilhou-se. Tornou a ocupar o sofá inteiro. Cacho agachou-se ao lado dela e falaram muito próximos. Victoria indicou o quarto.

— Por que não vai com Ernesto?

— Só nós dois?

— Dale, Cachito. — Mexeu no cabelo dele como havia feito com Beatriz. — Sei que gostam.

Ele recuou. Houve ruído de chaves na porta: Ernesto retornava.

— Você é quem sabe — Victoria disse, virando-se de costas. Fechou os olhos. — O mesmo te quero, Cacho.

Victoria acordou ainda uma vez. Escutou o resfolegar no quarto, murmúrios abafados e estalos de corpos, com uma força contida e uma doçura simultâneas que a fizeram sorrir. Excitava-se. Levou a mão para dentro da calça, tocou-se com vigor, o orgasmo veio fácil e cheio. Os dedos voltaram sangrentos. Teve preguiça de ir ao banheiro e limpou-os no interior da roupa de baixo. Os rapazes continuavam, mas agora a suavidade dos sons a relaxava. Dormiu.

Às TRÊS E VINTE e um da manhã, na casa quieta salvo pelo rádio no volume mínimo, ninguém escutou a cadeia nacional transmitir o comunicado número um das Forças Armadas, informando à população, no timbre cerimonioso do locutor, que, a partir daquela data, o país se encontrava sob o controle operacional da Junta Militar. A brisa cessara, as cortinas repousavam, a lâmpada tremeluziu e apagou, e tudo fez-se noite.

CAPÍTULO 4

Camarim, primeira chamada

26 de setembro de 1976

Rafael Jarcón agradeceu à moça da recepção do hotel La Riviera de Madri que lhe entregara a correspondência e as mensagens dele e de Graciela. Ele rasgou a extremidade de um envelope, examinou o conteúdo, leu os cartões timbrados no cabeçalho. Pediu uma ligação a Buenos Aires, que foi interrompida pelo latido fino do lulu-da-pomerânia alojado ao braço de uma hóspede. Enquanto Rafael concentrava-se na voz de Gastón Molina ao telefone, falando de nomes e datas, e anotava os detalhes, um dos cavalheiros na recepção, voltado para a sala vizinha, onde Graciela assistia a uma entrevista televisiva, falava sem reservas.

— Não preciso que interprete Molière e segure os tornozelos ao mesmo tempo.

Rafael virou-se de costas. Pediu que Gastón repetisse o convite, o que ele fez, com o acréscimo da insistência:

— Graciela não vai querer, mas faço questão de tentar. Seria um estouro, me parece. Sei do que é capaz no palco...

Rafael percebeu o movimento dos dois homens. Confirmou apressado as anotações: direção de Guillermo Lacorte, adiada, ensaios janeiro, estreia indefinida. Encerrou o telefonema, pegou os documentos, desviou de um carrinho de bagagem e conseguiu alcançar antes deles as portas em arco. Conferiu, a uma olhada para os elevadores, que os intimidara.

Instalada na bergère com o cigarro pela metade, o azul elétrico da blusa solitário na sala de cores neutras, Graciela assistia à televisão. Ele sentou-se com ela e depositou o envelope e os recados na mesa, sobre o jornal aberto.

— Mandaram o contrato...

A atriz fez o menor dos gestos à tela. Rafael prestou curta atenção às palavras de Juan Carlos Onetti, falando ao entrevistador de juramentos de amantes e fotografias. Observou Graciela contemplar sem ânimo a imagem no aparelho. Ela grudou os lábios no cigarro e aspirou demoradamente. Onetti finalizou a resposta alongada, lodosa: "Agora, os fatos são todos... verdadeiros", e nesse ponto Graciela desviou o rosto e abaixou os olhos, o fumo escapando desde uma extremidade da boca.

— Não dorme bem, eu sei — ele concedeu. — Mas agora terminaram as filmagens e vai conseguir descansar.

Graciela mordiscou uma unha. Rafael tirou-lhe a mão da boca e quis distraí-la:

— Sabe que assisti a todas as cenas e não entendi nada.

— Nem eu — ela resmungou. — Mas ele não gosta que perguntem.

Ele apanhou os recados, alinhou-os e começou a ler.

— Bebán vai fazer o irmão no filme de Héctor. Marta convidou-a para ficar na casa dela em Nova Iorque. Quer apresentá-la a Andy Warhol. E um repórter quer uma entrevista para um artigo sobre o cinema latino-americano. O mesmo do ano retrasado.

— Ele quer ver se eu me embebedo e saio falando do raio que o parta.

— Então não beba.

A atriz bateu as cinzas do cigarro. Rafael descartou as mensagens lidas e segurou a que restava.

— E... Bueno, um convite para teatro.

— De quem?

— De Gastón. A peça que Lacorte vai dirigir foi adiada de novo. A atriz se machucou e estão buscando quem assuma. Gastón diz que só se imagina contracenando com você, que não se conforma de você ter recusado fazer Beckett, Pirandello, blá-blá-blá.

Ele soltou o papel com os demais, displicente. Graciela girou a bagana no cinzeiro até amassá-la, tirou outro cigarro do maço e acendeu-o.

— Mais nada?

Rafael fez que não. Olhou a própria aliança e a dela, folgada no dedo anular da mão que brincava com a cartela de fósforos do hotel. Graciela obcecava-se com algo longínquo. Rafael achou que ela pensava em Nelly Lynch e no seu falecimento em janeiro daquele ano, mas essas ausências precediam em muito o acidente. Ele reparou que a matéria na página aberta do jornal mencionava o nome de Graciela. Tocou-lhe o pulso, meigamente, para aquietá-lo, puxou a folha para si e leu o último parágrafo da resenha de cinema:

A interpretação de Graciela Jarcón é mais uma prova de sua beleza insólita e de seu inegável talento. Contudo, nada há aqui de novo. O que a atriz demonstra é o que todos sabem: que ela convence, enfeita a tela como poucas, e tem uma capacidade segura e consistente para a comédia. Assim mesmo, o espectador não conseguirá fugir à certeza de já haver visto a senhora Jarcón no mesmo papel. Ela própria parece comungar de tal sensação; em diversas cenas é traída por uma atitude entediada que extrapola o roteiro, e é impossível não perceber aqui e ali os sinais precoces do tempo e de uma vida desregrada. Talvez isso se deva a uma limitação não particularmente sua, mas de comediantes femininas em geral, dada a falta de propensão natural do sexo frágil ao humor. Ainda assim, em uma carreira como a dela, espera-se que a determinada altura se corra ao menos algum risco, que se permita desafiar e expor, que se atreva, e é exatamente essa ousadia que parece faltar à atriz argentina. É inevitável reconhecer aí uma ironia ao se considerar que Graciela Jarcón tem uma personalidade bastante comentada nos bastidores da indústria, sejam ou não verídicas as histórias que a precedem, e mesmo este cronista poderia arriscar contar uma, não fosse socorrido pela prudência que a idade lhe presenteia. Uma delas, como se sabe, é o suposto medo do palco, e não à toa, pois talvez os gestos sutis da senhora Jarcón só funcionem no cinema; talvez, em um teatro, toda ela, com seu porte tímido, fosse engolida sem misericórdia e desaparecesse. Talvez esta atriz já tenha nos mostrado todos os seus truques e, ao fim e ao cabo, a lenda Graciela Jarcón seja o que há de mais interessante na artista Graciela Jarcón.

Rafael atirou o diário à mesa.

— Por isso está assim?

Ela coçou o nariz e deu uma baforada. Deslizou o dedo em um trecho da página que permanecia aberta.

— Você viu isto?

Ele leu abaixo da crítica. O jornal comunicava que aquela havia sido a última coluna de Mario Ricardo Lanza, crítico, professor, tradutor, correspondente e jornalista que cobrira "com integridade, ética, humanismo e excepcional habilidade a cultura do nosso tempo e os grandes eventos mundiais desde a revolução bolchevique até a queda de Saigon". A nota lamentava seu falecimento e fazia referência a um livro e vários artigos, às aulas na universidade, ao trabalho em redações, agências e rádios de Buenos Aires, Rosário, Montevidéu, Cidade do México e Madri.

— O que é que tem?

— Não reconhece o nome?

Ele releu devagar. Aguardou que a esposa falasse. Mas Graciela calou-se, deitou a cabeça no encosto, o cigarro exalando fumaça. Os lábios moviam-se minimamente, sem ruído, e Rafael não soube se falava sozinha, cantarolava ou mesmo se apercebia do ato. Ele se apoiou em um dos cotovelos e vigiou-a como se à distância. Uma família com crianças entrava na sala. Rafael tomou os papéis e o jornal, levantou-se e ofereceu-lhe o braço.

— Vamos nos recolher — disse.

Horas depois, Rafael acordou, e não pela primeira vez naquela madrugada. Graciela tivera pesadelos, remexia-se a gemidos, acertara-lhe o tornozelo. Porém, agora ele despertava com o quarto de hotel em absoluto sossego, salvo pelo ruído monótono do ventilador no teto. Piscou pesado, viu o outro lado do leito vazio, os lençóis afastados ao pé da cama. Virou-se à claridade, protegeu os olhos e, após acostumá-los à luz, divisou Graciela. Estava sentada na chaise longue diante da janela aberta, os pés cruzados sobre o estofamento de listras cor-de-rosa. Roçava a unha do polegar nos dentes dianteiros por entre os lábios suavemente apartados; na ponta dos dedos da outra mão, um cigarro aceso evaporava em nébula. O sol do dia novo invadia o cômodo, perfilava-a em tom auricolor. O cabelo claro descia ao pescoço, fios soltos ondulavam ao acaso, e os olhos graúdos, rodeados pelo cinza irregular da maquiagem gasta, perdiam-se na paisagem.

Rafael girou o corpo, deitou-se de costas, esfregou a face, subiu o tecido da camisola de renda leve, caída em tenros franzidos ao peito, uma das alças estreitas no ombro, a outra pendendo ao braço. De todos os fantasmas, perguntou macio sobre o que parecia menos atroz:

— É Nelly?

A atriz não deu sinal de tê-lo escutado. Tragou o cigarro, comprimiu e umedeceu os lábios com a língua. Só então falou, a voz áspera de tabaco e letargia.

— O que vão encenar?
— Quem?
— Gastón Molina e Guillermo Lacorte.

Ele inspirou, tossiu, sentou-se na cama. Buscou na mesinha de cabeceira os recados da noite anterior e repassou-os desordenadamente.

— Shakespeare.
— Qual?
— A peça... — Ele bocejou. — A peça escocesa.

A esposa continuou voltada para fora. Tornou a fumar. Algum impulso parecia nascer nela no instante em que soprou a fumaça, desta vez pelas narinas, a boca contraída, um sulco no sobrecenho, um rasgo na expressão que se alterava.

— Quantas chamaram antes de mim?
— Não sei.
— Rafi.
— Está bem. Era para ser Norma, mas fugiu depois da bomba. Então puseram a Borges e ela quebrou o braço. Queriam Amelia Bence, que está em turnê. E agora Gastón insistiu no seu nome. Já estão cheios de problemas, políticos inclusive... Gastón entrou no lugar de Alcón, e Lacorte está substituindo Villanueva.
— Quando retomam os ensaios?
— Vão tentar em janeiro. Por quê?
— Porque vou aceitar.

Rafael permaneceu sentado na cama, segurando a mensagem. Graciela ergueu do chão um copo d'água e jogou o cigarro dentro. Dobrou os joelhos, cruzou os braços sobre eles e ali aninhou o queixo. Ela não transparecia consciência da gravidade da decisão, exceto quando inclinou a cabeça para um lado sem motivo e deu a Rafael a certeza de que evitava de propósito seu olhar descrente.

Ele atirou o papel aos lençóis, recostou-se, afundou as mãos no cabelo. No alto, o giro das pás do ventilador descrevia um círculo perfeito e atenuava, ao acalento da brisa, o peso do nada no quarto.

18 de janeiro de 1977

No dia do primeiro ensaio com a companhia de Guillermo Lacorte, o carro freou rente à calçada ao chegar ao Teatro Nacional Cervantes. Dele saiu Rafael e, em seguida, Graciela, de óculos escuros redondos, fazendo um gesto mal-educado ao automóvel de trás, que buzinava. Os dois contornaram a fachada, ela parou e leu os cartazes: uma peça infantil nas matinês, outra de Brecht, uma terceira de Lope de Vega. Demorou mais do que o tempo necessário à leitura, o marido chamou-a, ela seguiu-o até a entrada. Em lugar de atravessar a porta que ele segurava aberta, revirou os pertences na bolsa.

— Quero fumar.

Rafael avisou do atraso.

— Preciso fumar — ela teimou.

Ele soltou a porta com um resmungo. Graciela foi à banca de revistas na Avenida Córdoba, pediu dois maços de Chesterfield, pagou e recusou o troco. Acendeu um cigarro, deu alguns passos para longe, regressou. Colado à parede diagonal do edifício da esquina, um cartaz estampava fotos de homens e mulheres jovens e o alerta "Terroristas procurados. Denuncie-os". O marido pousou uma das mãos em seu dorso. Na banca de revistas, uma senhora confabulava ao vendedor:

— Aquela ali não é...

— Acho que sim.

A atriz aceitou a condução de Rafael ao teatro. Consumiu afobadamente o cigarro e descartou-o à calçada no instante em que entraram no Cervantes. Cruzaram a antessala e o marido abriu também a porta de vidro martelado que dava para o saguão. Graciela cravou segura os saltos no piso vermelho, tirou os óculos e, com uma olhada ao entorno, dirigiu-se ao rapaz encostado em uma das colunas.

— Vim para... — Interrompeu-se, teve vontade de rir. — Está se sentindo bem?

— Sou... Teodoro. Teo, assistente.

Ela apresentou-se cordial. Os dois homens apertaram-se as mãos. Teodoro indicou as escadas, porém não falava.

— O ensaio?

— Sim. No... salão dourado. Estão... aguardando.

Graciela notou o tartamudear. Ela buscou o corrimão e subiu as escadas, o assistente ao seu lado e o marido uns degraus abaixo. Rafael mencionava o retardo, ela contou do congestionamento, deparou-se com a persistente fascinação de Teodoro. Riu.

— Dale. Nem tudo que dizem é verdade.

O rapaz pareceu descontrair-se. Ela retornou ao episódio do trânsito; sabia que se dispersava em insignificâncias, mal queria chegar ao segundo piso. Avançou poucos metros no corredor que os levaria ao salão antes de sentir a náusea. Voltou atrás, socorreu-se do apoio da balaustrada.

— Senhora? — Teodoro indagou.

A garganta secava, ela tentou engolir. Aceitou a ajuda de Rafael. Levou uma das mãos à boca, sentiu-a trêmula, admitiu:

— Não sei onde eu estava com a cabeça...

Graciela transpirava. Crispou os dedos em torno do pescoço e respirou fundo. O esposo pediu licença ao assistente, que se retirou.

— Sem plateia — Rafael insistiu. — Você só precisa... — Ele sentiu seu hálito. — Por acaso andou bebendo?

— La puta que te parió, sempre a mesma coisa.

— Não adianta ser bruta comigo.

Ela andou de lá para cá no corredor. Pisou em falso, tropeçou no salto e agarrou-se por impulso ao marido. Recuperou-se, continuou apoiada nele, enfiou o calcanhar de volta no sapato. A sensação de tontura aliviava.

— Desculpe. Rafi, me perdoe.
— Tudo bem.
— Quero ir embora.
— Evidente.

Ela deu as costas. Caminhou, reduziu o passo, virou-se.

— O que é evidente?

Encostado à balaustrada, ele mexia nos punhos da camisa, despreocupado, quase risonho.

— Acha mesmo que acreditei?
— No quê?
— Gastón pediu que eu não contasse, mas dane-se. Quer saber como vão as apostas? Vinte contra um que a Jarcón nem aparece. Cinquenta contra um que a Jarcón desiste na metade dos ensaios. Cem contra um que a Jarcón não sobe ao palco na estreia. — Rafael terminou de ajeitar as mangas, cruzou os braços. — Ninguém a leva a sério.

A atriz balbuciou uma contestação que ele ignorou.

— O que aquela coluna dizia? — Ele tocou o queixo como quem se esforça para lembrar. — "O teatro a engoliria"... Não. "A senhora Jarcón desapareceria"... — Estalou os dedos. — "Já mostrou todos os seus truques". Ele acertou, e não está sozinho. Tanta gente a considera uma humorista de segunda classe que deu sorte...

Ela testemunhava o discurso sem crê-lo. Inchava-se, mas não conseguia dar vazão à cólera.

— O fato de que é a quarta alternativa para esse papel... Pensa que não comentam? Até chegar a você precisaram de um atentado a bomba, uma fratura de bastidores e uma turnê continental. Isso sem falar nos boatos de que tudo não passa de um golpe de publicidade, uma distração frívola do estado das coisas... Talvez eles é que estejam certos. — Ele gesticulou como quem conclui uma demonstração. — Graciela Jarcón é uma fraude.

Graciela atirou a bolsa ao solo com violência, marchou até o esposo, bateu um dedo acusador no seu peito e esbravejou transtornada:

— Eu não lhe dou esse direito!

— Entre — ele disse, mais baixo, já sem escárnio. Segurou de leve seus braços. — Entre agora mesmo.

Rafael acenou à porta. A atriz olhou-a, reticente. Ele aproximou-se e encontrou seu olhar.

— O russo Ivanovitch.

À medida que ela absorvia as palavras do marido, o fôlego voltava ao normal. Graciela deslizou os dedos uns nos outros até se firmarem gradualmente. Rafael abaixou-se, apanhou a bolsa e entregou-a; ela tirou dali um lenço, pressionou-o contra a nuca, sob o queixo, na linha do cabelo, acima do lábio superior. Ao seu reflexo no espelhinho, afastou um cílio grudado à face e piscou repetidamente para secar a camada vítrea de umidade. De um segundo a outro, apagou de seus traços o resto de tensão: elevou o queixo, arqueou as sobrancelhas, avivou o olhar e estendeu a boca em um sorriso sutil com um toque cativante de orgulho.

— Que tal? — ela segredou ao marido.

Ele domou fios rebeldes no penteado. Meneou a cabeça em afirmativa. Graciela sorriu mais aberto. Fechou a bolsa, inspirou fundo, endireitou-se, caminhou com gana. Rafael teve de repetir que era o salão à direita antes que ela entrasse pela porta errada.

20 de abril de 1977

— Boa escolha para conversarmos, a Ideal.
— Sim, é agradável e... Este andar é quieto. Geralmente.
— Os chicos dos autógrafos? Não me incomodam. Começamos?
— Claro. Agradecemos pela entrevista.
— Quem agradece?
— O El Nacional.
— Não, digo, como se chama mesmo?
— Milena. Martelli.
— Já vi o seu nome no suplemento cultural.
— Sim... As críticas de teatro são a maioria comigo.
— Falou com meu marido para marcar o horário?
— Foi muito amável.
— Ele a assustou?
— Perdón?
— Às vezes avisa às publicações para não perguntar disto, não perguntar daquilo.
— Não, para nada.
— Ele me protege em demasia. Queria vir e assistir à entrevista para poder intervir, se necessário. Eu recusei.
— O que seria uma intervenção necessária?
— Melhor irmos pelas suas perguntas.
— Bem. Na verdade acho que vou deixar a primeira para o final e vamos do princípio da sua carreira.
— Esse foi como todos, já contei mais de uma vez... Arranjar um par de saltos que te matam os pés, mas te aumentam uns cen-

tímetros, e gastá-los o dia inteiro nos corredores dos estúdios ou percorrendo a Corrientes do Luna Park até o Abasto. Viver para as palavras "se buscan actrices", em qualquer canto que aparecerem. Trinta dispensas para cada chance. Bolos, papéis de duas falas que ninguém lembra. E no meio-tempo a barriga vazia.

— Percorrer a Corrientes? Tentando teatro?

— Se conseguisse.

— Subia ao palco?

— Já sei. Quer chegar ao medo.

— Então por que agora? Por que *Macbeth*?

— Para falar nisso, preciso falar de Nelly.

— Refere-se a Nelly Lynch, falecida no ano passado.

— Sim. Nelly. Uma noite coincidimos em um toalete, se acredita. E me emprestou um vestido... Azul, com bordado. Queria que eu impressionasse alguém. Precisamos ajustar a cintura com joaninhas presas por dentro... Meu Deus, lá se vão cem anos.

— Quer fazer uma pausa?

— Não.

— Impressionar alguém, você dizia?

— Gente de cinema. Não deu certo. Mas depois ela disse: o teste era para mim, não para eles. E me deu o endereço. Ela morava em Palermo, mas tinha uma casa antiga perto do porto que havia sido da família. Adaptou um estrado como se fosse palco, assentos e luzes, e fez um teatro. Coisa simples, para ensinar as crianças do bairro. O vizinho de trás era um canil. Ali começou a me dar aulas de interpretação. Lembro que avisei que não tinha como pagar, e ela respondeu que um dia eu fizesse o mesmo por outra.

— De que época falamos?

— Cinquenta, cinquenta e um, algo assim.

— Cinquenta e um...

— Por que anota? Se estamos gravando.
— Mania de jornalista.
— Cada ofício tem as suas.
— Ela já não trabalhava, não é mesmo? A senhora Lynch.
— Nas telas, não. Intervinha nos roteiros que lhe mandavam para revisão. Corrigia, reescrevia, sugeria cortes, cenas. Era boa. Mas o nome não podia aparecer. E nem era bom que me ajudasse abertamente, explicava. Sabe, estava proscrita e tudo isso. Nelly era comunista e dizia que estava acostumada a apanhar de todos os lados: dos peronistas, dos radicais, dos fascistas.
— Tem opinião a respeito?
— Do peronismo?
— Do que queira.
— Política já não é comigo.
— É o privilégio de quem passa bem, não lhe parece?
— Talvez.
— Há quem diga que por esse motivo acabou nesta peça. Que o tema é perigoso o bastante e, para evitar mais dores de cabeça depois de tantas substituições, buscaram um diretor e uns artistas menos políticos, como Guillermo Lacorte, Gastón Molina e você.
— Digam o que bem entenderem. Agora, voltando a Nelly... Não aceitei de imediato a oferta. Era um pouco estranho. Mas ela tinha razão sobre um fotógrafo e resolvi que estava cansada de certas coisas. Parte das mesmas coisas que valeram a Nelly a lista de proscritos. Ela entregava os nomes, compreende? Ela avisava em lugar de esconder. Como o desse fotógrafo, que há muito esqueci como se chamava.
— Você tem a mesma preocupação?
— Queria fazer mais.
— Falar?
— Publicamente, sim. À boca pequena todas nos avisamos

umas às outras, como sempre. Cuidado com este, não fique sozinha com aquele. Mas falta dizê-lo abertamente.

— Quem sabe um dia.

— Vocês no jornalismo também têm isso, imagino.

— Prefiro voltar a... Vamos ver.

— Olhe, não quis causar desconforto.

— Por que Nelly Lynch levou-a a Lady Macbeth agora, tantos anos depois?

— Uma das predições de Nelly, que sempre se realizavam. Ela viu que eu tinha talento para o humor, mas precisava parar e aprender teatro ao invés de me debater em tentativas nos filmes. Aprender o barro da coisa, ela dizia. O trabalho pesado. Porque assim encontraria uma carreira. Primeiro me dariam comédias, apostava ela; eu faria graça no cinema à vontade, até que um dia alguém se lembraria de me escalar para... E quando dizia isso ela gesticulava assim largo, imitando um luminoso, e falava grave: o grande papel dramático. Uma surpresa e um risco: vamos ver se ela tem valor. E afinal a consagração.

— Se vier.

— Ousado o El Nacional hoje.

— Eu peço...

— Por favor, não se desculpe. Não sabe como me faz bem conversar assim, sem tantas amarras.

— Nesse caso, preciso registrar os comentários sobre Nelly e você.

— Pois registre.

— Que tiveram uma rivalidade mortal, que disputavam papéis e amantes. Que você a eclipsou e por isso ela desapareceu e abandonou a Argentina para tentar os Estados Unidos.

— Tudo ela previu.

— As disputas?

— As ficções.

23 de abril de 1977

O camarim do Teatro Nacional Cervantes, na noite de estreia de *Macbeth*, fechado em silêncio e luzes apagadas, era refúgio, e o ato em si era conforto: o rasgo do fósforo contra a aspereza, o disparo e o romper da chama. O fulgor avivou-se sobre as pontas dos dedos agarradas à caixa e à haste. "Elas apareceram", Graciela pensava, sem prosseguir, o olhar parado no fogo amarelo de borda azul, consumindo a ponta em uma torção enegrecida. "Era o dia dos meus sucessos", e rendia-se, a memória das falas embaralhada em nervos. A última brasa morreu no palito e quebrou-o a um fiapo sinuoso de fumaça. Voltava a instalar-se o escuro, o cheiro quase doce de queimado. Ela tateou e abriu a caixa uma vez mais.

— Graciela Jarcón, primeira chamada, trinta minutos para entrar em cena.

A caixa de som junto ao teto silenciou. Graciela tentou riscar outro fósforo, três vezes, sem resultado, exceto uma fagulha. Quebrou o palito na quarta investida e vociferou um impróprio. Jogou longe a caixa, cravou os cotovelos no balcão e afundou os dedos no cabelo. De pernas cruzadas, movia sem controle o pé suspenso. O embrulho descia-lhe pelas entranhas, o suor brotava, colava o tecido da roupa ao seu dorso. Precisou lembrar-se de completar uma respiração.

Bateram à porta e abriu-se claridade. A pessoa esperou calada.

— Pode acender. — Virou-se, já sob a luz. — Rafi, não sei a fala...

Encontrou o assistente Teodoro, com seus olhos permanentemente assustadiços, que ela aprendera a querer bem desde que ele a recebera no dia de seu primeiro ensaio.

— Ah, é você, Teo. Pasá.

Ele obedeceu. Trazia lírios brancos, e o sorriso tímido esmorecia à vista do estado da atriz.

— Chegaram de última hora...

Ele mostrou o buquê e o telegrama. O cartão com as flores vinha assinado por Sarita Montiel, e o telegrama era de Roma. Graciela pediu que pusesse com os outros e sabia que, enquanto a atendia sem perguntas, Teo reparava em como os papéis tremulavam em suas mãos. Reposicionou o brinco de uma orelha enquanto ele abria espaço na mesa em meio aos demais arranjos e mensagens. O assistente leu alguns cartões e achegou-se, indeciso.

— Posso ajudar?

— Guarda um segredo? — Ao sim, ela continuou. — Há um frasco na minha bolsa...

Ele remexeu a bolsa pendurada em um cabide e trouxe o pequeno recipiente de alumínio. Graciela destampou-o, sorveu três goles ininterruptos e ofertou a bebida a Teo, que negou educado. Ela limpou o lábio e derrubou um estojo de pó do balcão, e quando se abaixou para pegá-lo, sentiu a onda de tontura roubar-lhe o senso. Não se ergueu; sentou-se no chão, estendeu as pernas e deitou-se desajeitada, poupando as costas. Apertou o sobrecenho.

— A substituta está aí?

Teo absteve-se de confirmar. Ela suspirou e abriu os olhos. Ele estendia um copo d'água. A atriz bebeu e molhou o pescoço. Esfregou as mãos frias, pensava "ao leito, ao leito, ainda uma nódoa". Viu a caixa de fósforos atirada e recuperou-a.

— Aviso que mandem a substituta?

Antes que ela respondesse, Rafael entrou. Achou que o marido fosse ralhar ao vê-la deitada de costas ao solo quando tinha o cabelo e a maquiagem feitos, mas nada disse. Rafael chamou Teo e confabularam. Graciela notava a teia de aranha em uma quina.

— Não precisam disfarçar — disse aos dois.

Rafael sorriu para o assistente e tocou seu rosto. Teo acolheu o carinho. Rafael foi até Graciela, agachou-se, falou de convites de Pinky e de Blackie para seus programas de televisão. Ela pouco reagia. Ele deitou-se ao lado dela, também olhando o teto. Pediu que Teo apagasse as luzes e os deixasse a sós.

Na penumbra, Graciela riscou outro fósforo. Dobrou os joelhos e golpeou os pés no assoalho duro, miúda e repetidamente. Sentia o ombro e o braço encostados aos do marido, que dividia com ela, sem perguntas, a rigidez do piso.

— Nada disto importa, você não acha?

O fogo queimou em luz tíbia no camarim.

— Nada — Rafael consolou-a. — Não muda nada.

A cabeça do fósforo murchou e caiu sobre a pele de Graciela. Restaurou-se o escuro, o esconderijo. Devagar, ela puxou mais um.

— Sabe se ela veio? — perguntou, no último instante antes do estalo da faísca.

CAPÍTULO 5
Jogo de cena

4 de março de 1951

O sobrado onde Nelly Lynch mantinha seu pequeno teatro para crianças era amarelo. O letreiro fileteado dizia Arca de Noé sobre uma porta empedernida que somente cedia a uma peculiar combinação de três voltas de chave e um ou mais empurrões de um ombro tenaz, o que, a depender do horário, era o suficiente para alarmar os hóspedes do canil vizinho e resultar em uma salva de latidos em diversos tons. A porta se abria a um lance fino de escadas, ladeado de gravuras de animais em molduras sem arranjo, e o cômodo no alto, visto pela primeira vez desde os degraus, como Graciela fazia naquela lição inicial, parecia um sótão abandonado, exceto por uma única lâmpada acesa que mal iluminava uma cadeira. Ao alcançarem o segundo piso, Nelly estapeou um interruptor e lá estava, sob uma mistura de fontes de luz mais ou menos eficazes, o pequeno palco de tábuas escuras perante uma dezena de fileiras de assentos estofados em veludo carmim. Tudo se revestia de velho, as fendas no tecido gasto, os flocos de poeira, o cheiro vindo da arara e da caixa que, escondidas pelas cortinas pretas contornando o estrado, guardavam a barafunda multicor do figurino e da cenografia.

— Você é boa, flaca. Mas é puro instinto — Nelly sentenciou. — Precisa aprender a usar isto.

Isto, ela indicou, quebrando articulações em ângulos improváveis, era o corpo — o mais difícil para uma iniciante, avisou, enquanto tirava os sapatos e ganhava o palco, chamando Graciela para que a imitasse.

Graciela aprendeu a alongar-se, a respirar em contagem por números pares e a vocalizar desde o peito e não da garganta. Treinou enunciar as palavras, usar a língua e as cordas vocais, dar risadas falsas, cantar em vibrato. Entregou-se aos exercícios: relaxou inteira no solo, andou por cada espaço do palco, levou choques elétricos, caminhou dentro d'água, afogou-se, atravessou túneis e saltou buracos, dançou em câmera lenta, foi empurrada, arremessada, manipulada como títere por fios invisíveis. Aos estalos de dedos de Nelly ordenando as trocas, inventou uma sucessão de dialetos, fez caretas e grasnidos. Personificou árvores, marionetes, vulcões em erupção, ursos e gatos selvagens, bebês descobrindo o mundo à volta. Expressou-se movendo apenas uma parte do corpo, ou com um saco de papel na cabeça. Se a aprendiz tropeçava em constrangimento ou cansaço, Nelly — sempre junto a ela, prestes a intervir e a corrigir uma postura ou espelhar um movimento — admoestava:

— Exigir o máximo é respeitar ao máximo.

À ordem de que agora era uma galinha, Graciela ciscou, agachada, estirando o pescoço. Nelly alcançou um cubo de madeira e depositou-o perto dela.

— Acaba de pôr um ovo.

Ela empoleirou-se. Nelly deu passos lentos ao redor do cubo, avaliando a pose.

— Ao longe, o motor de um avião. Ele vem com a bomba atômica.

Graciela seguiu acomodada, chocando placidamente, nem sinal de agitar-se ou cacarejar em pânico.

— Não ouviu? Estão sobrevoando.

— Se eu sou uma galinha — ela disse, e desfez uma asa para amparar a gota de suor descendo pela testa —, como vou saber de bomba atômica?

Nelly assentiu:

— Aí está.

Aquele, Graciela aprendeu, era o máximo elogio a que podia aspirar da instrutora.

EM OUTRO DIA improvisaram, as duas, cenas e diálogos mundanos, primeiro conduzidos por Nelly, e aos poucos por Graciela. A instrutora reiterava: tudo deve parecer improviso, nunca se pode reagir a uma fala do texto como se já a esperasse. E interrompeu Graciela quando, numa discussão de irmãs rivais, ela fechava os punhos e esbravejava.

— Não faça isso.

— O quê?

— Representar.

— Mas para que estou aqui?

— Para experimentar o momento. Sentir, simplesmente. Se tem de fazer escândalo para parecer enervada, não está sentindo, está forçando. Você mesma não acredita. E assim ninguém mais vai acreditar.

Graciela duvidava. Apoiou os braços na cintura e rendeu-se à inércia.

— Não sei o que fazer.

— Ouse fazer nada.

Ela sentou-se no cubo de madeira que fazia as vezes de poltrona e cruzou as pernas. Quis uma pausa. Respirou devagar e girou o pulso dolorido. Nelly ficou às suas costas, afastou os fios de cabelo que se colavam ao rosto, apertou-lhe os ombros em estímulo e disse como afago: vamos, só uma última coisa hoje. Deixou o palco e atirou uma bengala da caixa de cenografia, que Graciela apanhou no ar.

— Apaixone-se por isto.

Nelly sentou-se na primeira fila. Graciela dirigiu-lhe um olhar subitamente intimidado.

— Vai assistir daí?
— O que tem?

Ela agarrou-se à bengala. Limpou a garganta. Inspirou e soltou o ar pela boca. Andou para lá e para cá, sozinha no palco, ensaiou contemplar devotamente o objeto da paixão e logo desistiu: estonteava. O estômago afundava, fazia-a trepidar. Novamente encarou a plateia vazia, tornada, para ela, um salão invencível. Sequer pôde falar: sacudiu a cabeça para Nelly, que se ergueu e, com um ruído decisivo, acionou os holofotes. Ao clarão, Graciela virou o rosto e cobriu os olhos. Voltou-se, o rosto contraído. Distinguia meros vultos dos assentos e escutou de uma direção enevoada pelas luzes:

— Agora está protegida.

Contou a respiração e, ainda nervosa, tentou com afinco amar a bengala com alça de focinho de raposa em bronze. Nelly perguntou o que fazia.

— Continua fingindo. Precisa puxar os sentimentos da memória, a paixão de menina, o companheirinho de colégio. Use suas lembranças.

— Mas não tenho.

Oculta no brilho cegante, Nelly calou. Graciela limpou a transpiração que vertia acima do lábio e rente às orelhas. Pressentiu que a outra percorria a impaciência, a incredulidade, e afinal renunciava às indagações sem formulá-las. Nelly surgiu, pediu a bengala e descartou-a. Pensava em algo. Revirou a bolsa no chão e jogou ao palco uma caixa de fósforos.

— Vamos tentar o seguinte: me conte uma história.

— Minha? Ou inventada?

— Tanto faz. O ofício é esse. Contar histórias, convencer de histórias. Atuar é o instrumento. — Ao ver que Graciela examinava os fósforos sem compreender, apontou para eles. — Acenda um e segure enquanto fala — instruiu. — Enxergue só o fogo.

Ela obedeceu. Conseguiu manter o olhar no fulgor do palito, ligeiramente trêmulo entre as pontas dos dedos.

— Me lembro do barulho das pedrinhas sob os sapatos da minha mãe a cada passo seu para longe...

— Não — cortou a voz de Nelly, de novo velada na brancura.

— Mas é verdade.

— E eu com isso?

Graciela irritou-se. Fraquejava, sentia-se febril, mas não cederia. Soprou o fósforo e riscou outro.

— Minha única amiga naquele lugar se chamava Clara...

— Pare.

— Ao menos me deixe terminar!

— Digo, chega. Já chega.

Nelly aproximou-se. Encostou a palma da mão em sua testa.

— Está pálida... Almoçou hoje?

— Claro que sim — Graciela defendeu-se, coçando o nariz com o nó do dedo. Entregou a caixa de fósforos em um gesto abrupto e prendia o cabelo à nuca quando Nelly voltou a falar.

— Bem, eu vou jantar aqui — ela explicou. — Ou como as empanadas que sobraram das crianças, ou vão fora.

Nelly desligou os holofotes. A sala retornou à serenidade das lâmpadas e ao silêncio reverente no palco, como música interrompida no meio do baile. Graciela ajudou a recolher e a organizar os objetos. Olhava Nelly de lado sem ser correspondida. As duas desceram do estrado, calçaram os sapatos e ajeitaram a roupa. Nelly demorava-se e Graciela, já pronta, tinha os pés inquietos num quase ritmo. Comentou, indiferente:

— Se for para não desperdiçar.

Tomaram as escadas para descer. Graciela viu, atrás de si, uma lâmpada fraca ainda acesa sobre um assento. Fez menção de voltar para apagá-la e foi segurada por um toque gentil.

— Essa fica — Nelly alertou. — Para os fantasmas.

— Fantasmas? Não creio neles.

— Nem eu.

GRACIELA COMEU MEIA dúzia de empanadas tão depressa que depois soluçava. Levantou o copo de suco, bebeu-o inteiro e esperou para ver se funcionara, mas outro soluço escapou da garganta num repente. Desculpou-se. Nelly, os cotovelos no tampo da mesa de fórmica ao centro da copa que ficava nos fundos do sobrado da Arca de Noé, não fez caso. Observava-a.

— Então nunca amou, flaca? — À negativa, insistiu: — Ninguém?

Graciela repetiu que não. Para estudar com Nelly, faltara tantas vezes ao serviço no restaurante da Brown que a dispensaram e, sem o prato de comida que lá forneciam, era a primeira vez que jantava direito. Nelly largou o queixo sobre as mãos unidas.

— Uma moça tão bonita...

— Não me acho bonita. — Buscou com a língua, queimada da primeira mordida, um resto do molho da carne no lábio. — Tenho este perfil esquisito.

Nelly tocou-a para mover-lhe a cabeça em mais de um ângulo.

— Um pouco de maquiagem, no más... Seu rosto é daqueles fáceis de transformar.

— Transformar ao estilo Nelly Lynch? Digo, você aparecia de um jeito em cada filme.

O relógio de parede avançava para o toque da hora cheia. Nelly ofereceu-se para reaquecer as empanadas restantes na travessa. Graciela recusou, entre soluços. A barriga cheia e o calor do forno próximo trouxeram algo de letargia, um fardo nas vistas.

— Naquela dança na frente do Obelisco, era uma menina de conventillo, bailarina iniciante — ela disse, vendo Nelly pegar os cigarros. — Depois fez Mata Hari e chamaram você de mulher fatal.

— A mim, Laura e sei lá mais quem. Fatal, puta... Trinidad Guevara teve de ir-se do país.

— Isso foi há um século.

— Daqui a um século não vai ter mudado.

— Nunca quis desmentir?

— O desmentido eu cantei. No Obelisco.

— Sim, eu lembro a música. Todo mundo lembra. Mas eu digo reclamar de verdade, gritar.

— De que adiantaria? Se grito, sou histérica. Fiz o contrário. Incentivei-os, e assim se distraíam. Se não quer que os urubus se cravem à sua pele, atire carniça o tempo todo.

Nelly acendeu um cigarro e tragou, lânguida e satisfeita. Graciela impressionou-se: ocupando sem alinho a cadeira simples, um botão caído no decote e a saia amarrotada sobre as pernas displicentes, a estrela parecia, assim mesmo, fumar para as câmeras.

— Só espere o estalar do primeiro aplauso... — Nelly falou, perdendo-se em devaneio. Fechou os olhos de jade azul. — Curvar-se à frente e mergulhar. Um rugir inacreditável. Vai escutar aquele som para o resto da vida. — A seguir, veio à frente como se despertasse. — Você precisa se apaixonar.

— De novo com isso?

— Uma artista tem de se deixar cair. No palco, na vida. E é melhor que aconteça o quanto antes. Veja Ada Falcón, abandonando o sucesso no auge.

— Nelly, eu já... — Graciela procurou palavras, resignou-se. — Eu sei como são as coisas.

— As coisas todas nós descobrimos antes de querer descobrir. Falo de arrebatamento, que é muito diferente.

— Perdão, mas é romantismo demais para a sua idade.

— Romantismo? — Nelly ergueu as sobrancelhas. — Está brincando? Não, não — disse entredentes, enquanto puxava uma baforada. — Vai ser a pior miséria que já lhe aconteceu. Vai rachar-se em dor, ver ruírem todas as ilusões, sofrer feito cão raivoso e desejar a morte. — Balançou o cigarro, apontando-o enfática para Graciela. — Por isso mesmo.

— Para morrer?

— Para sobreviver.

Graciela inspirou. Virou o pescoço para os lados e espreguiçou-se.

— Se eu não prestar no palco, tento o radioteatro.

— E se não prestar no rádio, vira primeira-dama — Nelly desdenhou. — Funcionou para Eva Duarte.

— Verdade seja dita, só tive panetone no Natal por causa dela.

— Afinal, o que pensa de política?

— Nada. Não gosto de política. Gosto é de panetone.

Ela soluçou novamente e socou o peito como para fechar a garganta. Nelly ofereceu um cigarro e, mesmo quando Graciela disse não fumar, estendeu o maço.

— Pois comece. E tente baixar sua voz.

— Por quê?

— Se ficar fina assim, os choros são agudos demais e dificulta fazer tragédia grega.

— Mas não quero fazer tragédia grega.

— Será inevitável. Uma, duas décadas de comédia e alguém vai lhe dar um papel dramático para — Nelly simulou uma fanfarra — provar-se como atriz. Vinte anos e ainda estará se provando todos os dias.

Graciela aceitou a oferta. Segurou precariamente o cigarro e envolveu-o com lábios incertos; inalou, sentiu o ardor arranhar a goela e explodir nos pulmões. Dobrou-se e tossiu até as lágrimas escorrerem. Nelly prometeu que melhoraria. Ela secou as faces, pigarreou e variou a posição do cigarro, tentando capturar o charme da instrutora. Na ponta da mesa, uma brochura datilografada exibia na capa a data e uma rubrica, e as páginas, de tão folheadas, tinham rolos nas quinas. Graciela puxou o cartaz que jazia sob o roteiro: o desenho colorido de um casal com expressões aflitas e os nomes de Tita Merello, Arturo García Buhr e Lucas Demare.

— Às vezes venho trabalhar aqui — Nelly disse, servindo-se de suco. — Quando os cachorros colaboram, é silencioso.

— Se incomoda que omitam seu nome? — Ela abriu algumas páginas e distraiu-se com os cortes e acréscimos rabiscados por Nelly. — Ou você aparece neste mundo, ou nem em sessão espírita.

Deu-se conta das palavras e quis retirá-las, sem animar-se a tanto: talvez fosse melhor deixar que minguassem. Foi pior, porque o intervalo mudo criava eco. Nelly amenizou-o.

— Mais cedo ou mais tarde todo mundo cai no esquecimento.

Graciela deslizou os papéis de volta. Nelly alcançou-lhe o cinzeiro e falou mais jovial.

— Talvez eu volte a representar. Falei com outros proibidos, Delia que saiu em turnê, e Caviglia na Comedia Nacional em Montevidéu. E há uma possibilidade de algo com Lamas na Metro.

— Nos Estados Unidos?

— Sim, se arranjar tudo. Contrato, documentos, mudança.

— Ah, você iria... — Graciela bateu as cinzas que ameaçavam cair. — Quer dizer, ótimo. — Levou o nó do indicador à coceira na ponta do nariz. — Me alegra. — Tornou a fumar e acometeu-se da mesma tosse. Amassou o cigarro no cinzeiro e declarou trôpega, reprimindo os pequenos estouros no peito: — Jamais vou gostar disso.

Sem convicção, Graciela protestou não querer levar as sobras, mas Nelly insistiu que não podia comer mais, a fim de vigiar a silhueta para os norte-americanos, e nem queria jogar a comida no lixo. Resulta que Graciela saía da Arca de Noé de mãos cheias, carregando um livro de Stanislavski como lição de casa; o vestido azul e os brincos que Nelly lhe emprestara no Monumental e agora presenteara, à justificativa de que vestiam melhor nela; os fósforos, "para treinar a concentração", e o maço de cigarros Chesterfield; e as empanadas em um embrulho de papel amarrado com barbante. Dizia, em tom de desculpas, que as levaria a um garoto do metrô ou a Rafael, na pensão. Nelly destrancou a porta, deu-lhe passagem à rua e cruzou os braços. Parte do canil acordou.

— Bem, boa noite.

— Graciela. — Nelly raramente usava seu nome. Ela virou-se. — Quem me ensinou foi Angelina Pagano. Teve trabalho comigo. Eu era cheia de maneirismos e demorei a me livrar deles. Angelina repetiu mil vezes: ou se matam os cacoetes ou eles nos matam. Os nossos nem percebemos, porque achamos que ajudam, mas a verdade é que traem. Denunciam insegurança, contrariedade. Ou uma mentira.

Graciela acomodou a bolsa no ombro e equilibrou os objetos. Perguntou a que a outra se referia.

— Cuidado com isso.

Nelly copiou o gesto de usar o nó dos dedos para coçar o nariz. O ladrar dos vizinhos dos fundos cessava. Graciela desviou o olhar, agradeceu e saiu. Andou alguns metros. Grudavam-se à calçada úmida folhas do jornal do dia, abertas e esfaceladas do aguaceiro vespertino. Parou. Chamou Nelly, que abriu a porta. Anunciou alto:

— Estava pensando. Não pretendo ser esquecida.

Com aquilo, fez um volteio de dança com chapéu e bengala, em homenagem ao número de Nelly no cinema. Nelly deu um sorriso que ela considerou difícil de interpretar, e pouco tentou. Seguiu caminho sem notar que quase saltitava na rua orvalhada de reflexos disformes dos postes de luz.

15 de junho de 1976

Milena saiu do estacionamento naquele final de manhã e, antes do trabalho na redação do El Nacional, rumou à farmácia. Por pouco não derrapou em um trecho mais encharcado, desatenta do pavimento, retumbando as frases do dono da garagem e editando, para afiá-las, as respostas que lhe haviam ocorrido durante a discussão. Nossas coberturas estão especificadas na parede, fique a gosto para se informar; sim, isso muda tudo, uma folha de papel emoldurada em vidro e o código civil deixa de vigorar entre nós; não temos como saber onde lhe riscaram a porta, senhora; mas eu tenho e sei que foi ontem e aqui mesmo, ou o senhor acha que isto é um estelionato especializado, arranho o carro do meu marido e saio inventando contos nas garagens do centro por uns pesos?; se o seu marido é o proprietário do automóvel, é simples, traga-o aí e conversamos eu e ele; como não, o senhor me desculpe, onde é que estou com o juízo de reivindicar qualquer coisa sem portar legalmente um pênis. Mas a verdade é que, naqueles instantes, lutara em formular qualquer coisa na cabeça pesada da noite sem dormir, à beira da cama da filha, monitorando a febre e ninando-a com histórias quando tornava a chorar, fosse do mal-estar ou do medo do temporal castigando a janela.

Na farmácia, pediu comprimidos e xarope. Deteve-se na balança. Desagradou-a a marcação: desceu e subiu novamente sem o casaco, uma terceira vez sem a manta de caxemira, e o ponteiro teimava. Alcançava os calcanhares para tirar os sapatos quando lhe pareceu que um par de colegiais a observava e abafava comentários. Recolheu suas coisas e o guarda-chuva que depositara à entrada. Ao menos as palavras do dono da garagem cederam lugar a números que a acompanharam no trajeto até o edifício do jornal, o elevador, a redação, a mesa de café e finalmente a reunião já iniciada na sala do editor. O garoto da bilheteria de cinema apresentava, sob o olhar satisfeito do chefe, suas ideias para reestruturar o suplemento cultural. Milena ausentava-se, perdida em quilos, semanas e calorias, engolindo a rudeza do café forte e sem açúcar como elixir para manter-se em pé.

— É a sua proposta do ano passado, Milena — a colega Victoria, à sua direita, murmurou-lhe, sobre a fala do bilheteria de cinema. — Sem tirar nem pôr.

Milena reagiu sem mover os olhos do ponto indefinido onde projetava suas somas e divisões.

— Percebi.

— Não vai falar nada?

— Minhas ideias eram ambiciosas demais — ela disse, repetindo o que o editor então opinara.

Após a reunião, Victoria datilografava forte e Milena separava a correspondência, distribuída havia pouco no ziguezague do moço do carrinho. O bilheteria de cinema rondou a mesa da recepcionista em conversinhas de namorados e depois veio sentar-se, sobre uma perna, no canto da mesa de Milena. Vangloriava-se humildemente das ideias de reestruturação que apresentara na reunião da manhã.

— Se tiverem alguma dúvida, não hesitem em perguntar. Para ser honesto, nunca esperei que... — Ele tirou do bolso uma bala e abriu o invólucro. — Quem diria, na primeira vez que levo algo ao chefe. Aparentemente estava razoável.

Milena alcançou cartas para Victoria, outras para o rapaz, e leu uma das suas. Perguntou:

— Viu o memorando que distribuí?

— Eu não leio os memorandos — ele disse.

— Há um ano parece que lia — Victoria comentou baixo. Levantou-se com papéis em mãos e saiu. Ele continuou:

— Só estou aqui até conseguir material suficiente para meu livro.

O bilheteria sorriu para Milena, a bala vermelha rolando nas bochechas, os dentes retos, a ironia de quem faz questão de pretender-se um enfant terrible independente de merecer as escusas da genialidade. O copidesque veio juntar-se aos dois. Mostrou o texto que Milena entregara na véspera, aberto na última página.

— O que é isto no final?

Ela leu e usou uma caneta para rasurar, com duas linhas paralelas, as letras que escrevera ao pé do artigo, a-m-ll-e-d-g, todas em cursivas com regularidade de normalista.

— Manias — resumiu.

O colega aceitou a matéria de volta e começou:

— Preciso da sua cooperação para fazer bem o meu trabalho.

— Seu? Eu passei quatro anos...

— O copidesque é fundamental para o texto jornalístico. Garante o standard de qualidade e a obediência à linha editorial...

Milena fixou-se na boca pegajosa explicando gentilmente a função que havia sido sua. Para não cair no sono, retomou os cálculos mentais da dieta. Salvou-a o movimento do editor, que apareceu por trás do bilheteria e do copidesque. Ele segurou os ombros de um e outro e chamou-os ao almoço. Victoria, que voltava à mesa, animou-se:

— Aonde vamos?

Os três homens encararam-na, e o editor constrangeu-se:

— Digo, se quer vir junto...

— Que caras, senhores. Estou brincando.

Quando já estavam de costas, o editor desferiu tapas paternais no bilheteria de cinema e chamou-o pibe. Mencionou um prazo. O bilheteria de cinema pediu mais uns dias para aprofundar-se em Kurosawa e perguntou rindo desde quando cumpria os prazos.

Milena tomou mais café e descansou o rosto entre as mãos. Escutou Victoria deixar algo diante de si, avisando que uma carta viera equivocadamente ao setor. Milena pressionava os olhos, deixava que o ambiente da redação se dissolvesse em uma massa distante de conversas, passos, telefones e máquinas de escrever. A voz de um homem acercava-se. Ouviu-o cumprimentar Victoria, e a colega tocou-lhe o braço e convidou:

— Quer almoçar conosco?

Milena abriu os olhos. Agradeceu a oferta, inclusive para trazerem algo, mentindo que tinha um sanduíche. Saudou o amigo de Victoria, um colega jornalista do La Razón que Milena achava magricela mas bem-apessoado, apesar do aspecto de desleixo que os mais jovens andavam preferindo, com o largo que eram a gola da camisa e as bocas das calças, e as costeletas longas demais, como parênteses na face. Os olhos dele divergiam, a íris esquerda afastada do centro.

— Aproveitando enquanto podem? — perguntou Milena.

— Como?

— Digo por estarem de mudança — ela explicou. — Com o La Razón longe, na Hornos, vai ser mais difícil vocês dois almoçarem juntos.

— Ah... sim. — Victoria pegou a bolsa. — Vamos, Cacho.

— Cacho?

O tom de Milena ao repetir o apelido destilou censura ao uso de familiaridades no ambiente que, afinal de contas, era profissional.

— Carlos Alberto — disse ele.
— Não seja pesada, Milena.

Ela achou que Victoria se amuara à toa, e não teve a energia de contrapor. Victoria tomou a frente e o rapaz seguiu-a, com uma despedida breve. Milena não quis arriscar adormecer. Tomou a carta que Victoria identificara ter chegado por engano. Era manuscrita, em letra algo precária, por um pai de Zárate, relatando que uma noite bateram à sua casa homens armados à paisana ocupando um Ford Falcon verde, levaram para interrogatório seu filho, um professor de química, e três dias depois ele apareceu morto à beira de um riacho. Falava do filho, fornecia seus dados, atestava sua inocência e pedia que investigassem ou ao menos noticiassem. Milena observou a sala da redação enquanto massageava a nuca e a base das costas. Dentre quem ainda estava em suas mesas, escolheu falar com a coluna social, e deslocou-se sem chamar atenção.

— Acha que levo às páginas policiais ou à política?

Emilia, a colunista, passou os olhos na carta, firmando as lentes dos óculos. A corrente prateada saía das pontas das hastes e envolvia o pescoço largo, deixado sempre à mostra pelo coque em rosca. Devolveu-a sem interesse.

— Policiais, ora. Que política?

— Jogaram folhetos perto do velório, assinados por Montoneros, chamando-o de traidor. Segundo o pai, ele nunca se envolveu.

— Policiais, gorda — Emilia reforçou. Batia à máquina. Falou baixo. — Se quer saber, são generosos, isso sim. Escutei que dão uma injeçãozinha e os põem para dormir. E a alguns ainda levam a passear em um voo sobre o Plata. Quisera meu primo, que perdeu dois filhos em um ataque da guerrilha, uma bênção dessas. Tome. — Ergueu uma fotografia. — Quer ver uma tragédia de verdade? Esta é a única foto do chá que pega toda a mesa diretora da sociedade de beneficência. Quando vi, pensei: quem será esta múmia ao lado da embaixatriz? E só depois reparei que era eu.

Milena titubeava, mas teve a impressão de que fazia nascer desconfiança na colega, e afastou-se sem mais demora. Desceu um andar pelas escadas e entregou a carta a alguém da seção policial, mais tomada de barulho e tabaco do que de ócio, o que não ajudou sua enxaqueca. Ao voltar, a recepcionista alertou-a:

— Achei que estava na sua mesa... Transferi uma ligação agora mesmo.

Ela correu, a tempo de atender o marido Jorge. A filha Liliana estava menos prostrada, a cor nas faces melhorava. O médico a examinara e receitara mais alguma coisa que já fora comprada e ministrada. As bolachas pararam no estômago e agora ela dormia na casa da avó. Milena ficou aliviada, deu instruções, e ia desligar quando Jorge perguntou se, além de faltar ao escritório de manhã, ainda teria de atender Lili à noite. Sempre impressionava a maneira como ele o fazia, uma tonelada suspensa em cada palavra, as pausas esticadas na medida de uma gotícula de ácido, chamando-a "dona María Elena". Milena prometeu que não ficaria no jornal para o fechamento. Ele desligou sem se despedir. Ela lembrou o arranhão na garagem, forrou as entranhas para os gritos e, a fim de mais tarde poupar a filha, ia discar de volta e avisá-lo já. Entretanto, antes disso o telefone soou de novo. Ela anunciou ao bocal "Milena Martelli, cultura" como se despejando um suspiro. Desenhou estrelas enquanto escutava o setor de pessoal tratar de formulários aborrecidos. Pensou em seus bombons chaveados na gaveta de Victoria, mas não era dia permitido, e na barriga vazia quem sabe o segundo analgésico fizesse um percurso mais eficiente.

15 de junho de 1951

Rosa Ríos, a "pérola negra" e colega de Rafael na casa de tango de Rebecca Liberman, distribuía panfletos de lojas na Florida durante as tardes, porque cumpria cada vez menos turnos ao microfone depois do desgosto da noite em que a fizeram cantar usando um chapéu de Carmen Miranda. Parava em um trecho de pedestres e estendia os folhetos a perfis indiferentes de início, mas que diminuíam o caminhar e viravam o pescoço ao notar a figura incomum, uma mulher de calças e sobretudo, uma neta de escravos circulando entre a Harrods e a Gath y Chaves na Paris das Américas.

— Modas para damas e cavalheiros... Tudo para seu lar — repetia, conforme a ocasião.

Não era raro haver próximo artistas de rua, como um violinista e um outro muito falante que mostrava truques de baralho. Rosa tomava proveito de intervalos dos outros para uma pequena apresentação sua: abria às gorjetas a maleta de couro e dela tirava um punhado de panfletos, menores e de formatos desencontrados, exibindo uma estrofe sua e o nome Rosa Ríos, impressos em restos de gráfica que conseguia a preços módicos. Cantava uma ranchera e, a quem aceitava o folheto, lembrava:

— Nós existimos.

Naquela sexta-feira, vinha de cantar o último verso quando reconheceu Graciela, a amiga de Rafael, do outro lado do passeio, assistindo-a com um sorriso. Ela bateu palmas. Rafael havia comentado que Graciela agora trabalhava na Richmond durante o dia, e era a primeira vez que as duas coincidiam na Florida.

— Muito bom — Graciela disse ao acercar-se.

— Gracias. — Rosa passou-lhe um folheto. — Nós existimos.

Ela leu-o enquanto Rosa deixava a poesia de volta na maleta e recomeçava a propaganda das lojas. O sol caía e o alto dos prédios sombreava a rua. Nas fachadas que a ladeavam, alguns dos letreiros destacavam-se, enfileirados em perspectiva: um restaurante, uma livraria, o nome de um hotel soletrado na vertical e outras luzes indistintas e reduzidas ao longe. Rosa gelava e abrigou-se mais com o casaco puído e folgado. Notou que Graciela largava pesos na maleta.

— Não faça isso — pediu, balançando a cabeça.

A outra olhou-a desconcertada e retirou o dinheiro. A seguir, apanhou alguns dos panfletos e, colocando-se atrás de Rosa, as duas de costas uma para a outra como efígies de moeda, pôs-se a distribuir as estrofes com a mesma frase.

— Nós existimos.

Rosa virou o rosto e falou com Graciela por cima do ombro.

— Nós quem?

— Olhe, só quero ajudar. Também mal tenho para comer.

— Escute bem. Faça como quiser, mas nem por um minuto pense que eu e você somos a mesma coisa, nem fale comigo como se vivêssemos a mesma vida, compreendeu?

Rosa não quis fazer cena, de modo que permitiu que a atriz interpretasse seu momento de salvadora. Graciela terminou em seguida — das suas mãos a publicidade saía mais rápido — e pegou mais impressos. Rosa percebeu que o violinista, depois de uma nota triste e comprida do instrumento, recolhia-se. Preparou uma última música do dia. Desta vez, em lugar da ranchera, entoou *Cambalache*. Reparou que Graciela ainda não expirara toda sua onda de caridade, pois foi adiante na rua, distribuindo os panfletos e comentando a quem destinava a Rosa uma audiência passageira:

— Que voz, não? Belíssima.

Graciela interpelava as pessoas como se todas fossem amizades com quem trocava confidências: talento extraordinário, de onde terá saído? Era inoportuna e desastrada, catando gente entre as vitrines, enfiando-se em apresentação que não era sua, e mesmo assim Rosa outorgou às suas boas intenções a tolerância que a sobrevivência exigia. Chegou a divertir-se dos ares de teatro de Graciela, seu jeito de achar que estava sempre sob algum holofote e era necessário angariar simpatia e entreter a quem fosse. Duvidou se fora demasiado cética do afeto entre Rafael e a moça, e talvez se convencesse de que sim, não fosse interrompida por uma senhora que trazia consigo um policial.

— É essa. Está vendo?

Rosa recuou de imediato, as mãos à mostra. Ele interpelou:

— Faz propaganda política?

— Senhor, estou cantando, nada más.

— Mentira — a mulher acusou. Apontava o papel nas mãos do policial. — Fica dizendo coisas às pessoas. Leia esses versos. Liberdade e isto e aquilo, e ainda canta esse tango.

— A música é conhecida — Rosa apurou-se em dizer. — Veja, são folhetos de lojas.

— E usando pantalones. Um escândalo.

— As lojas sabem que trabalha dessa maneira, senhora?

Instalava-se uma comoção. Rosa olhou em torno. O movimento detinha-se para assistir, e as faces, antes curiosas ou desinteressadas, transmutavam-se em um cerco hostil. Multiplicavam-se comentários em anuência com a madame. O terror furtou de Rosa a coerência que de todo modo era imprestável; qualquer declaração seria fusível à turba que se formava. O policial segurou-a, o torniquete dos dedos cingindo seu braço, e ordenou que o acompanhasse para se explicar. Ela obedeceu, a boca entreaberta e a garganta seca. Lembrou-se de Graciela. Procurou-a e chegou a vê-la, paralisada, prestes a sumir na multidão. Alguém ao lado da atriz disse-lhe:

— Vai atrás da sua amiga?

— Não a conheço — ela respondeu, e Rosa distinguiu nos lábios balbuciantes essas palavras, em contraste com a mescla de medo e súplica nos olhos da atriz, fixados enormes nos seus, que se mantiveram duros, livres de surpresa.

15 de junho de 1976

Victoria e Cacho saíram do El Nacional para almoçar em uma mesa discreta do salão amplo do Rufino, de toldo vermelho e branco e luminárias em formato de tulipa. O restaurante era famoso entre vizinhos e turistas por suas pizzas, seus raviólis e seu matambre com batatas, e justamente em razão disso dava maior cobertura para tratar determinados assuntos nacionais — uma tática de esconder-se à luz do dia que o amigo Ernesto pregava desde a faculdade. Ainda assim, os dois diziam pouco. Victoria olhava para fora, para o cinema Monumental do outro lado da rua, e Cacho, expondo o menos possível o conteúdo, lia a reprodução da carta enviada à redação do El Nacional pelo pai do professor de química assassinado em Zárate, cujo original Victoria entregara a Milena.

— É certo que ninguém a viu fazer a cópia?

Ela confirmou. Ele continuou:

— E não vão adiante com isto?

— Duvido. Na política nunca falam. E na cultura censuraram o sumiço de Conti e a exposição de Carlos Alonso. Nem sei como a carta chegou a sair da sala da correspondência. Alguém lá abriu sem ler.

O garçom veio trazer xícaras e levar os pratos da sobremesa. Cacho dobrou a carta várias vezes. O aroma do café misturou-se ao da carne com batatas vindo da cozinha. Victoria pediu a conta.

— Acha que dá baile?

— Dos bons.

Os dois sorriram do antigo código da associação deles e de Ernesto. Se um fato merecia que se fizesse algo a respeito, dava baile. Depois que o garçom saiu e a conversa da excursão de alemães na mesa vizinha avolumou-se por alguma piada indecifrável, arriscaram falar mais. Victoria guardou o papel dobrado no bolso interno das calças. Cacho sugeriu:

— Talvez o Herald. Ernesto conhece alguém lá.

— Pensei na agência de Walsh — ela disse. — Tenho um contato.

— Também vou enviar a...

Um dos turistas alemães interpunha-se. Tirou do pescoço a alça da câmera fotográfica e, a gestos e palavras soltas em inglês, pediu a Cacho que registrasse o almoço. Enquanto ele os atendia, Victoria pagou a conta. Os estrangeiros montaram a pose e ignoraram a menina de mochila encardida vindo mostrar uma pilha de cartões-postais. Ela então veio a Victoria, que negou. A garota tentou outras mesas. Devia ter dez anos e era evidente que as roupas haviam sido herdadas de um irmão maior, as mangas úmidas da chuva engolindo as mãos, a lã desfiada na folga das pontas das luvas. Victoria apoiou-se no espaldar da cadeira, roçava os dedos no queixo, lembrou o comentário de Beatriz na noite do jantar em seu apartamento: três burgueses brincando de revolucionários. Deu um assovio para chamar a vendedora de postais. Não houve efeito; assoviou mais alto. Um garçom impediu que a menina saísse e guiou-a de volta à mesa.

— Não escuta — o homem explicou, apontando o ouvido. — Mas, se falar devagar, ela entende.

Victoria tirou dinheiro da bolsa.

— Pensando bem, estou devendo notícias a toda a família.

O bolo de cartões-postais trazia imagens banais da Plaza de Mayo, Congresso, Casa Rosada, a 9 de Julio com o Obelisco, e embaixo de cada uma constava *Recuerdo de Buenos Aires*. Victoria separou uma dúzia para si e outros tantos para Cacho, que sentava-se, depois de saciar os turistas com registros do passeio. Ele estendeu à garota os biscoitinhos que acompanhavam o café.

— Como se chama?

Mercedes, ela respondeu, com a tradução de Cacho, que sabia algo de sinais. Sua expressão ganhara alento. A testa cobria-se da franja lisa que chegava aos cílios e parecia cortada a talho. Victoria reparou que a menina se interessava muito por um par de livros na mesa, retirados da sua bolsa quando buscara dinheiro na carteira.

— Gosta de ler?

Cacho interpretou:

— Gosta. Lê rápido demais os da escola.

— Leve este — Victoria ofereceu. Era o mais espesso, uma versão de contos selecionados de *As mil e uma noites*. — Há de durar um pouco mais.

Mercedes alisou a capa ilustrada e leu um parágrafo, os olhos escuros movendo-se sobre as linhas de fora a fora. Ergueu o rosto tocado de deslumbramento.

— Quer saber como faz para devolver — disse Cacho.

DEPOIS DO ALMOÇO, Cacho levou Victoria de regresso ao jornal sob um único guarda-chuva. Rodeados do cinza da cidade turva e perfazendo nela um traçado de roedores, com os desvios por abrigo e para evitar deslizes e encontrões, não conversavam tanto. Ela segurava-se ao braço do amigo. Ele puxou do casaco duas fotografias.

— Quase esqueço. Ernesto mandou as fotos.

Eram do aniversário de Victoria, do jantar em seu apartamento na última madrugada antes da ditadura. Ela se detêve em ambas: a dos quatro, com Beatriz segurando a câmera para o grupo, e aquela tirada por Beatriz dos outros três à mesa, com Victoria entre os rapazes. Riu. Mostrou a segunda.

— O que lembra esta, Cacho?

Ele não chegou a uma conclusão. Ela ia apontar o vinho, o pão e brincar com eis o meu sangue e a minha carne, mas de repente repugnou-se e nem quis persistir. Enfiou as fotos na bolsa. Chegavam ao El Nacional. Cacho deu-lhe um beijo no rosto, e tê-lo tão próximo (café fresco, o morango com creme da sobremesa, camisa recém-limpa, loção de lavanda em pele de homem) fez-se, de assalto, de tal maneira irresistível a Victoria que ela inspirou profundamente ao contato.

— Se quiser — ela cochichou —, há uma saleta no andar que só fecha por dentro...

— Agora, Vicky?

— Quinze minutos.

Cacho ria. A fachada francesa do prédio do jornal, com seus requintes curvos e janelas delgadas, culminava em uma águia pousada no relógio Garnier, as asas abertas, a mirada tão onividente como parecia ser a dos policiais de cassetete à cintura que, na esquina, zelavam em dupla contra um inimigo interno e amorfo. Victoria tornou ao amigo:

— Essas coisas me dão vontade.

— Dias de chuva?

— Não, coisas assim de... — De novo machucava falar, e viu que Cacho percebia. — Vontade de aproveitar.

Subiram. No elevador, entrelaçaram as mãos, acariciando-se devagar com os polegares.

MILENA IA AO BANHEIRO quando Victoria surgiu na outra ponta do corredor. Milena tencionava desculpar-se do tom que usara, antes do almoço, com seu amigo Cacho, por conta do apelido informal, e chegou a iniciar uma fala quando o próprio Cacho despontou atrás de Victoria. Era evidente que eles vinham do depósito de material, e não somente pela direção no corredor, mas pelos vestígios de rubor e transpiração, um arfar reprimido nos corpos. Cacho enfiava a barra da camisa para dentro da cintura.

— Até logo, Vicky — ele disse, com acentuada cerimônia.
— Um prazer, Milena.

Dali a pouco, no toalete, Milena lavava-se e piscava das vistas um embaço nas bordas da louça alva, da torneira dourada, das próprias mãos esfregando-se sob a água. Victoria saiu de uma cabine e usou a pia ao lado.

— "Vicky"? — Milena tornou a reprovar.
— Ao seu dispor — Victoria disse. — Deixei na sua mesa uma carta que chegou errado.
— Já avisou.

Milena sentiu uma interrogação no olhar da outra, que procurava o seu no espelho. Em uma cabine fechada enxergava-se um par de saltos de bico reto. O som da água corrente retumbava nos cantos duros e frios do lavatório. Foi Victoria quem tomou a dianteira de trocar o assunto:

— Passei o horóscopo direto à revisão. Vou fazer assim agora.
— Mas era meu hoje.

Victoria embolou a toalha de papel e acertou-a no cesto.

— Fico no arquivo o resto do dia.
— Fazendo o quê?
— Uma orgia com as locais e os esportes. O que mais, Milena? Pesquisando.
— O famoso conto? A esta altura será uma enciclopédia de Onetti. O que foi que a obcecou tanto?
— É que... Não sei. Está virando outra coisa.
— Eu o reli. Esse inferno tão temido. A atriz mais jovem se casa com o jornalista mais velho, se desentendem, come-

çam as tais fotos e tudo vira um desastre... Sabe, comentam que a atriz das fotografias pornográficas existe e hoje em dia é conhecida. Virginia Luque, Elsa Daniel... Graciela Borges.

Milena tornou a abrir e fechar a torneira para interromper um gotejo. Victoria mexeu um anel no dedo ao acrescentar:

— A outra Graciela também. A comediante.

— Sim, a Jarcón.

— Conhece? Entrevistou-a?

— Não, só de nome. Olhe, se pretende colocar essas especulações no jornal...

— Não sei o que pretendo. Só tenho uma página.

— Cinco meses e uma página? Esse vai na pilha — Milena indicou o nada — de todos os livros que você quase escreveu. Termine algo, Victoria. Vá até o fim. Porque, enquanto ruminamos dúvidas, como se cada linha fosse vida ou morte, uma mediocridade que desfila trucagens baratas e lugares-comuns é recebida com fanfarra. — Milena ajeitou o cabelo pelo reflexo. — Claro, só não faça tão bem a ponto de intimidar. Caso contrário, o marido nunca mais te dá tempo de acabar e ainda usa a nena como desculpa.

A voz de Milena sumira no curso da frase. Do sanitário ocupado veio uma descarga. A coluna social apareceu com sua dignidade regada a Fernet Branca, limpou-se e abotoou o cardigã bordado em pérolas. À saída, Emilia avisou, soando feito tuba:

— Se precisarem de mim, estou no Tortoni pescando intrigas e brindando a não ter marido.

Novamente a sós com Victoria, Milena falou.

— Há quintas-colunas por aí.

— Quintas-colunas de quê?

Milena hesitou. Dançava no estranho espaço do vínculo seu e da colega, um conhecer-se bem e mal ao mesmo tempo. Explicou referir-se ao editor e seus favoritismos. Victoria aparentou não acreditar, mas sequer importunou-a. Milena tornou a forçar a torneira: o pingo ainda se lançava ao ralo a intervalos enervantes.

— Desde pequena gosto de códigos — Victoria contou.

— Essas suas mudanças de tema, com a minha dor de cabeça...

— Ouça. Faço assim: distribuo números de um a noventa e nove entre as letras, em sequência, sempre voltando ao início do alfabeto. Assim, cada letra corresponde a vários números, mas cada número identifica uma única letra.

— E daí?

— Daí é só codificar a mensagem. As letras viram números, variando os números dentro de cada letra, para não repetir muito e ficar suspeito. Por exemplo, se são seis números de dois dígitos para cada um dos doze signos do zodíaco...

— Não é possível — Milena disse, afinal compreendendo.

— O que você pôs nos números da sorte?

Victoria riu.

— Que o bilheteria de cinema é um reverendo pelotudo que fala feito personagem de filme americano.

Milena permitiu-se um sorriso exausto.

— Sabe o que surte mais efeito do que brincar de agente secreta? Trabalhar. É assim que se responde.

— A vida é curta, Milena.

— É isso o que estou tentando dizer — Milena interpôs com energia. — Se você quer escrever algo, faça agora, ou não vai mais escrever. Na sua idade eu também achava que teria todo o tempo do mundo. Acumulava ideias para histórias. Anotava coisas a fazer, sonhos, datas futuras. E um dia você acorda e se passou uma década, você tem casa, filha, marido, mãe doente, metade da sua vida acabou, surge uma dor nova a cada semana. E agora me diga se você acha mesmo que eu ainda vou publicar a história do teatro portenho em três volumes ilustrados ou cavalgar nas estepes da Ásia.

Victoria, agora séria ante a fala de Milena, manteve silêncio até que tornou a relaxar, pôs as mãos nos bolsos e virou-se para a porta.

— Sobre cavalgar na Ásia não sei, mas sobre o seu marido — em um segundo, Victoria acercou-se e segredou, o hálito cheio de sal e pele —, se quiser, faço você acabar em cinco minutos.

Milena acompanhou-a com o olhar enquanto Victoria deixava o banheiro e reforçava a garantia com um movimento da cabeça. À sua passagem, a porta vaivém balançou como pêndulo, quase amimando o chão, até cessar.

CAPÍTULO 6
Alçapão

15 de junho de 1951

O caminho de Graciela, desde a Florida, onde abandonara Rosa Ríos ao policial que a arrastava, até a Arca de Noé de Nelly Lynch teve uma parada na Alsina, no armazém de um turco que vendia uma marca de vinho tinto bastante concentrado, baratíssimo, cujo rótulo exibia um corvo. Ela ficou o tempo de dois cigarros e de beber até desfocar de si os olhos perseguidores de Rosa. Empinou o copo em busca das últimas gotas, devolveu-o à rodela de cortiça sobre o balcão e mascou o acre da saliva. Pagou dois caramelos a uma menina que admirava o vidro de doces na ponta dos pés. Um senhor maltrapilho chegou já alcoolizado, querendo comprar o vinho de corvo, como ela, e um pão de quarto, mas tropeçou no vazio e caiu, levando consigo um engradado de azeite de oliva. O turco arrastou-o à rua pelas vestes engorduradas do óleo, aos gritos de "borracho de mierda". Graciela enfureceu-se, discutiu e acabou também expulsa. Ajudou o senhor a restabelecer-se e os dois caminharam abraçados. Ela carregava a maleta de couro das gorjetas, que jazia na Florida depois de Rosa ser levada por força bruta a um destino incerto.

— Está vendo? Sou sua amiga.

Ao chegar à Arca, Graciela viu a saída das crianças em um afã de risos e carinhas pintadas em sequência. Puxou assuntos sobre a aula, qual era a peça, quem fez a heroína, e incomodou-se que a estranhavam. Entrou na casa e meteu-se no banheiro, mergulhou a face na água apanhada entre as mãos e depois, repetindo o gesto, bebeu sôfrega. Aprumou-se. No segundo andar, Nelly guardava a cenografia das crianças.

— Qual é seu nome verdadeiro? — Nelly perguntou, animada.

— Ana María Cesarini.

Nelly empurrou a caixa de adereços ao fundo do palco. Parou ao ver o aspecto de Graciela, que retomou a conversa:

— Por que pergunta?

— Novo nome para o Nuevo Teatro. Querem iniciantes para *Uma mulher sem importância*. Fui colega de Alejandra no La Máscara e recomendei uma moça promissora sem dizer ainda como se chamava. Mas o seu não é bom... Mariana Casanova, que tal?

Graciela aceitou sem entusiasmo. Nelly continuou:

— Claro, no independente não se ganha um carajo. Até a sala é emprestada, praticamente um sótão. Mas é teatro dos bons.

Graciela disse que ótimo, que ótimo, e soube que não convencia Nelly quando a instrutora perdeu o ar solícito e iniciou o trabalho com o estouro de uma palma e uma descida brusca do palco. Nelly acionou os refletores e pediu que contasse uma história. Graciela ganhou o tablado, cuidadosa, cega das luzes. Sentou-se. Riscou o fósforo e firmou os olhos na chama.

— Quando eu tinha oito anos, vi meu primeiro incêndio.

— Em pé — ordenou a voz de Nelly, sem emitente visível em meio à claridade.

Ela ergueu-se. Repetiu o início. Nelly acrescentou que andasse para a direita. Graciela deu alguns passos.

— Direita. Se você sai da marca, sai da luz e ninguém a enxerga.

Graciela soprou o fósforo e acendeu outro. Recomeçou. Caminhava a esmo. Seguiu a história até chegar ao final em que ela mesma havia provocado o fogo. Controlara-se, mantivera a lógica, achou que se saíra bem. Apagou o último fósforo. Nelly demorou a avaliá-la.

— Não.

— O que foi agora?

— Falou às paredes. Tem de ficar voltada ao público. É para eles.

Nelly propôs um segundo exercício. Graciela poderia improvisar o que quisesse, usar qualquer recurso, mas não sairia do palco antes de fazer Nelly rir. Ela interessou-se: fez pastelão, interpretou um mímico desastrado. Dobrava-se, estatelava-se. Nada escutou. Separou objetos cenográficos, inventou monólogos de uma caroneira perdida, uma cozinheira desmemoriada, um papa que visitava um bordel. Nenhuma reação de Nelly. Graciela prendeu o cabelo no alto e secou o pescoço.

— Você está fazendo de propósito — bufou.

Sem resposta, decidiu contar piadas. Recorreu a todas que lembrou, esmerando-se em atribuir vozes e ruídos característicos para cada personagem. De novo o silêncio. Tentou uma última cena. Era uma mulher em trabalho de parto, tentando oferecer à parteira o seu bebê, agora que o marido a deixara por outra. Extenuou-se. Esperou: nada de Nelly. Recuperou o fôlego, olhou as tábuas do palco, o abismo iluminado da plateia, e não conteve a ebulição.

— É por isso que ninguém a chama para nada! — explodiu. — Não tem a ver com Evita. Tem a ver com não a suportarem. É verdade mesmo o que dizem de você. Destrói as pessoas, não apenas seus homens, mas todo mundo! Calculista e perversa. E ainda por cima afetada. "Esgotar uma pessoa é sinal de respeito", "você tem de se apaixonar"... E quem é que fuma assim? — Arremedou os trejeitos de sedutora. — Sim, eu bebi antes de vir. E daí? Pelo menos não sou uma relíquia feito você! — Desgovernava-se. — O que quer que eu faça, Nelly? O que você *quer*?

O urro final consumiu-a. A fúria arrefeceu. Graciela entregou-se. Largou-se ao chão como fantoche sem dona e chorou fundo. Foi então que a risada de Nelly soou e engrandeceu ao ponto de competir com seus soluços. Nelly veio ao tablado às gargalhadas.

— Finalmente.

Graciela não a olhou. Segurava a cabeça e ainda lacrimejava.

— Você já sabe — Nelly disse —, precisa ser, não atuar. Quando tenta ser engraçada, fica falso e não funciona. Quando é você mesma, vulnerável, espontânea, quando abre mão do controle e interpreta a partir da raiva, é imbatível. Como no Monumental. Tem de representar das tripas, não para o público.

— Você me disse o contrário não faz uma hora!

— Eu disse virada ao público. No palco. Mas não pode implorar que gostem. Eles têm de desaparecer. Deixar de existir. — Nelly agachou-se, assumiu o mesmo ângulo de visão e estendeu o braço a um ponto no alto da sala. — Você pega uma poltrona, bem lá em cima. Nessa poltrona, coloque quem quiser. A professora que lhe deu a ovelha ao invés de Maria no auto de Natal, o diretor que elogiou seu talento enquanto levantava sua saia, a avozinha agonizante a quem você jurou que seria uma estrela. E então interprete exclusivamente para essa figura. É o único assento do teatro. O único aplauso que deseja. O resto some para sempre.

Graciela secou o rosto. Apalpou o cotovelo que ferira ao fazer a parturiente.

— E isso serve no drama. As boas atrizes usam na comédia a mesma técnica que usam para fazer Shakespeare.

— Não quero fazer Shakespeare. — Graciela fungou. A ira retornava. — Não quero fazer Hamlet. Nem Julieta. Nem Macbeth. Quero ser deixada em paz.

Nelly ficou em pé.

— Claro que não. Você não quer as coisas. Diz que quer, mas, na verdade, gostaria é de estar na capa da Mundo Argentino, ser adorada sem ter o trabalho.

— Quem é você para saber o que eu quero ou o quanto? Hein? Quem é você? Que mierda sabe? — Graciela levantou-se, chegou muito perto de Nelly e desafiou-a. Esperou um revide, porém identificou algo pior na fisionomia condoída da instrutora. — Você nunca mais ouse me olhar desse jeito. Nunca, ouviu? — Ela desferiu-lhe um tapinha, fraco e desajeitado, errando a boca de Nelly, que desviou surpresa. Depois outro. — Isso, prefiro assim. — Tentou acertar um terceiro, mais forte e com mira. Nelly segurou seus pulsos, para alívio de Graciela, pois a aluna não queria atacar, no fundo não queria. — Nunca mais me olhe com pena.

Nelly soltou-a. Tomou as escadas. Falou com um ressentimento que antes não deixara transparecer:

— Também vão contar histórias a seu respeito um dia.

Graciela calçou os sapatos e apanhou a maleta de couro. Desceu atrás de Nelly. Antes de sair, viu-se com um livro que lhe era empurrado: na capa forrada com tecido que já fora vermelho estava impressa a face de Shakespeare e o título *Tragédias*. A lembrança da velha superstição sobre o nome Macbeth ser amaldiçoado e trazer má sorte sempre que pronunciado em teatros, como ela fizera pouco antes, azedou-a mais.

— Desfaça essa praga — Nelly ordenou, insistindo com o livro, apontando o trecho que, de acordo com a crença, Graciela deveria usar para reverter o efeito da invocação a Macbeth.

— Já disse que não acredito em fantasmas e nenhuma porquería do tipo.

— Opera, em quarenta e dois. Uma escada despencou sozinha no meu crânio a dois dias da estreia. — Nelly mostrou uma cicatriz escondida no cabelo. — Vai aprender a acreditar.

— Estou farta das suas frases prontas.

— Uma volta inteira na quadra, recitando *Hamlet* o tempo todo. Se os cachorros não latirem, vou saber que não fez.

Graciela deixou a casa. Enfiou o livro na maleta, e com ele tanto a praga quanto o antídoto. Caminhou direto à pensão, enregelada do frio vindo do Plata.

O QUARTO DE RAFAEL foi o destino de Graciela assim que chegou à pensão de Don Pablo, antevendo que ele já soubesse do ocorrido na Florida e pudesse ter notícias de Rosa. Bateu no cômodo e entrou: Rafael aprontava uma mala de roupas sobre a cama e, no outro extremo, a própria Rosa estava sentada, de costas, imóvel.

— Como você está? — Graciela perguntou enquanto se aproximava, mas Rosa virou-se para longe, calada, com brio, e o despeito era menos brutal à atriz do que adivinhar outra razão para o ato de esconder o rosto.

Graciela largou a maleta dos panfletos e gorjetas na cama. Punha nela o que tinha de dinheiro e sobrara da bebida no armazém. O quarto estava escuro, somente o abajur criava um lume anêmico e antiquado. Indagou a Rafael aonde ia com a bagagem e ele silenciou. Fez sinal para saírem ao corredor e fechou a porta.

— O delegado é cliente da casa de tango. Busquei-a e trouxe para cá. Mas Ivanovitch escandalizou-se. — Rafael sussurrou as palavras a custo. — Gritou que não deixou o circo para... viver de novo com um chimpanzé. Vou com ela — ele disse, não sem julgamento — para que não fique sozinha.

Rafael voltou ao quarto. Graciela encostou a testa à parede e, num repente, tomou fôlego. Foi ter com Ivanovitch, no final do corredor. No trajeto, beliscou as faces para corá-las, mexeu no cabelo, molhou os lábios ressequidos e trouxe o busto mais perto do decote. O russo abriu a porta a contragosto, só de calças e mangas cavadas.

— Se veio pedir por seus amigos, morocha...

— Negociar — ela retificou.

Graciela tocou o peito sardento do homem, que tinha a textura e o atrativo de uma batata cozida, mais alguns pelos grossos e caóticos. Por sorte a torneira do banheiro contíguo vazava a esperança de algo a distraí-la, o jogo de contar as gotas uma a uma enquanto o calibre do russo a afundava no colchão.

APROXIMADAMENTE TREZENTOS E noventa e seis pingos d'água (quiçá houvesse pulado alguns nos grunhidos) e Graciela escapuliu para lavar-se. Sob o conforto do vapor e do jato do chuveiro às costas, quase escaldante na pele, acabou demorando. Pensou ouvir vozes do lado de fora, abafadas no choque da água contra sua cabeça, escorrendo por todos os lados. Enxugou-se o mínimo na toalha do russo e vestiu-se. O quarto dele agora estava vazio. Saiu ao corredor em um caminhar algo dolorido e encontrou o proprietário.

— Don Pablo, eles vão ficar.

— Não precisa agradecer — ele pôs-se a gesticular como um boxeador. — Você devia ter visto, flaquita.

Graciela observava entre cativa e desentendida. Ele persistiu:

— Zás! Jogo de pernas: "Pode ir a Barracas e aguentar sua sogra". Paf! Direto no queixo: "Não quero o seu dinheiro e nem a sua cara aqui". Nocaute!

Don Pablo armava os punhos fechados ora em defesa, ora em ofensiva. Seguiu pelo corredor, dizendo:

— Está tudo certo, já avisei Rafael.

Ela sorriu sem viço. Dizer qualquer coisa seria demolir o espetáculo que era Don Pablo, corcunda e envelhecido, enfrentando valentemente o adversário em seu avanço claudicante, um soco a cada passo, narrando a lembrança de glórias alheias de outrora como se retumbassem nos fundos de uma pensão anônima em San Telmo: "Suárez domina Tani no último round. Que potência. Que apercá. Soa o gongo. Vamos à apuração... E eis o resultado! Vence o Torito! O árbitro alça às alturas a luva do campeão. O estádio inteiro o aclama. Senhoras e senhores, a cena é formidável. Um criollito de Mataderos ovacionado por um presidente e dois príncipes no ringside".

25 de julho de 1976

Victoria retornava à cidade natal de Rosario com frequência de turista. Naquela ocasião, era o casamento da prima Leonor, e Victoria chegou à catedral em Rosario com a cerimônia em andamento. Nem procurou espaço nos bancos: ficou na ala lateral, junto a uma imponente coluna, abrigada do alcance de olhares ocasionais. Perdera o flutuar de Leonor ao longo da nave, e imaginava o efeito do que parecia uma légua de véu translúcido escorregando e franzindo no compasso da marcha; agora o tecido jazia, envolvendo a noiva como halo, sob os reflexos do sol nos vitrais da cúpula e no cristal do lustre. De braços dados, o casal atentava à austera homilia reverberante desde o altar maior.

— A família argentina adoecia — o bispo pregou aos noivos e aos fiéis. — Digladiava-se. Quando a paz é imposta à força, Cristo se entristece, é verdade. Mas — ele frisou, com o dedo erguido — o amargo do remédio cura a moléstia. A repressão e a responsabilidade são uma eterna gangorra. Se a segunda falha, a primeira tem de subir. E agora vejam a nossa família, unida em júbilo com a bênção do sacramento que é dada aos contraentes.

Victoria perscrutou os rostos: neutralidade respingada de acenos de aprovação. Quis um alívio do sermão, da grandeza edificada, do ubíquo velar dos anjos recortados em mármore, da quietude obediente, do excesso de rituais e de enfeites nas vestes dos convidados. Voltou-se à capela atrás de si, dedicada a São Jorge. Uma lajota no piso continha o descanso de um benfeitor da igreja. Abaixo do nome que já não era de ninguém, gravada em baixo-relevo, a epígrafe: memento mori.

Os pais da noiva, tios de Victoria, receberam em casa. O jardim estava decorado, mas o frio prevenia que se circulasse prolongadamente ao ar livre, e naquele momento Victoria integrava-se ao grupo de moças em uma sala reservada. A prima desfrutava uma taça e um descanso posterior aos cumprimentos e às primeiras danças, e Victoria ofereceu o colo como amparo aos seus pés, que massageava por sobre as meias-calças.

— Até me acostumar com o Ibarra... — Leonor queixava-se, engolindo canapés e descendo-os a goles de champanhe. — Quase assinei só Godoy no livro. Pobre do meu marido. — Olhou a aliança nova. — Meu marido — repetiu satisfeita.

Victoria sorriu. Apertava delicadamente os dedos dos pés da noiva, inquietos de excitamento, e ouvia as conversas das amigas sem individualizar quem eram.

— Eu lembro — comentou uma, que dava de mamar ao filho prestes a adormecer. — Era maridinho para cá, docinho e amorzinho para lá. Hoje em dia nos chamamos por "o que tem de janta?" e "olhe os pés no sofá".

Uma das demais falou algo sobre amizades de toda a vida, virou-se para Victoria e perguntou de onde ela conhecia Leonor.

— É minha prima Vicky — a noiva adiantou-se.

— Que raro não termos nos encontrado antes.

— Moro em Buenos Aires desde jovenzinha.

— Ah, você é a que... — A amiga parou a uma tosse educada da outra que amamentava. — A portenha.

— Praticamente — Victoria concordou.

Instaurou-se um silêncio de areia movediça, apenas socorrido da gentil valsa tocada na sala principal. Leonor fez qualquer troça da noite de núpcias e logrou descontrair as outras.

A conversa repartiu-se em várias, e Victoria aproveitou o buchicho disperso para falar somente à prima.

— Você vê os Falcons, Leonor?
— Que Falcons?
— Verdes, sem placas, indo a toda. A qualquer horário.

Leonor tomou champanhe. Negou, desinteressada.

— Levam... — Victoria começou. A massagem chegava aos tornozelos, agora imóveis. — Levam gente de suas casas.
— Bem — Leonor disse, após uma olhadela à volta —, se os levam, algum motivo haverá, não?
— Mas nem se sabe para onde.

A noiva serviu outra taça. Ajeitou os brilhantes nas orelhas, projetou-se à frente e examinou algo ao chão.

— Que sapatos lindos, Vicky — e recostou-se, acomodada na nuvem branca de organza do vestido, o sorriso de uma complacência insuspeita.

Mais tarde, quem descansava na sala reservada era a avó Isabel, em sua cadeira de rodas, esperando a injeção de insulina. Susana, a tia, mãe de Leonor, fincou a agulha entre as estrias e manchas da perna minguada da sogra com um gesto preciso. Contava a Victoria dos tratos com o bispo.

— Enfim aceitou casá-los num domingo, depois da missa.
— Doar à diocese faz milagres — murmurou a avó.

Susana recolheu a seringa e deixou-a na bandeja. Victoria ajudou a baixar a saia de Isabel e dirigiu-se a Susana:

— Tia, sabe se a rádio tem registros antigos?
— De quê?
— Artistas que estiveram ali. — Victoria rodou o colar de safira da avó até levar o fecho de volta à nuca. — Há uns vinte e cinco anos.

— Tente no arquivo, durante a semana.

Na sala, alguém fazia um brinde. A tia fez menção de retornar aos convidados. Antes, Victoria insistiu:

— E à senhora, posso fazer umas perguntas?

— De vinte e cinco anos? Querida, não sei o que almocei ontem.

— Queria saber...

— Vicky, sou anfitriã — Susana disse baixinho. — Você aparece a cada dois anos e justo no dia da sua prima quer viajar no tempo?

Victoria escutou-a resmungar algo sobre umbigo enquanto se aprumava e unia-se aos festejos. Olhou a decoração de superfícies menos luzidias e cores menos vivas do que na memória, inclusive o dragão do vaso chinês no aparador. Isabel assistia à televisão, ligada sem volume em um programa humorístico.

— Eles põem o televisor nestas pavadas e nem me deixam ler todo o jornal. Que é meu! — Apontou categórica para si. — Acham que não sei o que acontece. Andaram matando uns palotinos em Buenos Aires, não?

Victoria assentiu. Havia por perto folhas do jornal, soltas e claramente selecionadas, os passatempos, os esportes; a de cima trazia fotos e manchetes dos feitos da jovem ginasta romena nas Olimpíadas. Na tela, o auditório da comédia dava uma gargalhada muda. Susana dissera que a avó andava confusa, perdendo a coerência de um segundo a outro, mas não parecia.

— Me resguardar de quê? Nada me admira. Todos eles passam.

Isabel desviou os olhos à neta, diminutos atrás das lentes e emoldurados por um entrecruzar de rugas. Fitou-a profundamente, lúcida, inteira, segura. Victoria acarinhou a pele craquelada, alinhou as sobrancelhas e alisou os cabelos brancos em coque banana.

— Vovó, a senhora lembra de quando...

— Chame sua mãe aqui, por favor.
— Chamar?
— Preciso falar com ela sobre a ceia de Natal.
Victoria secou-lhe um rastro de saliva, devagar e dócil.
— É que... Onde ela está, não tenho como chamá-la.
Isabel esmoreceu. As feições adquiriram uma debilidade dolorosa e ausentavam-se. Ofendeu-se.
— Mentiras.
Victoria arrependeu-se instantaneamente. Segurou as mãos trêmulas e nodosas da avó, acarinhou as trilhas das veias saltadas. Isabel retirou-as para si, junto ao corpo, a mágoa endurecida na expressão remota. Fixou-se na televisão e não falou mais.

Victoria levantou-se e mexeu no carrilhão em mogno com entalhes rococó, que se tornara decorativo: o pêndulo estava fora de prumo, emitia uma vibração vazia no lugar do tinir metálico, e os ponteiros atrasavam. O carcomido selo do fabricante indicava a manufatura em 1785, o que significava que, antes de desregular, o mecanismo testemunhara incólume seis golpes de Estado e todas as guerras desde a independência até as duas mundiais. Dizia-se que marcara as horas no lar de infância do general San Martín e também havia cochichos de uma história menos palatável de heranças roubadas e filhos nascidos fora do matrimônio. Ela não pôde ajustá-lo. Insistiu em levar Isabel a passear na festa, mas foi em vão. De qualquer maneira, outros parentes entravam para estar com a avó; Victoria destinou-lhes curtas amabilidades e saiu.

Na sala, tomou champanhe. Na parede da lareira, o retrato a óleo da tataravó de dez nomes, com o vestido suntuoso e a mantilha, não mais a apavorava como quando pequena. Alguém bendizia a felicidade dos recém-casados. Victoria apenas escutava. No canto, desfilava com sua esposa o homem que ela conhecera em um bar, na véspera, e com quem passara uma hora mediana no quarto do hotel. Victoria pediu licença e foi ao jardim. À sua chegada, um grupo de rapazes deu uma audível guinada na conversa, para o jogo do Newell's no dia seguinte. Ela sentiu-se tentada a anunciar que sabia, como todos, que o noivo, junto dos amigos, havia pernoitado no Pichincha, comprando o direito de invadir qualquer par de coxas não pertencente a Leonor. Mas essa era outra coisa que ninguém falava, era outro dos tantos silêncios de Rosario.

Victoria andou por canteiros de flores, folhagens de diversas alturas. Atrás de uma roseira, sentou-se em um banco de ferro. Bebeu o que havia na taça e, sem o casaco, encolheu-se. Pensou no desolador que fora o caminho na saída da capital, as casas de retalhos de tábuas, as crianças poeirentas e os cães esquálidos, os fogos que mal afrontavam o inverno. Girou a taça e jogou-a às costas da estátua que ornava um bebedouro de pássaros. O vidro partiu-se em estilhaços na pedra e levou consigo uma teia de aranha estendida entre as asas do querubim. Victoria fechou os olhos e sorveu o ar frio com a gula de quem sufoca.

NO DIA SEGUINTE, era já hora do almoço e Victoria não sabia o que fazer com a moça deitada em seu estômago, na cama. Entre mulheres não se abria a estranha ravina de indiferença e insegurança que sucedia o sexo com um homem desconhecido, mas, ainda assim, havia uma distância que era toda culpa sua. A moça era garçonete na recepção dos tios, viera recolher os cacos da taça no jardim e, durante as desculpas de Victoria e o resto da noite, as duas trocaram olhares e comentários que tateavam ansiosos à procura do apetite recíproco. Victoria se encantava com esses instantes ambíguos e vorazes, como se aquele pacto tácito, construído em minúcias e eletricidade, contivesse a inteireza do que se passaria entre duas pessoas, tão solene quanto um casamento e infinitamente mais excitante. Contudo, à luz do dia e enxugado o champanhe, a moça, cujo nome Victoria esquecera, fazia perguntas da capital em tom de antipatia e falava, entre tragadas de maconha, que em Rosario se vivia melhor, com a rambla e as praias. Victoria entediava-se e, ao mesmo tempo, envergonhava-se da própria arrogância, tão à margem quanto as excursões que atravessavam confortáveis as periferias na chegada e posavam para as fotos diante do Monumento à Bandeira e da água tremeliça do Paraná.

— Queria tocar em uma banda de rock... — a moça contava.

— Em Buenos Aires há mais cena musical — Victoria sugeriu, na intenção de soar como estímulo.

A garota moveu a cabeça. Agora, em lugar de encarar Victoria, olhava para cima. Fumava.

— Não é para todo mundo — ela disse.

Victoria resvalava os dedos no ombro da moça. Quando tiravam as roupas, ela notou que a garçonete escondia um rasgo visível, e pior, notou que ela a viu notar, e desejou explicar que não fazia diferença alguma, mas achou que seria pior constrangimento trazer aquilo à tona, e foi um labirinto de cinco segundos do qual saíram por um triz, voltando aos beijos sem uma palavra.

Na televisão, que felizmente enchia o vazio da conversa, Mirtha Legrand anunciava os convidados do seu programa, Palito Ortega, Leonardo Favio, Estela Raval e, por último, Graciela Jarcón. O grupo sentou-se à mesa servida. De um salto na cama, Victoria agarrou a caneta e o bloco da mesinha de cabeceira.

— Você está indo filmar na Europa... — Mirtha começou, para Graciela.

— Em Madri, em setembro — a entrevistada disse. Acendeu um cigarro. — O roteiro deve ser ótimo, pois li três vezes e continuo sem entendê-lo.

— Esse papel também foi disputado? A batalha das Gracielas continua?

— É uma honra nos acharem concorrentes, a mim e à Borges.

— Honra para qual das duas?

Houve risos e uma piscadela da convidada. Mirtha perguntou de teatro e do medo de palco. A moça, que mudara de posição sobre o corpo de Victoria, também assistia.

— Ouvi dizer que ela esteve aqui — a garota observou. — Há muitos anos...

— Eu conheço a lenda — Victoria cortou, para que nada da entrevista lhe escapasse. Anotava furiosamente cada frase, em garranchos e sinais decifráveis somente pela autora.

31 de agosto de 1951

Em seu quarto na casa de tango, Rafael organizava a maquiagem na penteadeira e cantava com o Gardel da vitrola. No andar de baixo, onde normalmente se dançava, a cooperativa reunia-se em assembleia geral deliberativa para eleição da nova administração. Por vezes, o debate alcançava o quarto, mesmo com a porta fechada: uma questão de ordem, uma acusação de fraude, aplausos. Alguém bateu: Florencia trazia, desconcertada, uma visita.

— Para você...

Entrou Graciela, as mãos na cintura e um bigodinho de Hitler desenhado em sombra negra no rosto acusador:

— Um seminarista me avisou depois que um ônibus de pré-escola inteiro apontava.

Rafael mandou-a sentar-se, aos risos, satisfeito do resultado. Horas antes, quando Graciela saía da pensão, ele a chamara e simulara retificar uma falha na base, acima do lábio, mas na verdade fizera o bigode. Embora Graciela já houvesse se desculpado com Rosa várias vezes, Rafael e a atriz falavam pouco desde o episódio na Florida, também porque não se encontravam tanto na pensão, pois ela se desdobrava entre o trabalho na confeitaria Richmond e os ensaios da peça do Nuevo Teatro. Ele sabia que o pedido de Graciela para maquiá-la era uma tentativa de aproximação, mas não resistira a pregar-lhe a peça.

Embaixo, o ruído aumentava. A voz de Rebecca Liberman, fundadora e presidente eternamente reeleita, impunha-se: "a mesa diretora passa a palavra à companheira...". Florencia perguntou a Rafael:

— Não vem votar?

— Já abri meu voto em Becca, como sempre.

— Outra derrota para o partido nanico... — lamuriou-se a opositora Florencia.

Graciela intrometeu-se:

— Nanico?

— O jeito é usar logo o nome — Florencia explicou, indicando o próprio metro e quinze de altura. Deixou-os.

Rafael pôs o vestido de trabalho, coberto de manchas de tintura e outros produtos. Consertou o rosto de Graciela, desfazendo a maquiagem de horas antes. Trabalhou cantarolando; a atriz estava muda. Ele terminou e mostrou o resultado no espelho.

— Melhor?

— Sim... — ela respondeu, chegando a face ao reflexo. — Obrigada.

Ele largava o pincel à penteadeira, distraído, quando ela o agarrou de supetão pela gola do vestido e puxou-o para si.

— Agora escute. — Graciela firmou mais os dedos no tecido, obstando o recuo dele. — Quanto mais você se afastar, mais eu me enfio na sua vida. Se me ignorar, eu vou amá-lo. Se for morar em outro endereço, vou atrás. Continue me tratando assim que eu juro por toda a sua família que me caso com você e vivo o resto dos meus dias ao seu lado. Quando você estiver no leito de morte, seguro a sua mão até sentir a sua alma deixar o corpo. — Ela aproximou-se a um centímetro, cada palavra uma ameaça disparada entre dentes. — O meu, Rafi, é o último rosto que você verá neste mundo.

Graciela soltou-o, o olhar feérico sob os cílios alongados. Rafael compunha-se e foi novamente interrompido: ela o enlaçou e devorou em um beijo vigoroso, encerrado com um estalo. Rafael cuspiu, limpou-se com as costas da mão e, revidando a pose desafiadora, declarou:

— Canastrona.

Ele tentou manter a compostura, seguir encolerizado, mas Graciela desmontava-se em um princípio de sorriso. Gradualmente, ele correspondeu. Os dois sucumbiram às risadas, soltas no aposento de estampas e aromas desencontrados. Na vitrola, aquele lado do disco chegara ao fim, e a agulha estava à toa.

— Agora tenho de passar o batom de novo — ele riu, refeito.

Ela olhava-se no espelho e tamborilava os dedos no móvel. Mirrava e tinha olheiras, mas ultimamente parecia movê-la uma gana de miúra.

— Queria ir adiante, Rafi.

Ele conhecia o ar de quem busca transformar-se, e aprovou o pedido. Procurou a lata de biscoitos Anselmi, entregou-a à atriz e disse-lhe que escolhesse. Limpou-se em uma toalha de mão e separou os instrumentos necessários enquanto Graciela retirava a tampa, prometendo galletitas exquisitas, e verificava as fotografias. Ele a viu percorrer Jean Peters, Ingrid Bergman e Evelyn Keyes.

— Esses são impressos... Mas alguns respondem com autógrafos.

Graciela abria os envelopes, alguns timbrados dos estúdios, e lia: Greer Garson, Mary Hatcher, June Allyson, Ethel Smith, Joan Bennett, Eve Arden; dos homens, Dane Clark, Dan Duryea, S. Z. Sakall, Van Johnson e Glenn Ford. Ela deixava as fotos na penteadeira, formando uma pilha de olhares límpidos e sorrisos iluminados à perfeição, diretos à câmera ou transversais, feitos de sonhos ou de malícia, dedicados com best wishes, kind regards e sincerely yours em floreios a tinta. Rafael mexia na vitrola para trocar o lado do vinil. Ele viu-a remexer alguma correspondência no fundo da lata e chegar ao último envelope, endereçado em espanhol e com o carimbo "devolver ao remetente". Não conseguiu impedir que ela tirasse de dentro uma foto do próprio Rafael, em pé, segurando a coleira de um cachorro de pelo escuro e lustroso, e abaixo da imagem as palavras: "Ao amigo Fernando, com todo afeto, Rafael Jarcón".

— Que lindo... — Ela comentou, virando o retrato para ele.

Gardel soou de novo, agora lépido, exultando Leguisamo. Rafael pegou impassível a fotografia e, sem olhá-la, enterrou-a no envelope e devolveu à lata. Perguntou:

— Decidiu?

Graciela mostrou a foto de June Lockhart e quis um loiro dourado. No espelho, ele penteou o cabelo da atriz e ensaiou maneiras de ajeitá-lo. Antecipou que ela inquirisse de Fernando, mas, a cada segundo atravessado somente do trote da música e da acalorada apuração no andar inferior, o tema era deixado para trás no terreno ainda frágil entre os dois.

Ao final do mesmo dia, Graciela avistou Nelly, à distância, dobrar a esquina rumo à Arca de Noé, segurando um saco de compras e entretida em alcançar as chaves. Manteve-se fora de vista e chegou depois, quando ela destrancava a porta. Disse, um tanto afastada, buscando o grave da voz e cuidando os gestos com o cigarro:

— É aqui o teatro, senhora?

Nelly desconheceu-a por um instante suficiente para contentá-la, e então virou-se totalmente e passou em revista o penteado, o rosto, o traje sóbrio e a presilha sobre a orelha, emprestada da casa de tango. Tocou uma mecha descolorida e enrolada para cima.

— Me pediram loira e mais velha para a Sra. Arbuthnot — Graciela justificou.

— Poderia ter usado peruca. Está... Irreconhecível — Nelly concluiu, vendo-a rodopiar.

— Vim fazer o exercício.

— A uma semana da estreia, devia estar nos ensaios gerais.

— Amanhã.

Nelly aquiesceu, ainda desentendida. Entraram. Nas escadas, Graciela tagarelava.

— É como se apagasse tudo, você não acha? — Ela esperou a reação de Nelly, quieta à sua frente. — Você me disse para imaginar a história da personagem, todas suas facetas, mesmo que não fosse usar. Acho que Mariana Casanova seria assim. Jamais gritaria com as pessoas. Controlada. — No segundo andar, largaram seus pertences, e foi Graciela quem ligou os refletores, decidida. — Calculista. — Ela sorriu. — Porque é assim que temos de viver, nosotras. Sempre calculando se estamos conforme.

Graciela olhou Nelly, que tomou assento, sumindo no branco das luzes, como sempre. A voz veio em tom de perdão e de deboche:

— Nem sei do que está falando, flaca.

Graciela subiu ao palco. Acendeu o fósforo com mais destreza do que em todas as vezes anteriores. Entretanto, deixou-o consumir-se. Jogou-o longe, sorriu a um ponto indefinido, e riscou outro ao mesmo tempo em que começou a história.

— Era minha vez de ajudar na cozinha. O cardápio era sopa. Roubei uma cenoura e escondi por baixo do vestido. Mais tarde, quando apagaram as luzes, esperei os minutos até as freiras adormecerem e chamei Clara e as outras colegas do dormitório. E como rimos. Usei a cenoura para inventar todo tipo de teatro, de anedota... Contei todas as que sabia, as mais sujas. Imitei meio mundo. As meninas riam no travesseiro para abafar. De Clara, então, escorriam lágrimas. Ela dizia que eu parasse, pois ia se molhar. Lá pelas tantas veio a irmã Silvia e tivemos de ir dormir. — Estava no terceiro fósforo. Deitou-se de costas. Virou a cabeça para encarar o público. — Ainda escuto as risadas daquela noite. Desde pequena só quis fazer as pessoas rirem. Inventar um conto, simular um tombo... Senti que as garotas dormiram felizes, ao menos aquela vez. — Ela apagou o fósforo e riscou outro. Subiu a saia devagar aos joelhos. — Já eu fiquei desperta até bem tarde. Pensei nos beijos de Roberto Escalada no filme que tinha fugido para assistir uns dias antes. Usei a cenoura em mim mesma por baixo das cobertas, até romper e sangrar. No outro dia disse que as regras me apanharam de surpresa. — Pôs a mão sob a saia. — Sabia que era questão de tempo até o padre Ignacio me chamar à sacristia. Percebi que ele começou pelas mais novas. Clara e eu éramos as seguintes. — Soprou o fogo e atirou ao alto o palito, que descreveu uma longa parábola e tombou longe. — A dor foi momentânea, mas naquela noite tive um prazer que nunca mais se repetiu. — Fechou os olhos. Respirou sôfrega. — Com ou sem padre, com ou sem tudo o que viesse ou deixasse de vir, o meu sangue foi só meu.

Abriu os olhos e ergueu a mão do corpo como se coberta de líquido. Lambeu dois dedos e passou-os no rosto. Riu, cúmplice da plateia e de si. Finalizou a cena, sentou-se, arrumou a roupa e o cabelo.

— É verdade? — Nelly quis saber.

— E você com isso?

Graciela levou a palma da mão sobre os olhos, tentando vislumbrar a instrutora. Enfim escutou, vindo daquele radiante nada:

— Aí está.

Graciela refreou o grito, mas não uma pancada seca do punho no tablado.

DALI A POUCO, instaladas na copa como nas primeiras semanas, as duas comiam bolo, bebiam vinho e riam, com uma alegria que Graciela não continha. Nelly saltava de uma história do mundo do espetáculo a outra. Em um momento, ao ouvir sobre uma infestação de pulgas no figurino de uma turnê pelo interior, Graciela engasgou-se, o que causou mais graça. Ela socorreu-se do guardanapo e limpou-se da bebida que escapara pelo queixo e no colo. Nelly ia terminar de contar das pulgas quando o rádio, até então tocando música, passou ao anúncio de que se conectava à residência presidencial. Sem combinar, ambas esperaram. Raspas de estática deram lugar ao pronunciamento de Evita, rouco e agudo ao mesmo tempo, arrancado de alguma fibra ainda não vencida.

— Companheiros. Quero comunicar ao povo argentino minha decisão irrevogável e definitiva de renunciar.

Escutaram um pedaço. Os sorrisos murchavam. Nelly desligou o aparelho e voltou à mesa. Graciela achou que ela ia comemorar, porém estava solene, como se tomada da magnitude de qualquer coisa que haveria de transcendê-las em muito e que por um minuto transitório ressoara entre as paredes amarelas da Arca de Noé, com seus descascados prosaicos, suas ilustrações infantis, e agora seu silêncio prolongado que contagiava até mesmo os cães da Boca.

CAPÍTULO 7
Ribalta

7 de setembro de 1976

Era uma habilidade adquirida, a de alhear-se, um ensinamento transverso da mãe e que Milena continuava exercitando com o marido: enquanto discursavam e vociferavam suas guerras verdadeiras ou imaginárias, em um fluxo que era abreviado se deixado livre, ela projetava-se longe, como se de outro lado de um túnel, e de lá escutava apenas o suficiente para saber quando concordar. No interregno, sua mente pululava onde conviesse, fosse distração ou necessidade. Naquele dia, na sala do editor da seção no El Nacional, Milena já não o divisava, displicente no espaldar muito deitado da cadeira, a gravata risca-de-giz sob um colete de lã; nem à estante ao fundo, com os livros, os diplomas, os retratos e o troféu em formato de pena; e nem à Underwood imperando sobre a mesa ou à samambaia comprida pendente à janela. Quando fora interrompida pela quarta vez sobre a página de cultura, retirara-se ao túnel. Agendava mentalmente uma visita à mãe na clínica e pensava na filha Lili, nos fantoches que ia costurar a fim de incrementar a história interminável do reino encantado com que a entretinha desde bebê. Compunha uma feiticeira misteriosa de chapéu roxo quando a voz do editor chamou-a de volta.

— Reescreva o que precisar.

— Do quê?

— O artigo do pibe — ele disse, um tanto impacientado. — Precisa ser polido.

— Eu, polir o Novo Testamento?

— Vamos, gorda, não tenha inveja. — O editor riu. — Ele merece o incentivo. Agora, sobre a matéria das escritoras do dezenove, conheço bem o tema. Anote.

Milena olhou através do vidro para dentro da redação, onde alguma voz se exaltava. Uma senhora de semblante amargurado e mão crispada em um recorte do jornal amolava o colega das participações sociais. Ele gesticulava como quem a dispensa. Ainda sob as interpelações da mulher, ele veio e abriu a porta do editor:

— Me ajude com esta, viejo. Não sei como ela passou do térreo.

— Você é o subeditor de sociais. Vire-se.

Ele resignou-se. O editor passou a mão no cabelo. Milena viu a senhora dirigir mais algumas palavras ao participações e procurar com o olhar alguém que intercedesse, mas a comoção era propositalmente evitada pelos outros. Milena levantou-se e ia saindo da sala do editor quando ele a chamou:

— Por que resenhou assim a peça de Ibsen com Bianco?

— É o gonzo — ela respondeu sem encará-lo.

Milena voltou à sua mesa. A senhora alegava que estava comprando o anúncio, e o colega rebatia "senhora, ya está, já lhe expliquei". A mulher balançou a cabeça, disse algo de vergonha, se não tinham vergonha, e começou a deslocar-se ao elevador, agarrada ao recorte do jornal, que agora dobrava. No caminho, ela ainda se inconformava, e chegou a cruzar olhares com Milena, por um momento que se estendeu até que Victoria passou entre elas. Vinha com pressa e amarrava o xale à cintura como um saiote.

— O que há?

Victoria pegou a bolsa e disse:

— Me manchei.

— Tenho absorventes — Milena ofereceu.

Victoria chegou mais perto:

— Por fora.

Milena olhou para o xale sobre as calças da outra e entendeu: não usava nada por baixo.

— Eu sei, eu sei — Victoria falou. — Hippie libertina. Vou demorar, com estes quadris sempre demoro a achar calça que sirva.

Milena viu-a correr e pegar o elevador com a grade ainda aberta, juntando-se à senhora que apelara às sociais. Milena não teve chance de auxiliar a senhora com o que lhe parecia o melhor conselho, o de largar-se em devaneio e desistir do lado oposto do túnel.

NO ELEVADOR, Victoria permaneceu ao fundo. Rabiscou um bilhete, guardou a caneta na bolsa e dobrou-o ao meio. Pediu licença e premiu o botão do térreo, embora já estivesse marcado. Ao dar o passo, derrubou os óculos escuros que segurava; abaixou-se, recolheu-os e, ato contínuo, entregou o papel à mulher à sua frente, a mesma que discutira com o participações sociais.

— Deixou cair, senhora.

Victoria fez com que ela, mesmo em dúvida, aceitasse-o. Pôs os óculos e olhou, ao alto, a descida dos andares no mostrador. Ficou aliviada quando a mulher dobrou o bilhete para si e não mais se voltou para trás, pois era sinal de que compreendera as lacônicas instruções: "no me mire — loja Etam — vá por Peru e Florida — chego depois".

7 de setembro de 1951

Nas sombras da coxia, Graciela tinha a visão lateral da montagem estreante do Nuevo Teatro para *Uma mulher sem importância*, no espaço emprestado do Teatro del Pueblo, e era inacreditável que fosse o mesmo local dos ensaios. O palco onde ela proferira falas e acertara marcas com desenvoltura, sob a segurança dos assentos vazios e da camaradagem com os atores, tornara-se uma profundeza tenebrosa onde um mar de juízos anônimos a esperava como oferenda. A quietude reverente, cortada pelos fachos de holofotes realçando o movimento e o diálogo, aumentava o bumbo em seus ouvidos, tão alto que ela olhou o tecido cobrindo seu peito para ver se cada batida não o inchava. Mesmo com o cabelo para cima, perspirava desde a nuca, e toda a clausura de viúva vitoriana — era um vestido reaproveitado de outra produção, originalmente de copeira, adaptado com um casaco para tornar-se mais aristocrático — empapava e colava-se ao torso. Ela largou o pano e, devagar, sem barulho, ergueu a saia armada do vestido e retirou-se. O primeiro ato terminou, houve aplausos, as cortinas fecharam e o elenco foi aos bastidores. Lá, em meio aos mecanismos e detritos de cenografia, expondo a ilusão tal qual o verso de um bordado malfeito, Gastón Molina, no papel de Lorde Illingworth, mexeu nas abotoaduras e recebeu da ajudante de palco um ajuste extra na cola do bigode falso. Sorriu ao ver Graciela.

— Mierda... — E, ao perceber que ela não deteve o passo direto ao camarim, alarmou-se. — Aonde vai? Você entra antes de mim.

Ela desprezou outros olhares, inclusive o de Nelly Lynch, que viera supervisioná-la na estreia. Sentia um desmaio à vista. Fechou o camarim atrás de si e buscava, sem sucesso, um fôlego decente. Nelly bateu e entrou. Ficou diante de Graciela, os braços cruzados, e não dizia nada.

— Não lembro nenhuma fala — Graciela confessou, o pânico se agravando.

— Sua deixa é "todas as mulheres que pecam devem ser punidas".

— Mas de que adianta?

— No palco, você vai lembrar — Nelly assegurou. — Do mesmo jeito que só dentro d'água lembramos como é que se nada.

— Eu não sei nadar, Nelly!

— Está bem. Está bem. Não grite.

Nelly usou um lenço no pescoço de Graciela e fez com que respirasse, contando inspirações e expirações.

— Onde estão seus fósforos?

— Terminaram.

— Ouvir uma história qualquer também ajuda. Entretém um pedaço do seu cérebro à medida que outro pedaço vai resgatando o texto sem se dar conta.

Nelly levou-a para fora do camarim, falando mansamente. Andaram juntas no retorno à coxia, transitando entre restos de produções anteriores: um carrinho de ambulante, um manequim sem cabeça, um cavalete de madeira, um boneco de pano sobre um tonel de lata.

— Certa vez ajudei na direção de um filme. Os atores principais formavam uma dupla cômica imbatível mas, por trás das cenas, odiavam-se. Tudo era um pesadelo, o leva e traz de recados, as picuinhas, as brigas. Mas, a tudo aquilo, o diretor era a própria paz de espírito. Cheguei a pensar que estava medicado. Um dia estávamos na sala dele, eu e o diretor, fazendo revisões no diálogo. Entra um dos comediantes. Escabela-se, reclama do temperamento do outro, diz que é um ladrão invejoso e vai arruinar o filme. O diretor escuta tudo calado e, no fim, só diz: você tem toda razão. Se abraçam e o ator sai. Dali a meia hora entra o outro comediante. Amassa o roteiro e joga na parede, diz que não pode mais com os atrasos, que o colega é um bêbado sem profissionalismo e vai estragar tudo. O diretor, de novo, escuta e o consola: você tem toda razão. Ele se sente aliviado e sai. Ficamos sozinhos e eu me viro para o diretor e pergunto como é que pode ele concordar com uma coisa e logo depois concordar com o exato oposto. Ele me olha, calmo, serve uma dose de conhaque, e sabe o que diz?

— O quê?

— "Nelly...", e tomou a dose inteira, "você tem toda razão".

Graciela não alcançou um sorriso. Estavam a um passo da coxia, onde ela deveria aguardar a deixa. Via-se a uma distância crescente de Nelly, do entorno, do despropósito de ser tratada como integrante de um cenário no qual tropeçara por engano. As pernas falhavam, queriam fugir. Reprimiu uma ânsia de vômito. Estremecia e tentou esgaçar o colarinho que a estrangulava.

— É hora, Mariana Casanova. Mierda.

— Acho que vou morrer — Graciela gemeu.

— Então está no caminho certo — Nelly disse, esticando o vestido de volta ao prumo. — Teatro é suicídio toda noite.

E, com isso, empurrou-a amorosamente às trevas.

7 de setembro de 1976

A esquina térrea ocupada pela loja Etam era ampla o bastante para que Victoria e a senhora que recorrera ao participações sociais falassem com a mínima perturbação. Quando se aproximavam vendedoras ou clientes, bastava comentar de tamanhos e estampas, recolher algum cabide e solicitar a opinião uma da outra. Percorriam vagarosamente os modelos expostos, tocando-os, levando-os aos espelhos, e Victoria fazia anotações em um bloco simulando extrair preços e detalhes das etiquetas.

— É o que eu explicava ao seu colega — a senhora contava, baixinho, aferrada à bolsa e ao recorte amarelado do El Nacional como salva-vidas. — Há vinte e cinco anos, participei o nascimento da minha filha no seu jornal. Vê? Comprei o espaço. Só quero comprar outro. Quero que conste que ela sumiu, que não sei onde está, que a queremos de volta. Como podem se negar a publicar?

Victoria leu o nome, a data, a minúscula cegonha no canto do anúncio. Uma vendedora perguntou, de novo, se desejavam auxílio. Recusaram com sorrisos, e Victoria inventou algo sobre uma cor de blusa difícil de combinar. A moça foi atender uma jovem recém-chegada. A mãe continuou.

— A muito custo me receberam para uma audiência. O secretário do secretário. Me serviram café requentado. O homem me ouviu, ouviu tudo, com esse olhar compassivo, dissimulado, um acinte maior do que se me mandasse embora. E no fim abriu os braços e disse: "É mesmo, minha senhora? Até agora nada da sua filha? Que coisa... Sei de mais duas nessa situação. Filhas de amigos, moças de família, e acabam viciadas. Fogem para se prostituir no México". Este...

A voz dela enchia-se, escapava amarga dos lábios murchos, e se fazia ouvir. Victoria avisou e experimentou uma boina para disfarçar. Esperaram os olhares desviarem.

— Este homem, este homenzinho, atrás de uma mesa, teve essa desfaçatez. Minha vontade era cuspir. Mas consegui falar, reuni todo meu ódio, cheguei perto e disse: só se for a sua filha. A minha foi levada. O verme se alterava e eu me obstinava: minha filha foi levada. Minha filha foi levada. Ele se pôs a gritar e eu gritei mais alto. Até que ele esmurrou a mesa, deu o assunto por encerrado e me expulsou.

Victoria escrevia rápido e cuidava a volta. A vendedora do balcão arrumava o mostrador.

— Na semana passada, recebemos um telefonema em um horário esquisito da tarde. Era ela. Repetia "estou bem, estou bem, não se preocupem...", e por mais que eu me desesperasse e quisesse saber seu paradeiro, ela se evadia. Comentava banalidades sem nexo e dizia para não denunciar nada, que tratavam-na bem, davam comida. Lá pelas tantas perguntou: "e Panchito, tem tomado os remédios?", e meu coração parou um instante.

— Quem é Panchito?

— O cachorro, que morreu há oito anos. Entendi que sinalizava algo muito errado. Que a estavam vigiando, escutando, que não podia falar. O problema é que eles devem ter percebido o silêncio, porque ela se apressou em desligar: "Bem, vou indo. Te quiero, mamá. Não esqueçam os remédios". E se foi.

A senhora olhava os vultos dos passantes na calçada através da vitrine, ocultando das vendedoras o rosto quebrado pela lembrança e amparado em um lenço.

— Remedios é seu nome do meio. Ela estava pedindo para não esquecê-la. E agora me diga, moça...
— Victoria.
— Victoria. — Ela fungou, secou-se, guardou o lenço e o recorte dobrado do El Nacional. Fitou-a com água nos olhos pequenos, de fúria e de sede. — Você esqueceria?

A FIM DE MANTER o álibi da mancha acidental inventado para Milena, Victoria comprou as calças mais à mão, vestiu e saiu com as anteriores na sacola. Entrou na fila de um telefone público e olhou pelas lentes escuras o formigueiro da rua, no qual já se perdera a mãe da garota, guardado pela autoridade de Sáenz Peña em seu trono de pedra. Na sua vez ao aparelho, apoiou o bocal entre o queixo e o ombro, inseriu as fichas e discou o número do La Opinión.
— Ernesto Ginsburg, por favor.
Transferiram-na. Ao som de uma sirene e de uma conversa próxima, ela tapou o ouvido contrário. Outra voz atendeu e disse que Ernesto saíra fazia pouco. Perguntou se queria deixar recado.
— Ligar para Victoria no trabalho.
— A respeito de quê?
— Particular — ela disse. Viu, atrás de si, um casal de namorados distraídos em miudezas. O rapaz encostava-se no muro revestido de um cartaz da Coca-Cola. — Sobre um baile.

7 de setembro de 1951

Nelly tinha razão. O público não importava, porque desaparecera: a Sra. Arbuthnot enfrentava Lorde Illingworth, na cena final da peça estreante, com a naturalidade de quem habita a si mesma. Graciela escutava com repugnância o discurso de Gastón e concentrava-se no momento, sem adiantar-se a nada.

— Foi uma experiência muito divertida nos encontrarmos entre pessoas da minha classe, sendo ambos tratados com muita seriedade, minha amante e meu...

Ela interrompeu-o: arrancou dele a luva que segurava e, com ela, estapeou-o antes que chamasse o filho de bastardo. Mas errou, confundiu esquerda e direita e, ao invés de fazer a luva cair no palco, ela voou à plateia. Abruptamente, a uma risada em alguma poltrona, Graciela teve consciência da luz e da maquiagem no rosto de Gastón, do átimo de desespero que os dois compartilharam, sabedores de que a ausência da luva impedia que fosse, a seguir, encontrada no chão pelo personagem do filho, o que causaria o desfecho. Alguém tossiu. Com a hesitação de Gastón e a cena suspensa em um fio, ela recuperou o garbo, tomou a outra luva e desferiu um segundo tapa, para surpresa dos espectadores e do próprio ator.

— Afronta por afronta, Lorde Illingworth. A que fez e a que teria feito.

Lançada à direção certa, a segunda luva jazia no palco. O comando se restabelecera, refletido nos olhares entre os colegas, e Gastón retirou-se indignado, conforme o roteiro. Graciela dominou, agora sozinha, o cenário. Ela sentou-se no sofá, onde deveria render-se ao pranto até a entrada do filho e da nora, mas, de repente, a luva perdida saltou jocosa da penumbra e veio juntar-se a seu par. O desconforto e a expectativa do imprevisto novamente perfuraram a cena. Graciela não tardou um segundo: inclinou a cabeça o menos possível, olhou a luva como a um dejeto de sarjeta, e voltou-se soberana.

— A mão direita — observou, exata entre fleuma e mordacidade. — Um estorvo que ressurge sem convite.

Houve prontas exclamações de espanto e deleite, seguidas de um riso efusivo e, para seu assombro, de uma onda de aplausos fora de hora que iniciou tímida e se irradiou espontaneamente no teatro. Graciela forçou-se a enxergar o suposto único assento no alto da casa, como Nelly ensinara, e segurou cada músculo para manter-se indiferente ao estrondo, tão vibrante e sublime que ela desconfiou de um sonho.

Graciela abriu os botões mais altos do figurino com uma das mãos; a outra segurava o buquê recebido ao final do espetáculo. Era a última no palco, junto às cortinas fechadas, e a movimentação dos técnicos em volta do cenário, recolhendo e desligando equipamentos, decrescia. Um deles elogiou-a, de passagem, enrodilhando uma corda com gancho na ponta. Ela agradeceu. Tocou a cortina, caindo pesada do teto, cheirando a ancestral. O técnico abaixou uma das alavancas fixadas à parede de tijolos aparentes e a iluminação da coxia extinguiu-se com um ruído morredouro. Gastón Molina aproximou-se, ainda maquiado, mas vestindo as próprias roupas.

— Uma estreia e tanto.

— Eu sei — ela disse, e puxou-o a si em um beijo faminto, sem cerimônia. Depois, achegou-se às cortinas. — Eles riram.

— Roçou o perfil no tecido e conjurou o êxtase que ainda se derramava nela. — Ouviu como riram?

Graciela largou as rosas, ajoelhou-se no palco, tocou-o com as mãos espalmadas. Mais uma luz apagou sem aviso. Restava pouca claridade. No encontro dos panos via-se um assento iluminado na plateia, o dos fantasmas, que a Graciela ainda soava absurdo, mas que ela aprendera a acatar. Gastón chamou-a a deixarem o teatro e ela avisou que ficaria mais uns minutos. Apoiou-se à frente, levou a testa ao chão e fechou os olhos, na pose de quem adora uma divindade.

7 de setembro de 1976

Milena encerrou a ligação com o marido muito depois de parar de dar ouvidos às censuras de que enchia a cabeça de Lili de ridículos contos de fadas. Alegara não poder ocupar a linha do El Nacional por mais tempo. Olhava o arranjo de flores artificiais na mesa da recepcionista, presente do bilheteria de cinema, e acima de tudo olhava Victoria, pensativa à janela emoldurando a Avenida de Mayo, movendo a boca enquanto riscava seus escritos no ar. As calças novas com as quais ela retornara da rua eram baixas na cintura e deixavam à mostra uma faixa de pele. Milena ergueu-se da mesa. Ficou ao lado de Victoria. Milena não soube o que fazer com os braços; enfiou as mãos nos bolsos e disse o menos inoportuno que lhe ocorreu.

— Por que apagar?

De fato, Victoria apagava o que seu dedo redigira invisivelmente.

— Não deixa rastro — ela respondeu, longínqua.

Milena verificou a distância dos outros, absortos nas máquinas datilográficas. Pensou na conversa no banheiro, meses antes, em que confessara sobre o casamento e Victoria lhe prometera secretamente um êxtase em cinco minutos, e em como desde então ambas haviam recuado, cada vez um pouco mais, até que de novo quase só tratavam de trabalho. Forçou uma coragem que não tinha.

— Aqueles cinco minutos... — pediu, sem continuar.

O telefone soou e Victoria atendeu-o. Justo antes de falar ao bocal, disse a Milena, com displicência:

— Fica para uma próxima. — Dirigiu-se, então, ao aparelho. — Suplemento cultural, Victoria falando. — Sorriu. — Olá, Bebito.

Milena ocupou sua mesa. Acompanhou de soslaio a conversa.

— E o baile de dia dos namorados? — Victoria pegou uma caneta. Mudou a posição na cadeira, ficou menos à vista e baixou a voz. — Seu amigo do Herald... Dança bem? — Anotou algo. — Posso almoçar amanhã. O restaurante Rufino, na... — Ela riu. — Sim, sei que você só tem uma mão, Ernesto.

Milena agradeceu o despacho da Reuters trazido pelo mensageiro. Não o leu. Contemplou Victoria, mesmo de costas. Tinha um fio puxado na blusa de verão, leve demais sob o xale. Victoria desligou e o telefone tornou a tocar, desta vez para Milena. Era de novo Jorge, com um raro pedido de desculpas e a ideia de saírem para jantar, só os dois, e falarem de qualquer coisa que não fosse a filha Lili. Milena passou as unhas nas teclas da máquina de escrever e destinou um último olhar a Victoria enquanto concordava.

— Também quero falar de outra coisa.

7 de setembro de 1951

Foi um grupo alegre o que ganhou a Corrientes naquela noite, saído do Vesuvio, onde comemoraram depois da estreia de *Uma mulher sem importância* no Nuevo Teatro: Rafael, Rosa, Nelly e Graciela, esta com seu buquê de flores, ébria de álcool e palco, descrevendo um trajeto de beija-flor entre os amigos: dava o braço a um, lembrava de um assunto com outro, deslocava-se a um extremo do quarteto para outra parte da conversa. A atriz era um trapo, mas havia um cintilar por baixo do cabelo desgrenhado e dos escombros da maquiagem, e vez em quando ela afagava o broche de pétalas e contas negras no vestido azul bordado que fora de Nelly. A avenida transbordava de carros e de gente e resplandecia em laranja elétrico com os luminosos da dupla Barbieri e Don Pelele, a orquestra de Pugliese, uma peça de Discépolo com Olinda Bozán e outra de Lorca com Luisa Vehil.

— Nada mau o improviso para quem não gosta de política — elogiou Nelly, para a seguir reclamar: — Por que pagou a conta?

— Temos uma aposta desde o Monumental — Rafael esclareceu. — Se as coisas dão certo, ela convida, caso contrário, pago eu.

— Se pudesse — Graciela sonhou alto e ergueu a saia como se ainda vestisse a elegância da viúva Arbuthnot —, guardaria o figurino e usaria todo dia.

Ela puxou rosas do buquê e distribuiu-as aos outros três.

— Não gosto de Wilde — afirmou Rafael, ostentando a flor com o dedo levantado. — Afetado demais para o meu gosto.

Graciela ria. Rafael salvou-a de um encontrão com um casal saído de um restaurante, abraçou-a pela cintura e os dois andaram juntos. Graciela apoiou-se nele mais do que o necessário e chamava a atenção. Rafael tranquilizava os passantes:

— Estamos noivos.

— Sim, todos nós. — Graciela enganchou-se a Rafael e a Rosa. Arregalou os olhos. — Espere. De verdade. Por que não? O que acham?

— Que casamento — Rosa desdenhou. — Três pessoas e ninguém dorme com ninguém.

— Mas quem disse que...

— Graciela — Rosa cortou, séria. — Quer dizer, Mariana — corrigiu-se. — Pare. — Rosa interrompeu o caminhar dos quatro, no centro do movimento da calçada, e menosprezou o desejo de Rafael de que as duas não discutissem. — Não, eu vou falar. Não somos itens de decoração para a sua vida. Você faz essas brincadeiras conosco sem conhecer nada. Nem de mim, nem de Rafi. Por acaso sabe por que ele veio a Buenos Aires?

— A sua música do filme — Rafael apontou Nelly, para bem de findar a discussão.

Estavam diante de uma loja de vinis. Na vitrine, acesa em uma tonalidade caramelo, espalhavam-se capas de discos e cartazes de preços e nomes anunciados com exclamações, e de uma vitrola soava a composição de Francisco Canaro que Nelly entoara em uma cena famosa diante do Obelisco em miniatura, recriado em estúdio. Nelly sorriu e cantou com a letra. Os demais ouviram-na e, ao sabor do brevíssimo retorno da estrela, as palavras entre Rosa e Graciela tombaram por um vão.

— É a Lynch... — uma senhora disse, abrindo a porta de um Buick.

— Quem? — o acompanhante perguntou.

Nelly olhou naquela direção, um quê de divertimento e outro de melancolia. Graciela dissolveu o momento com um aplauso, Nelly fez uma mesura a título de piada, e o grupo seguiu. Chegaram à esquina. Nelly convidou-os à sua casa, mas recusaram. Ela beijou cada um e prometeu:

— Mando cartas de Los Angeles.

— Cartas? — Graciela estranhou. — Já está de mudança?

— Nora Montclair. Querem que eu use esse nome. Acredita?

— E a Arca? As crianças?

— Uns amigos manterão as aulas. Ex-alunos de Angelina.

— Achei que você viria me ver toda noite.

— Você não precisa mais de mim, flaca. Agora vai fazer como todo mundo faz. Passar trabalho, fracassar aqui, brilhar mais adiante. Até que um dia aparece uma atriz mais jovem e mais talentosa. O seu nome desce das luzes, o dela sobe. É sempre assim.

Nelly virou as costas e sinalizou à procura de um táxi.

— E o que eu faço então? — perguntou Graciela.

— Você a ajuda. E pede que ela ajude a próxima quando chegar a hora. — Nelly apertou o nariz de Graciela e arrumou uma mecha do seu cabelo. — Al Colón.

Graciela segurou a mão de Nelly junto ao seu rosto. Rafael reparou na amiga: o torpor da bebida se esvanecia e rachava à visão da partida de Nelly. Graciela olhou para o Obelisco imperando sobre a 9 de Julio e recobrou o alento. Puxou o braço de Nelly e chamou todos com sofreguidão:

— Venham cá. Só um minuto.

Atravessaram o cardume de faróis do tráfego na rotatória. Em volta do monumento, um menino empenhava-se na gaita de boca, o chapéu ao pavimento esperando moedas. Graciela disse ao garoto, quando terminou:

— O subte estava fraco hoje?

Ele concordou com a cabeça. Graciela comentou que não sabia seu nome, pois o pequeno músico não falava.

— Mas toca que é uma beleza.

O menino sorriu, banguela de um canino. Graciela aprontou um escarcéu, mostrando Nelly, anunciando "Nelly Lynch ao vivo, damas e cavalheiros", e perguntando se o garoto conhecia o tango do filme. Um punhado de gente ficou ali perto. Graciela murmurou o tom da música. O tocador de gaita negou, tímido, e Nelly tentou dissuadi-la da ideia, mas Graciela incitava-o ainda mais. Rafael cutucou Rosa, que admitiu:

— Eu sei esse.

Rosa pediu emprestada a gaita. Soprou até acertar as notas do princípio da melodia. Graciela comemorou. Nelly sorriu vencida, encarou o arremedo de público e entregou a bolsa, o casaco e a flor a Rafael. Pôs-se à frente de Rosa e as duas afinaram-se. Nelly apoderou-se da bengala de um senhor, vestiu o chapéu do menino em viés sobre a testa e posicionou-se exatamente como iniciara a cena no filme: uma mão à cintura e a outra comandando o apoio da bengala, o rosto majestosamente elevado ao Obelisco, os joelhos unidos e um calcanhar atrevendo-se para trás. Passeou o olhar de gato angorá, com uma sobrancelha erguida, por quem a assistia: havia a mera curiosidade e havia os que aparentavam reconhecê-la e reagiam como se à passagem de um cometa.

— Se dice de mí...

Graciela e uns outros emitiram quase ganidos de expectativa. Nelly tirou o chapéu pela aba e atirou-o ao garoto, embasbacado.

— Dizem que sou feia, que caminho rebolando, que sou torta e que me mexo com um jeito de malandro.

Nelly girou a bengala e apanhou-a no ar. De um verso a

outro, acercava-se de um homem, depois de um rapaz, com gestos provocativos de quem os acusa.

— Os homens de mim criticam a voz, o modo de andar, a pinta — tossiu esganiçada —, la tos.

Riram da afetação. Nelly voltou ao centro da roda, avançando curto na ponta dos pés, e Rosa harmonizava qual coreografia a cadência dos seus passinhos à gaita tocada com primor. Nelly disse a parte seguinte a Rosa, simulando confidenciar uma zombaria com o polegar aos espectadores.

— Dizem muitas coisas, mas se o conteúdo não interessa, por que perdem a cabeça ocupando-se de mim?

Nelly foi até o senhor da bengala e devolveu-a ao mesmo tempo em que estalava um beijo e o soprava ao homem. Sorriu com um canto da boca e remexeu os ombros.

— Eu sei que muitos que desdenham comprar querem, e suspiram, e morrem quando pensam em me amar.

Ela veio a Rafael e tirou-o para um volteio.

— Se sou feia, digamos já que se esqueceram de me avisar. E no amor, por minha ação, vi mais de um ficar no chão.

Depois de dançarem, Nelly empurrou-o com o pé e Rafael fingiu cair. Houve mais uma risada. Ele deu-lhe sua flor, e ela piscou.

— E não se diga que menti, porque modesta sempre fui. — Nelly cheirou a flor, correu para junto de Rosa e elevou os braços, gloriosa, dona da intersecção, reduzindo o Obelisco a coadjuvante. — Yo soy así.

As palmas estrepitaram. A roda bramiu, assoviando, pedindo bis, enquanto Nelly retesou as pernas, cruzou os pés um diante do outro e dobrou-se inteira à frente, a cabeça baixa, as mãos buscando os lados e o alto, os dedos graciosos, um agradecimento de primeira bailarina. Rafael imaginou que Graciela se extasiava, mas não a identificou na pequena multidão.

Ele voltou-se para Nelly, que apresentava Rosa aos aplausos. Nelly deu dinheiro e um autógrafo ao menino da gaita e atendeu alguns outros autógrafos, também procurando Graciela. Os olhares dela e de Rafael se encontraram e dividiram um entendimento. Ele se apartou do grupo e, de outro ângulo, chegou a ver Graciela roubando miradas furtivas a Nelly, distanciando-se na artéria boêmia da capital, aferrada ao buquê de rosas vermelhas e à ultrapassada bolsa de melindrosa da qual se recusava a se separar.

Rafael e Rosa saíram juntos do Obelisco. Nelly despedira-se com algumas palavras a serem transmitidas a Graciela e a oferta de que os três sempre tinham a casa e a mesa dela à disposição. Rafael tinha as mãos nos bolsos. Rosa segurava sua flor.

— Penso em ir embora — ela falou.
— Da capital?
— Da Argentina. Para onde possa cantar na rua sem ser pano de fundo.

Rafael deu-lhe o braço. Estavam sob uma marquise cujas letras piscantes em magenta e absinto gritavam o êxito arrasador de um teatro de variedades com Sofía Bozán.

— Não sei por que você a protege tanto — Rosa comentou.
— E você, por que me protege? — ele devolveu.

Pararam defronte a uma livraria. De dentro do café vizinho, um cliente espichou o olhar aos dois. Rosa sustentou-o. Seguiram adiante e ela pôs a flor no bolso do paletó de Rafael. Deixou a mão ali, no peito dele, por um segundo.

— Se eu for, vai cuidar bem disto?

Ele fez a jura sem vontade, maldizendo intimamente a invocação de fogos-fátuos que eram agora uma ninharia miserável na pirotecnia de neon da Corrientes insone.

CAPÍTULO 8

Camarim, segunda chamada

18 de janeiro de 1977

Graciela abriu sem alarde a porta do salão dourado no Teatro Nacional Cervantes para juntar-se aos ensaios de *Macbeth* da companhia de Guillermo Lacorte. Nos momentos imediatamente seguintes, chegou a escutar a voz do diretor, direcionada aos mais próximos, como Gastón Molina e o assistente Teodoro, mas agitada o suficiente para fazer-se ouvir.

— Havia que tentar China ou María Rosa no lugar de uma celebridade de terceira...

Alguém pigarreou alto e fez cessar a conversa. Graciela ingressou, toda cortesia, e chegou ao grupo de pessoas espalhadas no recinto, que se voltavam a ela em uma coloratura de incredulidade, intimidação, constrangimento ou impaciência. Ao buenas da atriz principal, alguns responderam sem entusiasmo. Outros apenas fumavam, folheavam textos e tomavam posições, vigiando-a feito a um animal exótico. Seguida de Rafael, Graciela desfilou altiva rumo a Gastón, que a abraçou efusivo.

— Linda como sempre. — E, secretamente, ao seu ouvido: — Três horas, carajo.

— Andá a cagar — ela devolveu, sorrindo como quem troca gentilezas.

Gastón e Rafael cumprimentavam-se, e ela deixou-os para trás e apresentou-se ao diretor Lacorte, que disse:

— Nos conhecemos certa vez no Di Tella. A peça de Griselda dirigida por Petraglia.

— Sim... Desculpe, sou má fisionomista. — Ela inclinou-se a ele. — Como toda celebridade de terceira categoria.

Lacorte recolheu-se, a irritação acentuada. Graciela levou os braços ao ar como quem admite culpa e pediu perdão a todos, dizendo que aquilo não se repetiria. A trégua foi recebida com silêncio. Ela deixou em um assento a bolsa e tirou os sapatos, sabendo o escrutínio repousando em si. Fez um comentário sobre não entrar no Cervantes havia quinze anos.

— Mais ou menos o tempo que estamos esperando — ela ouviu um ator cochichar a outro.

Graciela cobriu a boca e tossiu. Sentou-se, balançou os cabelos, cruzou as pernas, acomodou os cotovelos, entrelaçou os dedos e sondou com ar ladino os rostos à volta.

— A ver — sorriu —, agora que a doida se materializou, quem deve guita a quem?

O grupo entreolhou-se. Ela notou que as atenções desviavam do diretor. Observou-o. Lacorte, sisudo por um minuto, retribuiu o olhar dela, o de Gastón, e enfiou a mão no bolso de trás da calça. Contou um dinheiro, arrancou uma das notas e arremessou-a à frente do protagonista. Ao ver que Lacorte cedeu um riso contrafeito, Graciela jogou a cabeça para trás e, com gosto, deu uma gargalhada, alta e sinuosa em seus tons. Gastón esfregou o queixo e também riu, e o elenco fez o mesmo. A tensão muda afinal afrouxava; os companheiros pagavam apostas, cobravam-se, iniciavam conversas. Teodoro veio servir um copo d'água à atriz principal, que lhe tocou o braço e agradeceu. Ela se esticou a fim de enxergar Rafael, sentado à distância nas filas de assentos, e dividiu com o esposo uma discreta mirada através do salão agora descontraído e barulhento, ele satisfeito, batendo minúsculas palmas silenciosas, ela austera e apreensiva por um singular instante. Então, Graciela acendeu um cigarro, tragou fundo, alcançou os Chesterfield a Gastón a pedido dele e apressou a fumaça para fora dos lábios, que voltavam a delinear-se em um sorriso.

— Alguém me passe o texto, vamos começar esta esculhambação.

20 de abril de 1977

— Onde estávamos, Milena? Sim, o início com Nelly... Então era questão de conseguir entrar em uma companhia e ir ascendendo: do conjunto às características, depois a dama jovem, atriz cômica, e assim por diante. Um dia se está sob as luzes e no outro se volta a limpar latrinas. Mas as luzes, essas são difíceis de esquecer.

— Você esteve em algumas turnês no interior.

— Sim, primeiro com rádio. Algum tantinho de teatro. No meio disso houve intervalos, inconstâncias, essa vida instável... Depois do radioteatro consegui o primeiro papel significativo no cinema e parti às películas, aceitando todas as chances que me davam. E aí me encontrei, nos papéis cômicos. Comecei a ter sempre trabalho, o que era a sorte grande. Apareceram reconhecimentos e fui adiante. Vieram filmagens no estrangeiro. México, Estados Unidos, Europa. Fiz um pouco de televisão também. Isso você deve ter aí, as informações sobre a carreira.

— Tenho que não sobe em um palco há coisa de vinte e cinco anos, embora seu início seja nebuloso, de tantos nomes que usava. Encontrei Graciela Cáceres, Mariana Casanova, outros.

— Isso todo mundo faz. Na sua profissão inclusive, com os pseudônimos, et cetera. O seu nome é o do registro?

— Apelido de María Elena.

— Pois então. Nesta cidade a gente adota o nome que quiser.

— De fato...

— Enfim. Aprendi com Nelly e no batente. É claro que todo princípio é uma imitação, você vê os outros fazerem e tenta o mesmo, e com o tempo se anima a arriscar. Assim passei a escrever muitas das minhas coisas. O monólogo da ambulância, o esquete das linhas telefônicas cruzadas.

— Ia mesmo mencionar. Quando colocaram o esquete no filme de Ponti, o das irmãs, você interpretou a maior parte dele de costas para a câmera, sentada na penteadeira, e foi indicada ao prêmio em Veneza. Quatro cenas da sua personagem e foi o que bastou.

— Comédia tem muito de instinto, esse algo que não há como adquirir, esse acerto inato das pausas, da palavra mais forte na fala, do remate em um monólogo. Humor é tempo, ritmo. Modéstia à parte, sempre tive.

— Mas agora fará drama. O mesmo se aplica a construir uma personagem dramática?

— Nelly dizia que de qualquer forma a chave é contar uma história. Habitar a personagem em lugar de representar.

— O método de Stanislavski.

— Sim. E essa é outra coisa que temos em comum, eu e você. Contamos histórias de outras pessoas.

— E nunca a sua?

— Se estou lhe contando neste momento.

— Em retalhos e desde a vida adulta, como costuma fazer.

— O que deixo de fora não é por manter segredo, e sim por ser desimportante.

— Não concorda que o mistério só aumenta o interesse?

— Já estou em idade de pedir que afastem a câmera e usem uma objetiva quando filmam os close-ups, para suavizar o foco. Não é a esta altura que pretendo começar a controlar a curiosidade alheia. Você, por exemplo. Tem muita vontade de revisitar sua época de chica?

— O foco suave é seu único recurso em termos estéticos?

— Que piada, mi amor. Tudo que cai mando cortar e costurar. E os que se horrorizam são os mesmos que sairiam me apedrejando se andasse na rua ao natural.

— Tudo isso na busca do aplauso.

— Aplauso... Sim. Você acha uma superficialidade, imagino. Querer as palmas. Sabe o que fizeram os prisioneiros dos campos quando chegaram os russos e os ianques em quarenta e cinco? Bateram as mãos uma na outra. Não saía som algum, pois não restava carne sobre os ossos. Mas aplaudiram.

— E o resto? Acha que valeu a pena?

— Que resto?

— O que fez em sua vida.

— Bem, não sei se... Na verdade não existe a grande recompensa, a segurança derradeira. Ou, se existe, a mim não chegou. Mas tive momentos. Quando escutei uma risada de Niní Marshall por um comentário que fiz em um festival.

— O de Berlim, provavelmente. Em sessenta e um.

— Por aí, sessenta, sessenta e um. As datas já se misturam. Desse festival há uma foto famosa, todas nós sentadas em fileira: eu, Coca Sarli, Olga Zubarry, Tita e Mirtha. Esse foi outro momento, estar entre artistas que eu admirava. Antes ainda, a primeira vez que fui aplaudida em cena... No Nuevo Teatro. E as cartas de Malvina.

— Pastorino.

— Estávamos em um filme de Demicheli e dividíamos o camarim, onde entregavam a correspondência. Era sempre um bolo de cartas de Malvina e uma ou duas coisinhas para mim, mas que eu respondia com gosto. Um dia cheguei e vi uma pilha de cartas diante da minha cadeira. Avisei Malvina: olhe, largaram as suas aqui por engano. E ela me disse: leia o destinatário. Eram todas para mim.

— Que os espectadores a admiram não há dúvida. E seu talento é inquestionável. Mas em seu íntimo, quando se dá por satisfeita? Ou tudo depende se vierem os aplausos, os autógrafos e as cartas?

— Você sonhava em escrever desde pequena?

— Sim.

— E quando se considerou bem-sucedida?

— Ainda não aconteceu.

— Mas quer, certo? Quer ser reconhecida e lembrada. E qual é o problema? Quando um homem quer o mesmo, ninguém dá um pio.

— Não tem arrependimentos?

— Tenho os mais profundos.

— Mas estou vendo que não os compartilhará.

— Que coisas você me pergunta. Não lembro uma entrevista que tenha ido tão...

— Dizem que esse é um jogo seu. Ora mostrar, ora ocultar. Manipular o público.

— Eles têm razão.

— E, para outros, você é incompreendida e explorada na imprensa marrom.

— Têm toda razão.

— Ou me engano, ou Graciela Jarcón não se compromete.

— Você tem toda razão.

— Nem confirma ou desmente que obteve o papel de Lady Macbeth por causa da afamada disputa com Graciela Borges?

— Dar satisfações a quem? Para quê? Seja lá o que eu responda, vão continuar dizendo o que quiserem.

— Como vão os ensaios? O desenvolvimento da personagem? Vem dando certo?

— Nem imagino. Depois da estreia nos reencontramos aqui na Ideal, nós duas, você sem o gravador e eu sem a bebida, e fazemos a contagem dos corpos.

23 de abril de 1977

Teodoro era quem agora assistia Graciela no camarim do Cervantes, na noite de estreia de *Macbeth*, em lugar de Rafael, que saíra para qualquer providência. Ela reacendera as luzes e falava ao telefone. Segurava o aparelho no colo e seus dedos enroscavam-se no fio, fazendo e desfazendo voltas. Se ele não houvesse escutado que se tratava de Graciela Borges do outro lado da linha, não haveria meio de adivinhar: Graciela Jarcón conversava como se amigas próximas. Teodoro ouviu-a comentar de um roteiro adaptado em desenvolvimento, a ser dirigido por Raúl de La Torre. As duas tocaram no nome Alberto de Mendoza e, ao fim, Graciela Jarcón disse, em um tom crepuscular que não se fazia entender, que a Borges seria perfeita no papel. Desligaram entre palavras de carinho. Graciela dissolvia o foco do seu olhar pintado com precisão de nanquim. Rafael falava a Teodoro desses descaminhos mentais da esposa, das sombras que a rondavam, sem nunca explicitá-las.

— Era a Borges?

— Você achou que nos odiávamos — ela supôs. — E alimentamos isso, eu sei. É o que faço. Me ensinaram a atirar carniça aos urubus. E assim repeti com Graciela Borges.

A atriz não desviava os olhos, agudizados pelo chumbo da maquiagem, das próprias unhas dos pés. No dedo menor embrulhava-se um esparadrapo, fruto dos ensaios. Teodoro deveria levar alguma notícia ao diretor de palco e à tempestade que se formava nos bastidores, mas, para todos os efeitos, Graciela tão-somente aguardava sua vez, sem admitir a hipótese contrária. Em lugar de perguntas, ele sorriu e pediu um autógrafo em seu programa. Graciela assinou tremido, leu seu nome como se alheio, e devolveu o programa sem ânimo.

— Suas mãos estão limpas, Teo?

Faltou tempo para formular resposta; bateram. Rafael entrou. Sorria:

— Trouxe alguém.

À abertura total da porta, um homem de terno cinza e modesta estatura avançou ao camarim. Teodoro pensou ser brasileiro, mas, quando falou, quase taciturno, foi em castelhano rio-platense.

— Essa plástica nova fizeram com serrote?

— O mesmo cego que cortou o seu cabelo — Graciela retorquiu, tão séria quanto o visitante.

Teodoro acuou-se da animosidade, até que a atriz e o homem amoleceram o modo como se encaravam e começaram a rir. Rafael apresentou-o a Teodoro: chamava-se Ríos. Teodoro localizou-o, pelas histórias de Rafael, como o amigo, cantor e poeta que morava, de fato, no Brasil. Ríos e Teodoro cumprimentaram-se e disseram ter ouvido falar um do outro. Graciela permanecia sentada no piso. Dirigiu o olhar repleto de passado a Ríos, e pediu:

— Me conte uma história.

— Tenho uma — ele disse. Passava a mão por trás da cabeça. — Sempre que publico ou gravo algo, um anônimo encomenda cem exemplares e manda entregar pela cidade.

Graciela pegou do cinzeiro o cigarro ainda aceso. Ríos continuou:

— O que chama a atenção é o endereço de cobrança, em Buenos Aires.

— Que coisa. — Ela tragou comprido. — Bem, há gosto para tudo.

— E há quem se imagine montada num cavalo branco.
— Porcaria de história a sua.

Graciela e Ríos sorriram-se pela metade e remotamente. Ele se despediu:

— Não se preocupe, vou manter Don Pablo longe da imprensa.

Rafael e Ríos saíram, o primeiro trocando uma preocupação silenciosa com Teodoro. O assistente movimentou-se sem rumo, obsoleto na privacidade do camarim, fingindo nada esperar de Graciela. Pensava no que dizer quando a autoridade da caixa de som tornou a anunciar sua existência.

— Graciela Jarcón, segunda chamada, quinze minutos para entrar em cena.

A atriz largou o cigarro, levou a mão ao peito e buscou o ar. Transfigurava-se como se um exército de demônios se levantasse nela. Se já não tivesse o apoio do chão, Teodoro a teria socorrido.

— Teo, me conte uma história — ela quase implorou.

Ele chegou a começar, mas, pressionado, as travas na fala eram ainda maiores. O telefone interrompeu-os. Graciela inspirou e atendeu.

— A crítica do El Nacional? — ela perguntou e ficou em pé quase de um salto. — Pode subir imediatamente. Imediatamente.

Graciela sinalizou frenética para que Teodoro a deixasse. Ele fechou devagar a porta. Não pôde contar de algo de que vinha desconfiando e que dera outro passo a se confirmar depois da presença de Ríos. Tinha a ver com seu início nos teatros, quando garoto, oferecendo o programa e mostrando os assentos aos donos dos ingressos, roubando espiadas àquela caixa mágica que era a sala às escuras e enfeitiçada pela encenação ou pela música. De mais a mais, fazia tanto tempo, era quando ele ainda se abstinha de falar, tamanha a vergonha da gagueira; e, de qualquer forma, às vezes ele mesmo duvidava de que vira Nelly Lynch, em pessoa, cantando no meio da 9 de Julio em uma noite de primavera, e que ela o levara ao Gran Rex e lhe conseguira aquele primeiro emprego, mais recheado de glamour e gorjetas do que a gaita de boca no metrô.

CAPÍTULO 9
Saída falsa

13 de dezembro de 1976

Gradualmente, Victoria tornara-se, por obra de uma vaga rede de cochichos entre familiares de desaparecidos, "a piba do El Nacional que ouve as histórias". Naquele dia, no horário marcado, ela encontrou a noiva de San Justo em uma galeria da Florida para escutar do desaparecimento de um sindicalista. Fantasiavam a conversa de uma pesquisa de vestidos de casamento, e Victoria escrevia em um bloco as particularidades do relato como se fossem os preços dos modelos nas vitrines, método que adotou desde o dia na loja Etam, com a mãe que viera questionar o participações sociais do jornal.

— Só íamos morar juntos depois de casar. Moro com meus viejos, e ele com uns colegas da fábrica. Há uns meses os horários dele andavam complicados. Muitas atribuições no sindicato... Hoje não sei, acho que devia já estar sob ameaça e não me falava. Mas a gente percebe. As coisas que eles mais tentam esconder, aí mesmo é que a gente percebe. — Ela olhou para Victoria, dedicada às anotações. — Você tem namorado?

— Tenho todos — Victoria disse sem prestar atenção.

— Como assim?

Victoria ergueu um olhar piadista à moça, que se transformou ao deter-se no crucifixo ao pescoço e na aliança que ela rodava tristemente no dedo. Guiou o assunto de volta ao desaparecimento, e a noiva prosseguiu.

— Naquela noite teríamos jantado com os pais dele, mas ele telefonou cancelando. Estava nervoso. Me aborreci e discutimos. Cortei eu a ligação. Depois foi uma dificuldade conseguir um vizinho que falasse qualquer coisa, todos alegaram que dormiam... Mas um afinal disse que ouviu alguém arrombar a porta de madrugada. Um carro do Exército. Levou todos.

Victoria observou as pessoas ao redor. Abriu com cuidado os documentos que a outra mostrava e tomou notas de nomes, datas e outras informações. Estavam agora diante de uma loja de sapatos. A noiva apontou uma sandália de salto anabela.

— Por que eles ficaram?

— Parece que esperavam um companheiro que os buscaria... Não sei para onde iriam — a moça completou. — Você e seus amigos são desses grupos organizados?

Alguém aproximou-se. As duas sorriram e desviaram a conversa. Victoria fez um comentário alto sobre tentar outra loja e depois retornou aos cochichos.

— Por um tempo, sim. Depois saímos.

— Por quê?

— Eles têm umas regras internas e... — Victoria devolveu os papéis e guardou o bloco. — Não somos lá muito convencionais.

— Convencionais feito eu?

Victoria sentiu a agulhada, como provavelmente a noiva sentira as suas, se irrefletidas. Enxergavam-se através de alguma barreira, composta de disparidades mínimas e outras mais aparentes, todas arbitrárias em sua distribuição e no resultado de quem pertencia a qual lado. As duas fizeram o caminho de saída no corredor. A moça explicou:

— Só queremos saber onde está, se vivo ou morto. Não sei se passa frio, fome, doença. As famílias mandaram cartas, pediram audiências... Até agora nada. Vocês o que fazem?

— Levamos as denúncias adiante. Alguma coisa conseguimos que saia nas páginas policiais. Rodolfo Walsh, o jornalista, comanda uma agência de notícias clandestina que faz o que pode. E o editor do Buenos Aires Herald, Robert Cox, faz listas de nomes e mostra a autoridades do governo, dizendo que, se aquelas pessoas retornarem, ele não publica sobre os desaparecimentos.

— Mas inclusive gente, assim... — a noiva hesitou, alisou a saia de fazenda simples. — Gente de fora?

DA GALERIA, Victoria seguiu pela Florida, tomada dos enfeites e da multidão da época das festas. Passou pela Güemes, escurecida desde o incêndio, e pelo prédio que havia sido a Gath y Chaves, jogou uma moeda para um violinista, tentou caminhar sob os toldos e escapar do sol de dezembro. Foi à Lavalle almoçar no Rufino, sem Cacho ou Ernesto, mas aguardando uma amiga que chegou vestindo o uniforme escolar e trazendo seus cartões-postais, a tempo da comida quente na travessa. Mercedes vendeu alguns e veio sentar-se à mesa com ela, contente, a franja recém-aparada e o Quixote extraído de dentro da mochila. Victoria havia aprendido algo de sinais com Cacho, e as lacunas se resolviam com a leitura de lábios por Mercedes e com bilhetes trocados no bloco de anotações.

— O que achou?

"Gostei. Terminei de ler com velas porque faltou luz."

— Como está sua avó?

"Melhorou, mas ainda tem tosse."

Victoria serviu-lhe batatas e carne. Trazia na bolsa alguma correspondência de casa e do El Nacional por verificar. Tirou dela um livro de contos de fantasia e passou a Mercedes. A menina abriu-o na mesa e leu enquanto comia. Victoria passou o olhar em uma carta, um comunicado de uma editora, e ia descartar distraidamente uma folha pequena misturada às outras quando viu a única palavra ao centro, datilografada com espaços entre as letras, sem qualquer outra marca ou pontuação: "cuidado". Nada no verso, nem envelope. Poderia ser do jornal ou da sua caixa de correio. Segurava o papel sem zelo e deu-se conta de que sua expressão causava desassossego em Mercedes. Dobrou-o.

— Vai pedir algo aos reis?

"Não."

Victoria fez silêncio. Olhou de soslaio ao garçom que ladeou a mesa carregando uma pizza.

— Mas, se pedisse, o que seria?

"Livros para mim e remédios para minha avó."

— Livros de que tipo?

"Aventuras. Mas com guerreiros de verdade, não esses bobos como o Quixote. Queria era eu sair por aí salvando gente. De capa e espada."

Mercedes empunhou e moveu a caneta como uma esgrimista. Sorria. Victoria também sorriu, porém a quilômetros de distância. Pensava nos estudantes levados em La Plata. Estendeu a mão a Mercedes e, delicadamente, pacificou o brandir da caneta. Tocou as unhas cortadas em meia-lua sob um resquício corroído de esmalte rosa-choque. Mercedes bebeu o suco de pomelo. Victoria pôs mais batatas no prato da garota, mesmo quando ela formulou a recusa.

"Você também precisa comer."

VICTORIA NÃO RETORNOU do Rufino diretamente ao El Nacional. Cruzou a Lavalle em um caminhar lento, puxando o tecido da camisa em vaivém, com o fito de abanar-se. Leu os títulos em cartaz junto à bilheteria do Cine Monumental: um musical, um drama histórico de Héctor Olivera, uma comédia de Fernando Ayala com Guillermo Battaglia e Graciela Jarcón. Comprou o ingresso para o de Graciela e, ao agradecer o troco, notou um homem atrás de si. Afastou-se; ouviu-o pedir uma entrada para o mesmo filme. Ela pôs-se a ler cartazes, de novo agitando a roupa em busca de um refresco, e parou ao ver à sua direita o mesmo homem, de chapéu antiquado. Encontrou o olhar dele, que vinha de fixar-se no seu decote. Victoria largou a camisa e reposicionou os óculos, que haviam escorregado para a ponta do nariz, voltando a cobrir totalmente os olhos. Sem motivo lógico, agarrou a bolsa à frente do corpo: nela estavam tanto o bloco de anotações quanto o aviso apócrifo de "cuidado" em meio à correspondência.

Nos dez minutos que antecediam o início da sessão, transitou pelo foyer, refreando o impulso de vigiar, por entre os passantes, o homem do chapéu, que fumava em um canto e que, em sua banalidade indecifrável, não tinha ar suspeito nem insuspeito. Nenhum dos dois entrou na fila para ingressar na sala. Victoria esperava, em uma batalha de iniciativas, agora quase sem pudor em encarar o homem, que já terminara o cigarro e no entanto teimava em não se mover, embora já passassem cinco minutos do horário. Ele olhava para a rua. Victoria sentiu o suor em gota na testa e limpou-a.

Mais dez minutos e o homem fez uma pergunta à atendente do guichê e enfiou as mãos nos bolsos. A situação não se alterava, até que ele pareceu abandonar a dissimulação e virou-se. Os olhares duelaram. Finalmente, o homem deslocou-se, muito à vontade, ao rapaz que controlava a entrada na sala. A cada passo, e mesmo quando entregou seu ingresso para ser rasgado, ele fitou Victoria. Ela deu meia-volta e foi-se. Ainda viu o homem sorrir-lhe e erguer o chapéu em um cavalheirismo farsante antes de se perderem ambos, ele no véu escuro da sala de projeção e ela nas ruas tórridas do centro.

28 de outubro de 1951

Havia sido a noite de encerramento da temporada da montagem do Nuevo Teatro para *Uma mulher sem importância*, e Graciela e Gastón Molina saíram do bar onde a companhia comemorava, deixando para trás a cantoria bêbada de alguma música de despedida. Os dois caminhavam entre risos e brincadeiras, acompanhando o coro até que não o escutavam mais. Com o silêncio, Graciela diminuiu o passo, e Gastón tomou a dianteira. Ela ia dizer algo quando a porta do bar abriu-se e um colega surgiu e gritou, empunhando ao alto uma garrafa de vidro esverdeado:

— Gastón! Gastón! Escute esta: como se faz para afogar uma atriz?

— Como? — Gastón devolveu, rindo por antecipação.

— É só colocar um espelho no fundo da piscina.

Os dois riram com espalhafato. Graciela, que conhecia a resposta e murmurou-a junto com o colega, sorriu e acenou adeus. O ator retribuiu e tornou a entrar. Gastón olhou para Graciela e moveu as mãos como quem pede desculpas. Ela seguiu adiante.

— Dale, minha querida — ele tentou. — Você não é como as outras. Sabe brincar.

— Não sou como as outras... — ela repetiu. — Quase passa por elogio. Mas eu sou. Se eu sou como as outras, você precisa achar uma outra para elogiar com isso. Mas se essa uma também sai dessas outras, é como eu. E, se eu sou como as outras, ela, sendo outra, também é. Você vai ter de achar uma que seja só uma e não outra. Mas, como qualquer uma é sempre outra em relação a outra, você ficou sem saída, Gastón. Sobro eu mesma. Como qualquer outra.

— O que é isso, improvisação?

Graciela teve preguiça de explicar que ele a desdenhava em público, na frente de homens, e depois consertava em particular; ou que ela nunca estava completamente à vontade nas conversas da companhia, com a sensação de estar sempre do lado de fora. Também não quis expressar a grossa melancolia de saber que aquele mesmo grupo, com quem dividira intensas semanas e que havia pouco trocara abraços e promessas de proximidade familiar, desfazia-se sem nenhuma perspectiva de reencontro e sem que ninguém admitisse em voz alta o evidente nunca-mais. Afinal Graciela falou:

— Amanhã nós começamos tudo de novo, não é mesmo?
— Nós?
— A peça, nossos nomes nos cartazes, as luzes, aplausos... Não importa, amanhã partimos do zero.
— Ah, nós atores... Amanhã. Sim, é como funciona. — Gastón parecia aliviado. — Mas você é boa, não vá se esquecer.

Ele segurou seu rosto e beijou-a mais de uma vez. Tomou uma esquina e, voltando-se um pouco, sorriu com alguma dúvida:

— Você... Vem comigo?

Graciela parou. Não entendia o estranhamento com o fato de que ela iria com ele para casa, como haviam feito nos últimos dias, finalmente, após os constantes flertes nos bastidores. Ela adiara o ato, apreciando o sentimento de alguém querê-la todos os dias, de poder viver à espera de um agrado; agora, o olhar de Gastón naquela esquina confirmava que ele via o afeto dos dois — doce, mesmo se raso — como mais uma casualidade do ofício, e tão sujeito às suas circunstâncias quanto os laços diáfanos entre o elenco.

Graciela pensou em girar sobre os calcanhares e ir-se sem palavra. Em lugar disso, enfiou o braço no dele e, empreendendo um andar dócil rumo ao endereço de Gastón, impôs sua companhia, não por teimosia, mas para não acordar sozinha no vazio do dia seguinte, quando instantaneamente pensaria no turbilhão da temporada de *Uma mulher sem importância* enxergada já como memória.

25 de janeiro de 1977

Victoria passara o final da manhã em um salão de beleza de Villa Devoto, onde havia escutado o relato da manicure sobre a prisão e o desaparecimento do irmão e da cunhada, participantes do movimento estudantil. Esse último caso, assim como alguns anteriores, chegaram a ela por meio de bilhetes escondidos em um orelhão próximo ao El Nacional, de onde ela dava alguns telefonemas a Cacho, Ernesto ou outros colegas. Victoria havia sugerido irem as duas a um café, mas a manicure acreditava que sua saída do trabalho atrairia curiosidade. Restou a Victoria marcar um horário como cliente e fazer as unhas dos pés enquanto a mulher contava tudo em voz baixa, mudando depressa o assunto caso alguém passasse à porta da sala reservada, e Victoria registrava as informações em seu caderno de bolsa.

Victoria punha os óculos de aviador e deixava o salão, com um aceno à manicure, quando a chamaram às suas costas. Era Beatriz, namorada de Ernesto, que chegava ao lugar, vinda da direção oposta, animada e fumando. Desta vez, usava tranças unidas no alto da cabeça.

— Qué hacés por aqui, Vicky? — Beatriz perguntou, cumprimentando-a com beijinhos às faces.

Victoria olhou de relance para a manicure, dentro do salão, e notou seu receio. Lembrou-se também do pedido, feito por Ernesto havia algum tempo, de que Beatriz fosse preservada dos assuntos que os três investigavam: quanto menos ela soubesse, mais segura estaria.

— Estava na biblioteca, devolvendo um livro que só encontrei ali. Aproveitei e dei um jeito nas unhas...

— Só do andar de baixo? — Beba cortou, divertida, observando as mãos e os pés de Victoria. A jornalista estava de sandálias, deixando à mostra o resultado reluzente da pedicure, em contraste com as unhas nuas das mãos.

— Bem, é diferente para mim. Com a máquina de escrever e tudo o mais, em meia hora lascam de novo.

Beatriz tragou o cigarro antes de responder. Em seu braço dançaram tilintantes as pulseiras em pilha.

— Muito ocupada com o livro sobre Onetti?

— Sim. Digo, continuo pesquisando.

— Achei que estava pesquisando desde o seu aniversário no ano passado.

— Outras coisas tomaram prioridade... Outras ideias.

— Você não vai terminar — Beatriz disse, em tom de constatação, mais do que de crítica. Sua expressão mudara, o sorriso caíra quase de todo.

Victoria ia despedir-se; beijou a amiga e mandou lembranças a Ernesto, embora falasse com ele mais frequentemente do que Beatriz soubesse. A outra, porém, convidou-a:

— Entre comigo. Arrumamos juntas o cabelo e conversamos mais.

— Não tenho tempo para esse tipo de coisa, Beba.

Os lábios de Beatriz encresparam-se. Ela olhou para a sarjeta, à qual lançou a bagana do cigarro com um peteleco.

— Resumindo, você não é como as outras, Vicky.

— Perdóname, a questão é que preciso voltar ao trabalho — Victoria opôs, impaciente.

— Ah, mas não foi isso o que disse — Beba negou com o indicador. — Poderia ter dito, mas não disse. "Esse tipo de coisa". "Para mim é diferente". Cada escolha de palavras entrega que se acha culturalmente superior porque não usa maquiagem, porque quase só fala com os rapazes, que a aceitaram em seu clubinho de detetives. Os assuntos ditos deles é que são legítimos, não é verdade? Não importa que eu leia tanto ou mais do que você. Não importa que, mesmo que eu não lesse, ainda assim tenho o direito de me enfeitar à vontade sem receber o menosprezo velado de quem dedica sua vida ao que lhe for ganhar mais pontos com os jurados da comissão de valores intelectuais.

— Por Dios, nunca conheci ninguém que falasse tão depressa! Beba, escute, eu...

— Você me contou que não se dava bem com as colegas da faculdade. Talvez o problema fosse você invocar autoras mulheres em público enquanto age assim em particular. Já pensou nisso? Basta olhar para nós duas; já estivemos na cama juntas e no entanto você mal me conhece. — Beatriz não deu atenção aos passantes, cujas cabeças viraram à última frase. Falou menos agastada: — Tente me conhecer, Vicky. Só venha ao cabeleireiro comigo. Não vai encolher o seu cérebro.

Victoria abaixou os olhos. Agarrou-se à bolsa com as anotações dentro. Voltou-se ao salão; a manicure retornara aos fundos. Encarou Beatriz com um crescente sentimento de remorso e de apreço, e abraçou-a num impulso, admitindo que tinha razão. Assentiu ao convite, o que devolveu o entusiasmo à amiga.

— Algo rápido... — Victoria disse, tocando o cabelo.

Beatriz sorria ao abrir a porta para entrarem, concordando:

— Sim, claro. Uma mudança leve, no más.

Milena passou o intervalo do almoço com a mãe. Surpreendeu-se do quanto se divertia, no jardim da casa de repouso onde a mãe fora morar fazia um ano. Além de reconhecê-la de imediato, a mãe, de camisola e cardigã leve, parecia alerta e espirituosa como em suas melhores épocas. Tomou ela mesma a sopa, manuseando a colher com razoável segurança, e trocou baixinho com a filha piadas sobre as demais pessoas na casa.

— Aquele ajudou a escrever os dez mandamentos.

— E quando nasceu, o mar morto estava doente.

A mãe riu deliciada. Milena riu junto. Cada minuto bom com ela era um alento que diminuía a lembrança do primeiro dia, quando a mãe, até então ausente, segurou-a com as duas mãos na hora de sair e perguntou, com profunda amargura, se Milena ia deixá-la ali. Milena voltou para casa e levou alguns minutos para atender o choro da filha Lili, recém desperta no berço: ficou sentada, olhando em direção alguma, pensando que havia prevalecido sobre uma mãe formidável e terrível simplesmente por ter ficado viva. Havia pensado que, quando chegasse, o momento esconderia, em sua tristeza, alguma ponta de satisfação. Enganara-se. Chorou ao mesmo tempo que Lili quando a buscou para embalar e sentou-se na poltrona que a mãe também ocupara ao dar-lhe o peito.

Mas, naquele almoço, as duas partilhavam alegria. Milena teria ficado mais, não fosse uma reunião no El Nacional. Limpou uma gota de sopa do queixo da mãe com o guardanapo e entregou a bandeja a um funcionário. Levantou-se. Beijou carinhosamente a testa da mãe, segurou seu rosto e sorriu-lhe. A mãe correspondia, até que percorreu a silhueta de Milena com o olhar e desaprovou-a com um franzir do cenho:

— Tens de perder peso, estás imensa.

Milena largou-a. Suspirou. Ainda sorriu de novo, e então virou-se e andou devagar. Por um instante deixou de enxergar diante de si o caminho de astromélias ao portão da casa de repouso, substituído pelo portão alto do colégio, quando sentia os olhos da mãe acompanhando-a pela janela do carro depois de levá-la, avaliando como lhe caía o uniforme, quantas dobras, o quanto o tecido esticava. Tanto se lembrou que, atrás de si, escutou o aviso idêntico, mesmo se envelhecido:

— Estou falando para o seu bem.

DE VOLTA AO JORNAL, Milena ajeitava-se discretamente, cobrindo melhor o corpo cá e lá, como fazia com o uniforme do colégio após os comentários da mãe. Entrou no prédio e esperou o elevador. Dele saiu Emilia, a coluna social, pronta para sua Fernet Branca no Tortoni. O breve cumprimento entre as duas foi interrompido por uma moça que se atravessou com um permiso apressado e ganhou ligeira o elevador, encolhendo-se em um canto. Usava óculos de aviador e um lenço envolvendo uma massa altíssima e redonda de cabelo. Milena chocou-se. Emilia perguntou:

— Isabelita Perón?

Àquilo, Victoria arrancou o lenço e revelou o bufante que conferia à sua cabeça as dimensões aproximadas de um cogumelo.

— Ela só me mostrou no espelho depois de pronto — irritou-se.

Emilia saiu murmurando coisas. Milena entrou no elevador, como fizeram mais algumas pessoas, e iniciou a subida com Victoria. Observou o gigantesco penteado por todos os ângulos e sua única reação foi indagar:

— Por quê?

— Você não vive querendo que eu dome meu cabelo? Pois está domado.

— Eu que o diga. Você parece um poodle de exibição.

Victoria disse impropérios e amarrou novamente o lenço com um nó decisivo. Um senhor virou-se para ela com ar de reprimenda.

— Preciso que me ajude a desfazer isto antes da reunião de pauta.

— Tem certeza? — E, ao estranhamento de Victoria, Milena explicou: — Você pode dizer ao chefe que decidiu elevar seu jornalismo a novas alturas. — Ela começou a rir. — Que não vai mais estufar os textos. Hinchar pelotas. Inflar seu ego.

— Terminou?

— Que quer subir no seu conceito.

Victoria buscou afobada qualquer coisa na bolsa e derrubou ao chão seu conteúdo. Milena agachou-se para auxiliá-la; o senhor diante delas também ofereceu ajuda, mas o bloco de anotações que ele tentou alcançar foi recolhido por Victoria a um gesto bruto e um pedido alto demais de desculpas. O homem olhou para Milena, e ela para Victoria, já sem sorrir. As duas ergueram-se e o elevador chegou ao andar. Saíram juntas e quietas, direto ao banheiro e à torneira que devolveria a liberdade ao cabelo de Victoria. Ela pusera o bloco novamente na bolsa, fechara-a por completo e a trocara de ombro, agora mais distante de Milena.

10 de novembro de 1951

Graciela leu ao porteiro do edifício Kavanagh o nome e o número do apartamento do produtor que alguém lhe indicara. Durante a ascensão do elevador, olhou-se no espelhinho de bolsa, fechou-o como uma claquete e preparou a nota do El Mundo sobre sua atuação como Senhora Arbuthnot para o Nuevo Teatro. O produtor recebeu-a com um sorriso, um copo servido e uma oferta gelatinosa de entrar e apreciar a vista.

— Muito bonita — ela disse, mantendo distância para olhar a Plaza San Martín verdejante, a Torre de Los Ingleses em branco e tijolos, e ao fundo o Plata margeado de guindastes; olhava, também, pelo reflexo no vidro da janela, o produtor iniciando a ronda. Alcançou-lhe a nota do jornal e ele balbuciou seu nome na sucinta crítica.

— Mariana Casanova...

— A temporada já encerrou. O senhor é do cinema, no es cierto?

— E rádio, teatro... — Ele devolveu a nota e serviu, sem perguntar, um copo de licor âmbar. Deu a bebida a Graciela.
— Estou sempre selecionando.

— Me disseram que seria para um filme com direção de Saraceni.

— Talvez, claro... — Ele bebeu. Sentou-se no sofá de couro castanho, as almofadas de seda com motivos orientais e franjas nas extremidades. Toda a sala era fria e dura, com certa pretensão a refinamento, como se os elementos finos houvessem sido chacoalhados numa coqueteleira e despejados no ambiente.

— Se o senhor quiser escutar um monólogo...

— A questão, Mariana, se me dá essa intimidade, a questão é que avalio, mais do que aptidão, aquela qualidade intangível que só as verdadeiras estrelas têm. — Ele gesticulava, os dedos em pinça de maestro com batuta invisível. — Detecto uma mina de talento e assim vejo se o caminho é a voz para a Belgrano com Rosa Rosen, ou contracenar com Alberto Castillo, ou... — Incentivou-a a dar uma volta. — Pernas de vedete.

Graciela ergueu uma ponta da saia e rodou. O produtor disse que erguesse mais e repetisse. Ela assim fez. O comando retornou uma terceira vez, pastoso, e o olhar dele eriçava-se, sem piscar. Quando ele tocou o volume abaixo do abdômen protuberante, que esgaçava os botões da camisa, Graciela pensou que seria o mais simples, se não o mais fácil, sujeitar-se; mas lembrou-se de Nelly, do Monumental, do russo da pensão. De Nelly, sobretudo. Imaginou o fósforo. Emborcou o drinque, atirou a bolsa ao sofá e arrancou os sapatos pelos calcanhares sem qualquer elegância.

— Vamos atalhar de uma vez. — Começou a abrir o vestido. — Assisti ao seu último filme. O da colônia de férias. O roteiro era seu também?

Ele disse que sim. Desconcertava-se. Graciela desfazia-se das roupas às pressas, em contorções nada atraentes.

— A personagem era para ser uma idiota total? Passou o tempo todo correndo atrás do boboca do namorado que queria era a outra.

— O que está fazendo?

— É que estou no intervalo do serviço e tem de ser meio rápido. — O vestido foi ao chão e ela lidou com as meias, desequilibrada. — Eu sei, o loiro não é natural e sou bem mais peluda do que pareço. Mas fique tranquilo e deite aí mesmo que fazemos flor de joda. Enquanto isso, me escute. Por que o final daquele jeito? Que veneno misterioso era aquele que ninguém nem desconfiou do chofer da herdeira?

Ele se levantou. Desdobrou as mangas e limpou a garganta.

— A senhorita se equivoca...

— O quê, esta cicatriz? Ficou feia, o que se há de fazer? Ou é o cheiro? Adiei o banho uns dias. E estou menstruada, mas o senhor não parece o tipo que se importa. Bueno — ela disse, livrando-se do sutiã com enchimento —, vamos indo e eu vou lhe dando umas ideias para o roteiro novo. Preciso ir ao banheiro, mas isso vem a calhar se o senhor for daqueles que gostam de...

— Ponha-se daqui para fora, sua maluca!

ELA FUMOU UM cigarro na Plaza San Martín antes de voltar para o turno da tarde na cozinha da confeitaria Richmond. Ficou em pé, sob uma árvore, observando o colosso modernista do Kavanagh estirando-se em estágios portentosos rumo às nuvens, uma das visões inaugurais com que a cidade a agraciara logo após desembarcar do trem em Retiro, e agora bem mais próxima e corriqueira. Calcou o cigarro sob o sapato e disparou o caos barulhento de uma revoada de pombos ao ir embora.

AO FINAL DO TURNO, saiu da Richmond para o teatro de *Uma mulher sem importância*, onde a haviam avisado de algo por buscar. Tomou a Corrientes, cujas fachadas acendiam, iniciando um festim de luzes coloridas desde aquele trecho até bem adiante do Obelisco — a única parte de Buenos Aires que a fascinava sempre e tão intensamente como da primeira vez. Na Diagonal Norte, chegando ao teatro, reconheceu o batom cereja em um rosto cansado que vinha na direção oposta. Era a colega figurante com quem ela compartilhara, no filme de Mecha Ortiz, um ano-novo de faz de conta e dicas de testes para teatro e cinema.

— Olá... — Graciela saudou.

A outra teve dúvidas. Perguntou de onde se conheciam. Graciela tocou o cabelo loiro e resolveu não deixar sua existência anterior como Graciela Cáceres espirrar nesta atual, de Mariana Casanova. Desconversou:

— De algum estúdio. Está trabalhando?

— Dançarina.

— No Tabarís?

A colega sacudiu a cabeça.

— No subsolo da Güemes — concedeu, não sem agrura. — E você?

— Estou... — Graciela ia apontar o cartaz, mas fora substituído por outro, uma peça de Lope y Vega montada pelo La Cortina, a estrear na semana seguinte. — Estava aí, com o Nuevo Teatro.

Renovaram apresentações. A colega chamava-se Mariana, como ela agora também se denominava. Divertiram-se da coincidência.

— Amanhã tenho horário com um produtor — Mariana contou, mais esperançosa. — Um endereço na Plaza San Martín.

— No Kavanagh?

Graciela chegou perto, confirmou o nome do homem e recomendou cautela, naquele tom econômico e quebradiço que dispensa elaborações entre quem detém experiências comuns. Mariana deu um agradecimento desinflado, quase levando Graciela ao remorso, e retomou o andar. Disse, por último:

— Se precisar, venha à Güemes. Sempre querem coristas.

No teatro, Graciela descobriu por que lhe haviam dito que comparecesse: com o encerramento da peça, o figurino de Senhora Arbuthnot agora era seu, por arranjo de Nelly Lynch, que enviara o pagamento dos Estados Unidos. Graciela lembrou as próprias palavras à saída do Vesuvio, de querer usá-lo todos os dias. Naquele momento, os bastidores, acesos e tomados dos ensaios da outra companhia, eram irreconhecíveis e indiferentes. Também o vestido diferia, pois haviam retirado o casaco que o modificara, e era de novo um uniforme doméstico. Ela pensaria ter vivido um delírio, não fosse a evidência material do tecido espesso e engomado que a abraçara durante as noites de suicídio daquelas oito semanas e que ela segurava como relíquia.

À NOITE, em meio à eletricidade fresca que precede a chuva, o ar cheirando molhado e doce mesmo antes das gotas caírem, Graciela foi visitar Rafael e Rosa na casa de tango. Entrou pela lateral, diretamente aos fundos e à cozinha, desviando da música da função. Rebecca Liberman, a presidente reeleita da cooperativa, discutia com Florencia, que tinha um cotovelo à mesa, o decote ombro a ombro e uma presilha no cabelo. Rebecca, na cadeira de rodas que não lhe tirava a majestade, limpava as mãos em um pano de pratos com borda de crochê.

— Olhe, eu ofereci a tesouraria, você não aceitou.

— O partido nanico não negocia cargos como medidas paliativas — Florencia sentenciou, batendo a mão sobre a toalha quadriculada. — Vamos dar fim às suas fraudes.

— Só espere o que virá no meu lugar — a presidente murmurou.

Rebecca pediu a Graciela que a empurrasse entre a mesa e o forno, de onde tirou uma fornada de challah em altas e fragrantes tranças de ouro, o calor tomando o cômodo revestido de azulejos sem cor. Abanou a travessa com o pano e pousou na atriz seu olhar turquesa:

— Tempos magros, bubele?

Graciela tentara ler para uma peça de Shaw no Avenida e mal conseguira estar no palco a tempo de proferir as falas. Quanto ao teatro independente, não acompanhava os colegas nas vanguardas, nos debates políticos, nas nuances entre Sófocles e Eurípides; Gastón Molina era parecido com ela, davam-se bem, mas eram um alinhavo que parecia nunca amarrar.

— Logo arranjo algo — Graciela disse.

— Quer preencher uma ficha de associação?

— Não danço tango direito.

— Não diga asneiras. Se sabe fazer amor, sabe dançar tango.

Rebecca sorriu, ressaltando as bochechas redondas, e abriu um leque de plumas. O cabelo ruivo preso ao alto mostrava os longos brincos pingentes que lhe roçavam o pescoço. Ela serviu challah a Florencia com as pontas dos dedos e continuou:

— Sabe o que eu fazia quando a Zwi Migdal vinha incomodar?

— Ela colocou todos na cadeia — Florencia disse, depois de engolir o bocado que a queimara. — Foi a única que denunciou.

— Isso foi depois, quando consegui um delegado que ouvisse. Mas anos a fio vieram estilhaçar as janelas, destruir a mobília. Até fogo puseram uma noite. Para me cobrar. Depois de mentir aos meus pais, me trazer aqui, me prender, usar e torturar, queriam meu dinheiro.

Graciela conhecia, a traços largos, a história de Rebecca Liberman, contada e recontada na casa de tango. Ela chegara à Argentina em 1899, trazida do shtetl na periferia de Varsóvia por um homem chamado Mendl, que se dizia joalheiro na América do Sul. Mendl prometera-lhe um bom emprego, o que a permitiria ajudar a família e ficar longe da fome, do frio e do temor de outro pogrom sangrento. O pai de Rebecca consentiu relutante, e ela despediu-se ouvindo mesmo ao longe os soluços altos de sua mamele. Depois da viagem de primeira classe e das histórias sobre a América, a terra onde se comiam laranjas todos os dias, ela viu Mendl entregar ao policial da alfândega uma garrafa de champanhe e um par de meias de seda. Rebecca acabou não em uma joalheria, mas um conventillo na Boca, trancada em um quarto e vigiada, e sem poder recusar o homem que lhe empurrassem adentro.

Uma noite, um freguês compadeceu-se de seu estado e ajudou-a a escapar. Sozinha e com parco castelhano, Rebecca passou a trabalhar na rua. Com o tempo, travou amizade com outras moças, que lhe ensinaram a língua; ela aprendeu a ler e escrever razoavelmente. Começou a propor que se unissem em ajuda mútua, sem ter de repassar ganhos a um intermediário. Depois de meses de economia conjunta, o grupo conseguiu alugar uma casa, ajeitou o lugar como pôde e enfim, na véspera da virada do século, inaugurou-se a casa de tango.

O negócio vingou. Rebecca era reeleita presidente da cooperativa todos os anos. Ao mesmo tempo, a Zwi Migdal atormentava periodicamente a casa até que Rebecca confiou a um delegado, cliente habitual, a denúncia formal sobre Mendl e outros. O delegado mandou policiais à paisana na noite seguinte e, quando os agressores chegaram, viram dois homens armados na frente do estabelecimento e mais quatro dentro. Saíram sem uma palavra e um dos policiais ainda gritou: "O delegado manda lembranças". Rebecca completou, da porta: "E eu mando isto", e arremessou uma garrafa que acertou a cabeça de um deles.

Em 1942, enquanto acompanhava apreensiva as notícias da Europa no jornal e no rádio, Rebecca finalmente obteve uma resposta às cartas que enviava à família. Um dos irmãos contava que Mendl havia escrito, muitos anos antes, lamentando informar que, malgrado os esforços dele em resgatá-la, Rebecca havia se encantado com a vida na metrópole e se tornado uma kurve. Desonrado, o pai havia proibido que se tocasse no nome dela, e rasgava suas cartas assim que chegavam. Porém, com a guerra e o iminente deslocamento ao gueto de Varsóvia, a situação mudara, e o irmão prometia escrever do novo endereço. Entusiasmada por notícias, Rebecca aguardou ansiosa; no entanto, nada mais recebeu. Quatro anos depois, o correio trouxe uma carta de um conhecido, relatando com pesar que o irmão de Rebecca morrera no levante do gueto, e sua mãe, seu pai e os outros três irmãos pereceram no campo de Treblinka. Ela chorou sem cessar por uma semana e não falou mais na família, mas passou a manter seis velas acesas em seu quarto.

A todas estas, a disposição de Rebecca Liberman — das fundadoras lembradas em uma placa exposta no bar, ela era a única que ainda estava na casa — não se deixava abalar, se não por outro motivo, porque "isso também vai passar", como dizia amiúde. Seguia presidindo a cooperativa, recebia os fregueses como amigos e por vezes arriscava cantar uma versão duvidosa de *Yira Yira* ou *Ventanita de Arrabal* em iídiche.

— O que você fazia? — Graciela perguntou enquanto Rebecca enchia uma bandeja com o pão e taças de vinho adocicado.

— Começava tudo de novo. E vivi para ter o prazer de quebrar uma garrafa de cerveja na cabeça de um deles. — Rebecca pegou uma taça para si e encostou-a em outra em um tinir. Ergueu-a para Graciela, como estímulo. — L'chaim. — E, agitando o leque: — Me leve à sala, que estou negligenciando a festa.

— Você vai cantar de novo? Nem todos os clientes gostam — Florencia lembrou.

— Então que dancem tango nas milongas da paróquia.

Graciela manejou a cadeira e deixou Rebecca ao bar. Olhava-a divertir-se, com admiração, mas sentindo-se menor em suas dores. Voltou à cozinha para buscar a bandeja e subiu ao segundo andar e ao quarto de Rafael e Rosa, onde a challah foi repartida e devorada rápido. Rosa e Belén, a dançarina paraguaia da casa, comeram menos; estavam na cama, disputando um jogo de varetas, e Belén, que fora ao médico naquela tarde, tomava um chá, devagar, recostada em dois travesseiros. Rosa especulava se Evita votaria no dia seguinte. Rafael, sentado à penteadeira, insistia que sim, que a lei era dela e mesmo do leito haveria de votar. Graciela, no tapete gasto do quarto, calava. Tinha um pé de Rafael acomodado em suas pernas cruzadas e terminava de lixar a última unha dele. Soprou-a.

— Está pronto — disse.

Graciela juntou as migalhas do pão e lambeu-as dos dedos, escondendo-se um tanto das vistas dos outros. Rosa pediu-lhe o mesmo serviço. Graciela sentou-se com Rosa e Belén na cama e, no momento em que Rosa ofereceu-lhe o pé, teve, antes de acolhê-lo, um cêntimo de hesitação saído de alguma caverna que ela odiava; Rosa notou, e ia encolher-se quando a atriz segurou seu tornozelo e o manteve para si. Olharam-se cruamente, sob discreta guarda de Rafael e de Belén, sempre à sombra dos eventos de junho na Florida, quando Rosa fora levada pela polícia, e de coisas ancestrais que doía a Graciela admitir. Então, Graciela abaixou o rosto e lascou um beijo de súdito no pé de Rosa, gesto que, se nada poderia recompensar de suas faltas, ao menos amaciou o olhar entre as duas e gerou armistício a respeito da pedicure.

Graciela dedicou-se a lixar. Cantarolava com a música do andar de baixo, onde Rebecca Liberman desafinava um tango em iídiche. Mostrou a primeira unha à aprovação de Rosa e então olhou para Belén e perguntou se tinha dor. A paraguaia negou e bebeu o chá ainda fumegante. Graciela viu na parede o retrato de Gardel e seu sorriso com um quê de maroto.

— Não gosto desse quadro. Parece debochar da gente.

— Carlitos era um cavalheiro — Rafael disse, ao espelho, pondo colar e pulseira antes de seu turno no térreo do sobrado. — Jamais debocharia de ninguém.

Acima de Gardel, em uma quina do teto, o mofo de uma pequena infiltração tingia em estrias esverdeadas o bege desmaiado da pintura. Um princípio de chuva fazia-se ouvir. Graciela espirrou.

— Como é seu nome agora? — Belén indagou. Puxou uma vareta do jogo com fina destreza.

— Mariana — respondeu Graciela, esfregando o nó do dedo no nariz. — Mas preciso de um novo.

CAPÍTULO 10
Entreato

18 de fevereiro de 1977

Era a hora do fechamento do El Nacional e Milena remava para incluir na matéria a nota à imprensa com o desmentido. Datilografava trôpega, golpeava com raiva a alavanca de retorno, arrancava as palavras de sua misteriosa nascente como molares. Seus estalidos, sozinhos na redação, não faziam frente à conversa na sala do editor, onde ele, o bilheteria de cinema, o cartunista e alguém dos esportes trocavam casos e piadas. Este comentava do moleque do Argentinos Juniors que desde o juvenil fazia misérias com a bola e agora brilhava no campeonato. Eles gargalharam no momento em que ela puxou a folha do cilindro.

— Por que falam tão alto? — Victoria perguntou, casual, da sua mesa, onde lia um livro e fazia esparsas notas.

— Para aparecer — Milena suspirou. — São bons em aparecer.

Ela revisou o texto. Fez mudanças e cortes em número maior do que o normal. Nada escreveu ao pé da última página; não havia mérito. Deixou tudo à mesa e preparou-se para ir embora. Victoria fechou o livro e quis saber:

— Afinal saiu a resenha?
— Se Brecht fosse vivo, seria assassinato.

Milena ia se despedir, mas a colega também se erguia e jogava a bolsa ao ombro. Victoria tinha o olhar esquivo, o que de certa forma tornava mais claro o que Milena já suspeitava, de que ela a esperara, trabalhando em algo que poderia fazer em casa, para não sair sozinha do prédio. Ofereceu carona, que foi aceita no mesmo instante.

Faltaram assuntos no caminho até o carro. As duas andavam lado a lado no centro quieto, no carnaval que não iniciaria, proibido que fora pelo decreto do ano anterior. Foi Victoria quem disse:

— Tem recebido uns telefonemas mudos?
— Mudos?
— Ligam e não falam nada.

Milena sinalizou em negativa, no segundo antes de ser surpreendida pelo balão d'água que se espatifou entre as duas e sobressaltou-as. Acima, de alguma janela, vozes infantis riam e silenciavam. Milena bateu respingos das vestes e dos braços. Victoria sorriu-lhe, sem tentar secar as gotas passeando no corpo: um ponto de luz nas sombras urbanas e um alívio das frases macilentas que trocavam até ali. O folguedo clandestino despontava.

No estacionamento, ambas já conversavam mais. No entanto, ao enxergar o carro com um novo risco na lateral, Milena desacelerou o passo, praguejou alto e atirou as chaves ao piso.

— Reclame — aconselhou Victoria. — Não era o dono da garagem na entrada?
— Não adianta.

Milena passou as costas das mãos sobre os olhos e repetiu, triturando as palavras nos dentes rilhados: "La reputisima madre que lo reparió". Victoria achou graça. Milena quase dirigiu a ira a ela, mas a colega distanciava-se, pedindo que a aguardasse. Milena alisou a lataria, tentou minimizar a marca, agradeceu em pensamento o fato de que o marido estava na casa dos pais dele, com Lili, e só veria o automóvel na segunda-feira. Pensou em buscar uma oficina.

Victoria retornou minutos depois. Segurava algo cuidadosamente e somente revelou o que era ao entrar e sentar-se no banco do carona. Por alguma razão, Milena nunca inquiriu por que argumentos ela obtivera das crianças da janela uma bexiga d'água ou como a enchera: a prioridade era a operação de ataque, que foi rápida e certeira. O veículo saiu devagar até que, do ângulo justo, cuspiu o gordo projétil e arrancou uma nota aguda dos pneus no asfalto ao deixar para trás o proprietário da garagem, furioso, o cabelo escorrido em capacete.

— É carnaval! — gritou Victoria, acenando para fora do carro.

Milena vibrava e apavorava-se ao mesmo tempo, contaminando-se por Victoria, que dava risadas e oferecia o braço ao vento.

— Jorge vai me matar — ela disse, aturdida.

A menção ao marido dissipou um tanto do momento vibrante. O carro parou em um semáforo. Victoria subiu a janela e apoiou um cotovelo.

— Ele trabalha em um ministério, não é?
— Em um escritório. Dão alguma assessoria ao ministério.
— Qual?

Milena ligou o rádio.

— Interior. Mas na pasta de transportes. Não tem a ver com...
— Perguntei por perguntar.

A conversa voltava a dar-se aos trancos. Ao sinal verde, Milena acelerou. Acelerou mais, como se a velocidade ressuscitasse uma centelha arisca.

— Você tem medo de altura? — Milena disse num repente.

Milena e Victoria riam no escuro do apartamento no Kavanagh: as luzes apagadas, para Victoria, aplacavam a vertigem que Milena adivinhara. A janela era moldura para a claridade fria que delineava a sala por talhos: o encosto da poltrona, as caixas de papelão sobrepostas, folhas da avenca morta, um quadro de motivo pastoril e o rosto de Victoria, que fechava os olhos de riso ao ouvir sobre o editor recomendando a Milena que lesse Virginia Woolf como se a houvesse descoberto.

— Depois — Milena continuou, ela própria mal se aguentando — ele perguntou se eu conhecia Austen e as Brontë. — Ela espalmou o braço do sofá. — E soletrou Dickinson para eu anotar.

Victoria levou o corpo à frente. Gargalhava. Milena ria tanto da história quanto do choro de riso da outra. Bebeu da sua garrafa — haviam encontrado cervejas abandonadas na geladeira — e esperou as risadas se esvaírem em espasmos progressivamente rarefeitos.

— Não quer mesmo olhar para baixo? — Milena repetiu ainda uma vez. — Se vê a praça, a Torre de Los Ingleses... até o Plata.

Victoria fez que não. Limpou lágrimas. Disse ser uma lástima a tontura, pois nunca estivera no edifício.

— O monumento ao despeito de Corina Kavanagh... — concluiu.

— Sabe que é mentira? — Milena encostou a garrafa fria no pescoço. — O rapaz dos Anchorena, o noivado desfeito, bloquear a mansão da família para vingar-se da ex-sogra... Folclore, tudo. A senhora Anchorena já era falecida quando construíram o Kavanagh. — Deitou a cabeça no espaldar. — Corina só queria fazer algo extraordinário. Mas isso não rende assunto.

— Ora, ora. Milena Martelli, senhoras e senhores.

— O quê?

Victoria parecia sorrir. Não respondeu, e nem era preciso. Milena leu nos pedaços que distinguia do seu semblante: feminista. Devolveu um sorriso à meia haste. Disse que o apartamento estava vazio desde que a mãe fora morar na casa de repouso. Não se lembrava de haver, antes, pronunciado o exato título, casa de repouso, sem remendá-lo de eufemismos ou bandagens, sem nada justificar além das palavras em si.

— Vai alugá-lo?

— Não sei... — Milena falou, olhando à volta. — Não sei — reiterou, futilmente.

— Então cresceu aqui?

— Não, não. Foi comprado há uns vinte anos. Era de um tipo do cinema. Até deixou cartazes em um canto. Mas eu já havia saído de casa. Saí moça, assim que pude.

Milena surpreendia a si mesma dos anzóis que lançava, cuidadosamente, desde o início da conversa no apartamento: as frases soltas que incitariam Victoria a indagar o resto, e no entanto ela não o fazia, convencendo Milena de que o tatear — mesmo incerto, mesmo nervoso e em parte involuntário, fomentado pela cerveja e pela escuridão — necessitava ir adiante. Abaixou a voz ao confessar essa vontade:

— Você não é curiosa.

— Nunca remexo o passado — Victoria disse, igualando o sussurro. — Quase nunca — retificou.

Silenciaram. Victoria assoprava o gargalo, ensaiando tirar uma nota. Milena olhou para o retângulo de céu da janela, um índigo limpo e profundo. Tomou goles grossos da cerveja e, quando se apercebeu, contava. Contou das pesagens diárias, das dietas que a mãe registrava em uma caderneta, do número de quilos perdidos equivalendo ao acréscimo ou decréscimo de horas de sono permitidas por noite durante a semana correspondente, marcadas no despertador que a mãe também controlava. Houve um novo silêncio. Victoria perguntou com relutância:

— De quantas horas partiam?

— Cinco.

Milena sentia a escuta quieta de Victoria como estímulo e garantia. Disse que, após sair de casa, a mãe a abraçava mais demorado, e achou que a distância a tornara mais carinhosa, até sentir que ela buscava, apalpando-a, saber se ganhara peso sob as roupas largas. Disse das dietas e receitas que a mãe continuou enviando pelo correio sem que Milena pedisse. E dividiu com Victoria o que nem a Jorge relatara: na última visita à casa de repouso, apanhara a mãe subindo em uma balança, com a ajuda das enfermeiras, e desferindo um chute patético ao desgostar do resultado, mastigando um balbucio indignado. Se a mãe já não a reconhecia, Milena refletiu, se nem recordava a filha e ainda assim se atormentava, nada havia sido por sua causa.

— Levei quarenta anos para me dar conta. Quarenta — finalizou, ainda fixada na vista da janela. — O tempo que se perde. Às vezes acho que passei rascunhando a vida e um dia acordei com ela vivida. Os sonhos por realizar... Não estão por realizar. — Moveu-se preguiçosa até deitar-se no sofá com um grunhido. — Me preocupo com você, Vicky.

— Vicky? — Victoria arremedou. — Está borracha.

— Não espere nada, não espere... Me preocupo.

De novo, Victoria não fez perguntas. Entre sopros tênues ao gargalo, comentou:

— Também fui gorda.

— Você?

— Bem gorda. Era adolescente quando emagreci. E consertei a curva do nariz, as orelhas de abano... Me mandaram ao Rio de Janeiro fazer as cirurgias. Davam uns presentes assim. Para compensar.

Milena compreendeu o tabuleiro onde jogavam, e também deixou o avanço sem contrapartida. Victoria complementou mesmo assim: perdera cedo os pais, e a família em Rosario nem permitira que se ela despedisse, vetaram sua presença nos velórios. A condensação da garrafa escorria na pele de Milena. A conversa era um cisco, de lá para cá, e tão frágil quanto.

— Sua vez — Victoria indicou. — Por que a ave-maria no final dos textos?

Milena disse não saber que suas letras de rodapé haviam sido decifradas. Victoria desenhou-as no ar, para ressaltá-las, mesmo no escuro, à medida que recitava com pausas:

— Ave María, llena eres de gracia... Gosto de códigos — lembrou.

— Uma distinção, uma assinatura de honra. Mas só nos que merecem. Quando posso afirmar: isto está perfeito. Está o meu perfeito. É o que queria dizer, é o mais belo que consigo. Você tem algo assim?

— Ainda não.

Mas tinha manias, Victoria disse, bebendo: escrever no ar, estalar os dedos antes e depois de sentar à máquina, ser incapaz de escolher um título. Milena riu fraco. O fugidio manto de intimidade recuava, e era necessário arrastá-lo de volta por uma ponta, ternamente. Milena falou de Lili, de como as duas inventavam histórias com marionetes, e a filha sempre pedia que recomeçassem a mesma fábula, com uma ou outra vereda alterada, novos personagens surgindo de surpresa. Jorge a repreendia, dizia que a menina sonhava demais, vivia em mundos de mentira quando Milena deveria era prepará-la para este.

— E sempre encontra um jeito de lembrar que eu quis esperar para ter filhos... Como se os cromossomos fossem só meus.

— Cromossomos?
— Down.

Da janela, um inseto invadiu o cômodo e voejou em círculos falhos.

— Outro dia — Milena contou —, Lili veio perguntar o que era uma determinada palavra usada pelas meninas do vizinho para referir-se a ela, quando lhe negaram a entrada na brincadeira de roda. Lili é bastante míope — ela explicou —, então são aqueles olhos assim, imensos nos óculos, aquela inocência aterradora, incapaz de conceber malícia. Dizer o quê àqueles olhos? Inventei da Mongólia, que achavam que ela era princesa. E agora preciso enfiar a tal princesa da Mongólia no teatro de fantoches. Sabe-se lá até quando vai acreditar.

Milena verteu cerveja pela garganta enquanto a bebida ainda refrescava. Seus lábios soltaram o vidro com um ruído molhado e ela lambeu-os.

— Em janeiro engravidei. Marquei o médico assim que descobri. Falei a Jorge de um exame demorado. Ele nem ficou sabendo.

E não havia como expressar, Milena arrematou, que, com a casa adormecida, havia se fechado para chorar no banheiro no dia em que teve de tirar da cartola a princesa da Mongólia, que não queria outro par de olhos a acreditar em um mundo bom e aguardar as respostas que os vão estraçalhar aos pouquinhos. Jorge nunca entenderia.

— Começaria a gritar, me chamando de María Elena. Igual à minha mãe quando eu engordava. Só que ele detesta que Lili o escute. Eu também. Isso temos em comum, eu e ele. As coisas até andam melhorando um tanto.

As vozes reduziam-se a sopros, volta e meia no decorrer de uma mesma frase. A madrugada engatinhava. Victoria, que escutara muda tudo aquilo, perguntou:

— O doutor Bouchard? Na Arenales?

Milena negou.

— Doutora Surreaux, em Belgrano. — Esfregou os pés no tecido do sofá e descansou um sobre o outro. — Nem pensei duas vezes. Decerto deveria sentir um dilema filosófico, uma culpa esmagadora... Mas nada.

— Nada — Victoria concordou, em seguida, quase um eco.

Era a pequeninos sinais — a distância da voz, um movimentar do corpo na poltrona, uma lufada do perfume de cardamomo — que Milena inferia um aproximar-se, e o retribuía a milímetros, um gesto na direção de Victoria, um virar-se mais para ela. Victoria falou de crianças quebradas. Das crianças que carregam nuvens no olhar, mesmo sorrindo. Contou da menina do restaurante Rufino, na Lavalle, a quem levava livros; ela vivia com a avó e nem tocava no assunto pais. Victoria tinha a impressão de que a menina estava cada vez mais carente.

— Dei uns presentes de reis e de aniversário, livros, roupas, outras coisas. Mas me sinto uma turista jogando migalhas. Quando eu era mais nova, queria... Nem sei... — Dispersou-se. — Até agora nunca agi de verdade.

Milena ouviu o abraço úmido da boca de Victoria à garrafa, os goles suaves. As gotículas seguiam vertendo entre seus dedos.

— Como vai sua história?

— Sabe o que eu penso?

Haviam falado juntas, e era o mesmo tema. Victoria disse que pensava muito na atriz do conto de Juan Carlos Onetti.

— Está obcecada — Milena riu. — Não conhecia o conto?

— Sim, claro. Só nunca... me detive nele.

— O que tem a atriz?

— Penso se ela queria que ele se matasse.

Na superfície, Victoria disse, era tudo muito inteligível e mundano: a atriz e o jornalista se apaixonam e se casam. Ele promete amor incondicional, ela dorme com outro, conta a ele, ele a rejeita. A atriz vai embora. O jornalista começa a receber fotografias pelo correio, imagens dela na cama com outros. No final, sem suportar mais, comete suicídio.

— Mas era a intenção? — perguntou, ao final.

— Por que outro motivo mandar as cartas? A última, ainda por cima. Endereçada à filha do homem. Esse é o estopim, se lembro bem.

— É o que mais me intriga — Victoria comentou, reticente, pensativa. — Outra criança quebrada... Por quê?

— Bem. — Milena bocejou. — Quizás mal se conheciam. Matrimônio curto, atriz itinerante, a menina no internato... Hão de ter passado meia dúzia de tardes juntas.

— Nem isso — Victoria ponderou.

— De qualquer forma, é de intrigar, sim. O que vai na cabeça de alguém que... Veja minha mãe. O desespero para transmitir o inferno que a encarcerava. — Ela largou a garrafa ao piso. — E o cúmulo de tudo, a pieguice que mal quero admitir, é que, sem minha mãe, não sei se teria começado a escrever. Comecei para consertar.

Milena desviou os olhos da janela para a estante com as silhuetas dos tigres em porcelana esmaltada trazidos de lembrança da viagem ao Oriente. Tinha sono, mas não adormeceria: sentia Victoria perto e forte demais para relaxar.

— Agora, que nome o dessa atriz do conto — comentou.

— Um nome e tanto — Victoria anuiu, distante.

— Tão simples, mas grandioso. Imperscrutável. Um escândalo e um mistério ao mesmo tempo. O tipo de nome que permanece.

— Pretensioso, na minha opinião.

Victoria murmurou "llena de gracia, llena de gracia", sempre ao gargalo.

— Ainda vai até o fim nisso?

— Se conseguir — Victoria declarou. — Se encontrar por onde apanhá-la... Me foge ao alcance.

— Então deixe que vá e escreva o que for seu.

A noite perdia o azul, tornava-se o breu sem fim que antecedia o alvorecer. Milena notou Victoria também terminar sua cerveja e espalhar no rosto, ao toque do vidro, a umidade das gotículas condensadas.

— E bebi licores furiosos... — começou Victoria, tênue e sonhadora.

— ... para transmutar os rostos em um anjo — completou Milena. Sorriu. — Pizarnik.

Victoria confirmou, surpresa:

— Exato.

— Eu também já quis ser beatnik.

Victoria riu. Milena acompanhou-a. Victoria sugeriu outro verso:

— Sou tudo, mas nada é meu, nem a dor, nem...

— ... a sina, nem o espanto, nem as palavras do meu canto. Silvina Ocampo. — Milena tomou a iniciativa: — Nós dizíamos embriagadas com a convicção de uma verdade que havíamos de ser rainhas e chegaríamos ao mar.

— Mistral — acertou Victoria. — Te estou chamando com a voz, com o corpo, com a vida, com tudo o que tenho e que não tenho.

— Vilariño.

O jogo apressava-se como se fosse uma carreira, porém ainda guardada de cautela, sem que nenhuma das duas houvesse acordado trajeto ou linha de chegada. Milena continuou.

— Gelo e mais gelo recolhi na vida. Necessito um sol que me dissolva.

— Storni. Do grão delito de querer-te só é pena bastante o confessá-lo.

— Sor Juana. — O nome saiu-lhe rouco e Milena levou uns segundos para falar. — Como sonho as horas azuis que me esperam estirada ao teu lado, sem mais luz que a luz dos teus olhos...

— ... sem mais leito que o leito dos teus braços. Julia de Burgos. Hoje volto de países que estão mortos.

— Depois de um mar que não me disse nada. María Elena Walsh.

Victoria levantou-se e, morosamente, ganhou o espaço entre elas. Sentou-se no chão, junto ao sofá, muito próxima. Milena atordoou-se do que se apresentava, assolada de nervos de antecipação e alguma resistência obscura, de onde poderia haver nascido a última charada que lançou desnecessariamente:

— Quero tua angústia, quero tua dor, toda a tua dor e o corte da tua boca...

— Brindis de Salas — Victoria respondeu. — Se o que ouso esperar não esperara, o mesmo que te quero te quisera.

Milena desconhecia a autora, mas não objetou isso, nem nada mais, como Victoria ter se apoiado no sofá e ido até ela, o rosto ainda um contorno no escuro. Por um segundo mantiveram-se paradas; foi Milena que esboçou o gesto definitivo, erguendo os dedos para tocar Victoria, encontrá-la pelo tato, como se verificando a existência do penhasco antes de saltar. Sentiu seus lábios e, justo acima, algo molhado. Pensou tratar-se da água condensada da garrafa, mas estranhou a leve viscosidade.

— Você... Espere.

Acendeu um abajur. Um filete de sangue descia do nariz de Victoria.

O restante do tempo no apartamento foi de explicações — Victoria dizendo que nem havia percebido, que quase nunca acontecia, desculpando-se de uma gota que escapara ao estofamento —, guardanapos e desconforto. Entrava a primeira luz da manhã, com seu especial poder de quebrar encantos, tornar constrangimento o que fora tentação subterrânea, arrancar o casulo que as havia protegido dos assuntos do jornal, de Jorge, de outros que Milena amargava lembrar. Victoria tinha olhos vermelhos, a cabeça para trás e papel amassado saindo de uma narina, e o aroma do cardamomo agora enjoava. Milena acordava de um transe.

— Vou levá-la para casa — ofereceu, moída de cansaço.

VICTORIA ESPEROU MILENA dar a partida no carro e ir adiante na Laprida antes de entrar no prédio. Não foi dormir. Preparou café e sentou-se à escrivaninha, onde uma folha em branco esperava, obediente, na máquina de escrever. Ela tirou do nariz o guardanapo com o sangue ressequido. Pensou que, na segunda-feira, sua primeira providência seria tirar os bombons sortidos da gaveta chaveada da sua mesa no jornal e devolvê-los a Milena, para esta lambuzar-se ao seu alvedrio. Acariciou a Parker Vacumatic, passou a unha sobre o relevo da patilha e girou-a, com seu brilho verde, em uma das mãos, como uma batuta, enquanto conjurava uma frase. Quando a teve, pôs a caneta à mesa, estalou os dedos ruidosamente e metralhou as teclas da Lettera 22 como se datilografasse contra o tempo.

1º de maio de 1952

Da sacada da casa de governo, Eva Perón morria e discursava. De onde assistia, na Avenida de Mayo, nas franjas da massa humana que sobejava aos arredores da praça, Rafael não a podia ver, somente a escutava compensar ferrenhamente em ilusões o que os tumores carcomiam. Naquele momento, Evita esgoelava-se, jurando sair às ruas, morta ou viva, com as mulheres e os descamisados contra a bota oligárquica e os vende-pátrias. Foi o ápice, pontuado da calorosa ovação que volta e meia lhe dirigiam e que ajudava a minimizar o efeito de erros e de vogais que ela não sustentou. Rafael aplaudiu com os outros, a vista agora totalmente obstruída por faixas e exaltação.

— Não está tão mal. Ela não está tão mal — ele disparava a anônimos ao seu redor, tentando convencê-los e a si mesmo. Algum sucesso obtinha, pois lhe correspondiam o otimismo.

— Evita é eterna — exultou alguém.

Foi ao olhar naquela direção que enxergou, umas cabeças atrás e à sua direita, a irmã. Ela tinha o cabelo preso e, em comum com outros ali perto, usava na roupa um distintivo azul e branco que Rafael imaginou ser a identificação da delegação gremial de Villa María. Espiou-a com carinho, sem ousar chamá-la. Viu-a dizer qualquer coisa para um lado, abaixar-se e, por um instante, erguer o rostinho de uma criança à altura do seu. Rafael encontrara o sobrinho uma só vez, ainda no colo, mas lembrava os olhos apartados e dóceis que agora buscavam um relance da primeira-dama, a boca delgada que roía as pontas dos dedos. Houve novo aplauso. O sobrinho bateu as mãozinhas e foi devolvido ao chão.

A irmã continuava sem vê-lo, e Rafael percorreu os bolsos. Trazia caramelos para regalar às crianças da Arca de Noé, onde mais tarde encontraria Graciela. Tirou dois e iniciou um correio improvisado, pedindo ao seguinte, e este ao próximo, e assim por diante, que os entregassem ao garotinho de mãos dadas com a mãe. Esperou que, entre instruções reiteradas por sobre as palavras de Eva, a corrente funcionasse até seu destino, o que enfim ocorreu: a última pessoa fez chegar os doces às mãos do sobrinho e da irmã. Sem compreender, ela seguiu com o olhar a sucessão de indicações — veio de lá, foi aquele moço — e acabou por avistar Rafael.

Ela mantinha uma seriedade neutra, e Rafael aproveitou para formar uma tentativa de sorriso. Soou, mais uma vez, a aclamação ao discurso. O olhar entre os irmãos foi obscurecido pela euforia. Depois, a irmã disse algo ao filho, chamou o homem à frente e à esquerda, e passou-lhe os caramelos. Rafael encarou-a obstinado, embora ela se esquivasse para a Casa Rosada enquanto os doces descreviam o movimento de retorno, de mão em mão, de um semblante confuso ou condoído a outro, até que jaziam de novo em seu punho fechado.

Rafael desgarrou-se da multidão. Já não localizava a irmã. Às suas costas, Evita dizia encaminhar-se ao final do pronunciamento, a pedido do marido, chamando-o mi general, e dos médicos. Advertia aos argentinos que ficassem alertas para o inimigo que preparava o golpe. Em frente ao edifício afrancesado do jornal El Nacional, Rafael observou suas janelas, seu relógio, sua águia portentosa. Lembrou que cada rebusque haveria de enterrar toda a gente reunida na Plaza de Mayo, e, certamente, o diamante de Junín que, aos brados, entregava-se ainda à apoteose e resistia sob morfina ao desbotar do brilho dos dias de arco-íris.

Ele mexeu nos caramelos no bolso: algo do açúcar derretia e melava sua pele. Achara o sobrinho parecido consigo. Teve pena.

Encontrou Graciela na Arca, conforme o combinado. A atividade de Dia do Trabalho, na qual ela ajudara, terminava, e Graciela conduzia a fileira de saída. Os doces de Rafael desencadearam um pequeno rebuliço, e ela contemplou as crianças com um olhar terno que, ele suspeitou, estava embebido do conteúdo do frasco de alumínio que ela levava na bolsa.

— Veja as carinhas — Graciela mostrou, enlevada.

Mais tarde, após organizarem a casa, os dois lanchavam restos na copa. Rafael falou do ato na Plaza de Mayo, das palavras de Evita, e mencionou a irmã.

— Tentei abanar, mas não me viu.

Ele engoliu uma bocada. Graciela ocupava uma cadeira e estendia os pés nus sobre outra. Olhava-o, e ele quis se livrar.

— Como foi o teste?

— Vomitei no palco, na frente de Pierina Dealessi. Pepita Muñoz segurou o meu cabelo.

Rafael não sabia bem o quanto ela exagerava, mas era certo que, sem Nelly, faltava algo. Naquela manhã, ele vira na correspondência de Graciela um postal com dizeres coloridos: greetings from sunny California. Lera o breve recado de Nelly, dizendo que as coisas iam bem, que ia mandar entregar a Graciela uma mala de vestidos e acessórios que não couberam na mudança, lembrando-a da oferta daquela noite no Obelisco, de que os três — Graciela, Rafael e Rosa — sempre tinham abrigo e um prato de comida na Arca de Noé, e pedindo que, se o senador McCarthy um dia a interrogasse, por favor ela dissesse que Nora Montclair jamais havia tido uma opinião política na vida. Assinava apenas N.L. e acrescentava um P.S.: "Não esqueça de se deixar cair".

Em uma casualidade triste, no mesmo correio chegara um telegrama, que ele também espiara, em que Gastón Molina, desde Córdoba, onde estava em turnê, terminava em oito palavras o relacionamento com Graciela. Rafael sempre achara que o apego entre os jovens atores era sôfrego e circunstancial demais para vingar, mas ela havia se empenhado em amá-lo, assim como havia se lançado em um encantamento de verão por um estudante de medicina boa-pinta, de cabeleira cheia e olhar escuro gravemente aguçado, que filosofava bonito e sabia todo o Martín Fierro de cor. Mas durara pouco: o rapaz tinha namorada e estava para sair em uma viagem longa de motocicleta.

— Vi o cartão-postal — Rafael avisou.
— Nelly acha que preciso me apaixonar.
— Chegou mais alguma coisa?

Graciela disse que não, no mesmo tom apressado que ele usara ao encerrar o assunto da irmã. Omitia, portanto, o telegrama de Gastón. Rafael debruçou-se na mesa.

— Sabe, uma família não deveria ter segredos.
— Que família?
— Não vamos nos casar? Estou contando com isso, para unirmos os guarda-roupas.

A atriz acendeu um cigarro e deteve-se no fósforo antes de sacudi-lo.

— Rafi, lindo Rafi... Vocês deveriam vir com manual de instruções. Com Gastón fiz charme de difícil e não me quis. Com o futuro médico me entreguei logo e também não adiantou nada.

— E você o que quer?

— Quero... — Ela uniu as mãos e pousou-as na cabeça. A fumaça do cigarro entre os dedos subia. — Me sentir como me sinto no palco. Completamente viva. Algo assim como um choque de locomotiva ou um terremoto.

— Decida-se, madame. Ou quer viver, ou quer uma catástrofe.

Graciela pareceu divagar. Sorriu com ares de sonho.

— Sábio Rafi. Você tem razão — ela elogiou. — As coisas vão mal porque tento fazerem dar certo... E nisso se tornam terrivelmente aborrecidas. De que me serve algo tão sem graça? Coragem mesmo seria encontrar essa tal catástrofe e — ela leu as palavras de Nelly no postal — "me deixar cair".

Rafael não gostou da ideia. Tampouco questionou-a, para não alimentá-la. Mudou de assunto.

Quando lavavam a louça, Graciela inquiriu de chofre:

— E o destinatário da foto do cachorro? Fernando.

Rafael tomou um prato e secou-o lentamente. Encaixou-o no escorredor e torceu o pano.

— Catástrofe? — ela insistiu.

Ele silenciou, mas, do nada, enlaçou-a pela cintura, por trás, e colou seu rosto ao dela por sobre o ombro. Dançou levemente, para lá e para cá, enquanto ela cantarolava. Ambos fecharam os olhos e os corpos sincronizaram-se em um movimento às cegas, sem necessitar ajuste.

26 de março de 1977

Victoria fora a um bairro perguntar a vizinhos sobre a prisão de quatro garotos em um flagrante fictício, e depois conversara com o familiar de um desaparecido na Corrientes. Ultimamente marcava os encontros em lugares cada vez mais distantes do jornal. Ao final, tomara a Diagonal Norte. Ali falava em um telefone público de onde enxergava, por turnos, o Obelisco e o prédio que fora uma sala teatral, à medida que se virava, disfarçadamente, à sua volta. Falava com Beatriz, à cata de Ernesto, que estava de folga do La Opinión.

— Nem comemoramos seu aniversário este ano, Vicky — Beatriz disse. Pelo tilintar ao fundo da ligação, provavelmente girava uma colher dentro de uma xícara.

— Sim...

Comentaram de um livro recomendado por Victoria, que a ouvia ao mesmo tempo em que refletia ser melhor Beatriz saber, para sua segurança, o mínimo possível.

— Diga a Ernesto que preciso falar com ele.

— Sobre o quê?

Victoria aproveitou um avolumar do barulho do tráfego e ficou sem responder.

— Vou indo, Beba.

— São essas coisas da associação — Beatriz constatou, agastada. — Vocês sabem lá o que... Não entendem mesmo. Só aprendem da pior maneira.

Victoria escutou-a suspirar. O rapazote atrás dela bateu-lhe no ombro, quis saber se demoraria.

— Caiu Rodolfo Walsh — Beatriz voltou à carga, em tom de sermão e de temor.

Victoria fez um sinal ao garoto. Abaixou a cabeça e ocultou-se junto ao aparelho.

— Eu sei.

— Atiraram no meio da rua, feito um cão.

Victoria segurou à nuca o cabelo que se embaraçava com o vento.

— Transmita o recado, por favor, Beba.

Depois, na redação, Victoria tinha o olhar perdido. Os dedos passeavam aos milímetros no tampo da mesa e, por uma brecha entre os pensamentos que a absorviam — sobre a conversa com Beatriz, sobre todas as histórias de desaparecimentos que escutara nos últimos meses, sobre Walsh agonizando à luz do dia —, penetrava o discurso do editor na reunião informal de pauta. Ele estava em pé, falando a Victoria e a Milena em suas respectivas mesas, e o bilheteria de cinema assistia sentado sobre a de Victoria. O editor devolvia folhas de texto a cada um, apontando as censuras necessárias. Tirar o nome de Olmedo da resenha do filme com Porcel e Susana Giménez. Tirar o nome de Tato Bores da resenha da revista com Perciavalle e Moria Casán no Maipo.

— Desde que não tirem as lolas de Moria... — gracejou o bilheteria de cinema, fazendo rir o editor. — As maiores do teatro.

Victoria buscou Milena com os olhos. O editor prosseguiu, recusando um artigo inteiro sobre a peça de Eduardo Pavlovsky no Payró e outro sobre o livro *Ganarse la muerte* de Griselda Gambaro, atirando-o diante de Victoria com um curto "nem pensar". Ela não fez menção de tocar as folhas. Milena avisou que sobraria muito espaço.

— Aquela matéria sobre Pinti e Gasalla... — o editor lembrou, comprimindo o supercílio. — E qualquer outra coisa reaproveitada com outro lide. O resto preenchemos com umas notas.

— Também podemos preencher com a carta de Rodolfo Walsh à Junta Militar.

À sugestão de Victoria, dita como sentença, o grupo calou-se. As máquinas de escrever desaceleraram ou interromperam seu galope e alguns olhares da sala se ergueram ao editor. O carrinho do mensageiro, de saída, colidiu alto na quina de um móvel.

— E a senhorita o que sabe da carta de Walsh?

— A carta é aberta. Vários jornais receberam.

— Se me fizer o obséquio de explicar o que tem a cultura a ver com isso...

— Tem que é o manifesto de um escritor, em primeira pessoa, de alto valor jornalístico e qualidade literária.

O bilheteria de cinema massageou o ombro de Victoria ao interceder, pretendendo-se conciliador:

— O que Vicky está dizendo é que...

— O que estou dizendo é exatamente o que eu disse e você pode tirar la manito de cima de mim.

O editor elevou as mãos em um gesto de apaziguamento, e a voz saiu exageradamente branda, minada de ironia, solicitando calma, calma.

— Resolvemos isso já. — Ele tirou o telefone do gancho e, sem discar, simulou um diálogo. — Alô, diretor? É uma emergência hormonal aqui no suplemento. O senhor me permite dar a ordem de parar as rotativas enquanto encontramos páginas de última hora para acomodar um montonero subversivo?

— Vamos adiante — pediu Milena. — Sobre a entrevista com Graciela Jarcón...

— Um momento. Que eu saiba, ainda sou o editor. É democracia que tanto querem, não é, Victoria? A ver. Com licença — ele chamou, sem olhar atrás de si —, vocês aí levantem a mão se forem a favor de publicar na página de cultura as queixas sociais e políticas de um terrorista.

A redação permaneceu quieta. O editor fitava Victoria. Ela afinal pegou a resenha de Griselda Gambaro e dobrou-a. O editor tornou a falar com Milena:

— Não quer dar a entrevista a um repórter? A Jarcón nem está no auge.

— Vou eu. Mas acho que, se conseguir, será na mesma semana da estreia de *Macbeth* no Cervantes. As tratativas com o marido já são uma provação.

— Tente ser menos agressiva desta vez.

— Basta sorrir um pouco, Milena — o bilheteria de cinema aconselhou.

— Boa, pibe.

Milena retornou o olhar de antes a Victoria. O editor ia voltar à sua sala, mas não chegou a completar o trajeto: deparou-se com um único braço, de Emilia, a colunista social, erguido ao alto no meio da redação, a qual, aos poucos, passou a atentar inteira à cena. Ele parou. Perguntou a Emilia, cuja mirada atingia impassível a dele por sobre os óculos de correntes prateadas, o significado daquilo.

— Essa é a questão, sem dúvida. O que significa? Eu pensei, assim como você, e você, e você — ela disse, indicando o editor e sucessivamente o grupo de jornalistas —, que Isabelita tinha os dias contados e o processo de reorganização era inevitável, que traria o fim do caos e dos ataques... E o defendi. Até mesmo o endurecimento, pois guerra se combate com guerra. Esse é o significado que atribuímos às coisas: se vêm atender uma necessidade, devem ser algo bom, na sua natureza mais funda, apesar de tudo. Assim, damos passagem. Damos desculpas. Damos cobertura. Até que...

— Era o que me faltava. Você, ainda por cima?

— Espere — Emilia interpelou, o braço agora baixo, o mesmo gesto de calma que o editor fizera a Victoria. — Escute uma velha que viveu mais do que você, que aliás viveu mais do que todos aqui. Uma das graças da idade, e venham me cobrar quando chegar a vez de vocês, é a total incompetência para a cegueira voluntária. Há muito já se ultrapassaram as barreiras do mero entendimento ideológico, o que sequer me interessa. Me interessa a realidade, pois é dela que sobrevivo. — Ela mostrou uma edição do jornal e apontou o dedo adornado do anel enorme de turmalina. — Não se pode mais, por pura lógica, fingir que as vestes do rei existem. Se a imprensa ficar nisso, mais digno será fechar as portas. E eu sei o que estão pensando. — Novamente ela percorreu com o olhar o editor e os colegas. — Uma colunista de chismes súbito se preocupa com rigores éticos. Quanto a isso eu retomo o que disse antes. A natureza das coisas. — Limpou com esmero as lentes dos óculos em um lenço de seda. — A essência do jornalismo social é de uma simplicidade vergonhosa: circular e observar. Escutar os cochichos, as entrelinhas. É como se fica sabendo de absolutamente tudo. Desse tudo, é verdade, seleciona-se o que publicar, o que esconder, o que sugerir. Mas nunca, nunca — recolocou os óculos soberanamente —, nos isentamos de saber.

Emilia levantou-se sem apuro, recolheu a bolsa, enrolou o lenço de seda no colo e encaminhou-se para sair, os passos miúdos, a um tempo pesados e serenos, entre as mesas onde ninguém se movia.

— Sei do que quero saber e do que não quero. Dos casamentos falidos — disse, com uma olhada ao editor —, dos predadores de mocinhas do Barrio Norte — outra ao bilheteria de cinema — e de tantas coisas que guardo só para mim. Mas há muitas outras das quais todos vocês também sabem. Por quanto tempo vão borrar as calças? — Ela comprimiu o botão do elevador. — Claro, no meu caso o risco é nenhum. Quem é que vai vir atrás de uma velha fofoqueira de um metro e meio? Por isso a mais ínfima decência que posso ter é levantar o braço em solidariedade a quem tem de fato coragem. — Piscou para Victoria. — Que perigo uma mulher sem medo. Deve ser esse o motivo de nos esmagarem tanto. O perigo. Bem, lhes rogo permiso, que me aguardam no Tortoni uma Fernet Branca e um amigo com dicas de cocheira para o hipódromo amanhã.

O elevador chegou, com o som agudo que o anunciava. Emilia sumiu para dentro e as portas gradeadas se fecharam. O editor concentrou os olhares: a expressão encruada, uma veia ganhando corpo na testa. Ele se retirou sem mais dizer. O bilheteria de cinema seguiu-o como a reboque. A conta-gotas, a redação adquiriu seus contornos usuais: o rumor das máquinas, uma conversa, um telefone tocando. Em meio ao desfazer da tensão, Milena e Victoria aproximaram-se uma da outra, em óbvio excitamento.

— O que deu em você? — Milena sussurrou, em uma reprimenda pouco convincente.

— Está de saída — arriscou Victoria —, ou teria cinco minutos?

Victoria esquadrinhou o efeito das palavras e da especificidade do convite em Milena. Sentia a respiração forte. Quando Milena mordeu um lábio e cuidou, sem mexer a cabeça, se os demais tomavam conhecimento das duas, Victoria teve a confirmação, com uma onda de fervor, que o desejo — justamente no máximo do inoportuno e do insensato, e por isso mesmo atiçado — era enfim concomitante.

Elas haviam aguardado o final do dia e a sala esvaziada para irem, separadamente, à saleta do depósito. Não cogitaram outro lugar, nem dilatar a espera, nada que pudesse deixar escapulir a delicada e faiscante promessa. Quando Victoria afinal se refestelou, ainda que depressa, teve de estender um braço à boca de Milena para abafar os resfôlegos. Ao fim, ela ergueu os olhos e encontrou os de Milena, um deles coberto pela mão que esfregava o rosto como se não acreditasse, e o outro aberto e mortiço. Victoria destapou os lábios de Milena e, rindo, perguntou:

— Estrelas?

Milena, sentada em um móvel, agarrara-se ao armário de ferro, abarrotado de material, como apoio. Soltou-o devagar. Ofegava.

— A galáxia inteira.

Victoria limpou-se, tocou Milena, beijou sua coxa por dentro.

— Agora — disse, também começando a recompor-se —, tenho um pedido a fazer. E quis que você visse a galáxia antes para não ter dúvida de que uma coisa independe da outra.

Victoria e Milena despediram-se com um olhar trocado por entre as grades fechadas do elevador à medida que Milena descia ao térreo. Victoria ficou para concluir um texto. Fazia revisões quando soou o telefone.

— Suplemento cultural, Victoria falando.

Não houve resposta. Ela repetiu somente "cultura". Também nada, mas era o nada cheio de uma voz que se faz omitir. Virou-se à janela, afastou-se da mesa e disse baixo:

— Se for um pervertido comum, informe sua preferência. Se quiser me ameaçar, tente em horário comercial. Se for um órgão oficial, favor retornar à telefonista.

Do outro lado, estenderam o silêncio e então desligaram. Victoria buscou a mesa da recepcionista, no intento de pedir que ela recusasse transferir ligações que não se identificassem, porém ela já havia saído. Victoria tentou lembrar qual das luzes do aparelho estava acesa durante a chamada, se indicava linha interna ou externa. Levou os dedos aos lábios ainda agridoces. A sala da redação, anoitecida, parecia alongar-se em altura, tornar-se mais fria e estática, querer intimidar. Anotou o dia e o horário na lista iniciada semanas antes, em uma folha de rascunho, e guardou-a, junto à carta anônima prescrevendo "cuidado", na gaveta chaveada da sua mesa, onde antes se ocultavam os chocolates de Milena.

CAPÍTULO II
Ex-machina

3 de junho de 1952

Era o intervalo de Graciela na Richmond, e ela saíra à rua a fim de levar biscoitos ao engraxate, sob um toldo do outro lado da Florida, e fumar um cigarro. Prestava meia atenção à conversa do garoto sobre futebol enquanto avistava, através da fachada de porta giratória da confeitaria, a mesa onde se instalaram Camilo Figueroa, a voz sedutora das noites caribenhas, e seu empresário, atraindo algumas caçadoras de autógrafos deslumbradas com o cantor. Todavia, Graciela ocupava-se menos do galã e mais da moça de traje xadrez e batom cereja sentada ao balcão. Mariana encompridava olhares e gestos a Camilo, perdia a naturalidade, transparecia ânsia em destacar-se e travar, de alguma forma, contato com a mesa próxima.

— Olá, flaquita — a voz grossa interrompeu-a. Don Pablo deixava o vaivém dos passantes e vinha ter com Graciela.

— Que tal, Don Pablo? — Ela jogou ao chão o fósforo que usara no cigarro e tragou. — Hoje cedo fiz a faxina nos armários que o senhor pediu.

— Sim, eu... — Ele leu a provocação "viva el cáncer" riscada no prédio da esquina sendo apagada por um homem de uniforme, e inconformou-se. — Mas que absurdo. Não tem cabimento...

— E nem tudo o que a senhora Perón faz tem cabimento, Don Pablo.

— Não entendo suas convicções, menina.

— Convicções são luxos.

Ao longe, um violinista tocava por moedas. Graciela viu Mariana, no interior da confeitaria, arrumar pormenores da roupa e juntar-se às fãs de Camilo Figueroa, certamente para apresentar-se. Graciela deu um troco ao engraxate, solicitando que lustrasse sem demora os sapatos de Don Pablo.

— Entre — ela convidou — e tome um café com medialuna por minha conta.

— Eu, na Richmond?

Graciela ajeitou como pôde o cabelo e o colarinho do dono da pensão. Fechou botões e esticou as mangas e a barra do casaco. Don Pablo hesitava, dizendo que pretendia ir à catedral acender uma vela a Evita antes da posse de Perón no dia seguinte.

— Se rezar no balcão, Deus o escuta do mesmo jeito. — Ela olhou para dentro e confirmou que Mariana ainda estava às voltas com o ensaio de aproximação. — Mas, antes, faça um favor. Vê aquela freguesa bonita de xadrez? Vá dizer a ela que a reconhece de um filme de Mecha Ortiz.

— O que ela fazia no filme?

— Uma ponta em uma festa de ano-novo.

— E como vou reconhecê-la de uma ponta? Tenho memória fotográfica, por acaso?

— Graças à minha memória fotográfica — Don Pablo explicou, sorridente, esperando o autógrafo da moça de vestido xadrez, sob as vistas de Camilo Figueroa e do empresário. Proferiu mais alguns elogios, recebeu o papel assinado, escusou-se e saiu. Veio satisfeito ao balcão, antecipando do aroma que dominava a Richmond o sabor do café. Sinalizou positivamente a Graciela, que o espiava através do passa-pratos da cozinha, e deixou para trás Mariana, a quem agora era oferecido um assento na mesa do cantor.

GRACIELA RECEBEU DO GARÇOM a louça usada por Don Pablo. Buscou pelo vão o senhorio, que mancava na porta giratória, e acenou em despedida. À passagem do gerente pela cozinha, avisou que descontassem do seu salário o lanche de Don Pablo, além dos biscoitos do engraxate. Houve algum burburinho quando Camilo Figueroa foi embora e, depois, Mariana foi quem veio procurar, pelo passa-pratos, o rosto de Graciela. Graciela acercou-se do vão e falou, tentando superar a balbúrdia de ordens, vapor e metal na cozinha:

— Deu certo?

— Mais ou menos — Mariana contou. — Ele disse que conhece o truque do autógrafo, mas ficou curioso. E, como precisa de dançarinas... — Mariana deu um pulinho e riu. — De onde teve a ideia?

Graciela secou-se no avental.

— Me ensinaram a nunca ir até eles e sim deixar que venham.

— Bem, devo uma a você. — Mariana enfiou o casaco e as luvas. — Agora posso desistir da rádio. Nem sei por que ia fazer o teste. Não tenho voz para nada.

O gerente avisou para voltar ao serviço. Mariana se afastava. Graciela chamou-a em um volume que a sobressaltou. Espremia-se como se fosse atravessar o passa-pratos.

— Você disse rádio?

NA ANTESSALA DO estúdio da rádio, Graciela esfregou dos dentes dianteiros uma mancha imaginada de batom. Sentada com um punhado de candidatas em um sofá de couro, queria recordar integralmente o próprio teste, em sequência lógica, mas não tinha êxito. A exata cronologia lhe escapava, e ela lembrava minúcias: a gravata quadriculada do homem na cabine, na qual, por alguma razão, ela se fixava ao ler o texto do anúncio; a textura do microfone e a dúvida se mantinha a distância certa; a nota que desafinara na parte cantada; o clique da porta quando ela a fechou ao sair, logo após ser dispensada e gaguejar um agradecimento. Na ausência da memória concreta, persuadia-se de que estivera muito mal. As concorrentes falavam de peças e filmes. Ela tinha a mão sobre seu broche da sorte, de pétalas e pedras negras, e alisava-o, assim como à bolsa de melindrosa. As conversas pararam quando a porta se abriu e a secretária leu, sob olhares nervosos, os nomes que deveriam tornar a comparecer à rádio.

— Valeria Palacios, Anita Castro e Irene Rossi de Lerner.

Graciela sentiu dissipar-se a apreensão, assim como a réstia de esperança que alimentava. Tirou os dedos do broche e juntou-se ao desapontamento das que se retiravam ao corredor. Avançou cabisbaixa. No entanto, algo a despertou e a fez retornar, atrapalhando o grupo.

— Sou eu — ela disse à secretária, recém lembrando o novo nome que havia inventado no momento da pergunta. — Eu sou Anita Castro.

20 de abril de 1977

Como vinha fazendo havia dois meses, Victoria amanheceu diante da escrivaninha em seu apartamento. Os frutos do trabalho conjunto da Lettera 22 e da Parker Vacumatic eram uma torrente narrativa no calhamaço onde se alternavam os trechos datilografados ordenadamente e as incursões a tinta, deslocando parágrafos, substituindo expressões, intercalando frases. Naquele instante, ela relia as últimas páginas, sem compromisso, a cabeça pesando na mão apoiada na mesa. Segurou a Parker e rasurou uma linha no papel amarfanhado do manuseio e das revisões. A incidência de uma nesga de sol no branco da folha incomodou-a; fechou os olhos e cobriu o rosto. Atendeu o telefone antes do fim do primeiro toque. Era Cacho.

— Conseguiu?
— Nem Ernesto, nem Beba.

Victoria olhou pela janela. Correu a cortina sobre todo o vidro.

— Se houvesse acontecido algo, saberíamos.
— Já são quatro do La Opinión, Vicky. E agora o próprio Timerman. Se até o diretor levam...
— Eles podem ter saído de Buenos Aires uns dias — Victoria garantiu.
— É melhor não falarmos mais por telefone.

Ela manipulou a caneta. Detestou a volta no estômago: o que restava nela de Rosario, da família, clamava por deixar as coisas sem ar e sem nome, como se morressem ao não serem ditas. O rádio sintonizava, com alguma interferência, a estação

Colonia, do Uruguai, na qual Ariel Delgado dava as notícias que na Argentina eram silenciadas.

— O que diz seu olho, Cachito? — ela perguntou. Buscava leveza. — O seu olho no futuro, o que vê? — Ele não falava. — Cacho? — Victoria quase implorou.

— Eu estava revendo umas fotos ontem — ele divagou, contribuindo para a distração. — Aquela do seu aniversário, no ano passado. Me dei conta do que você queria dizer.

Victoria tinha as duas fotografias na escrivaninha: a dos quatro olhando para a câmera e a dos três, Ernesto, ela e Cacho, à mesa, tirada por Beatriz. Pegou a segunda.

— Parecemos a última ceia — Cacho emendou.

No início da tarde, Victoria aprontava-se para ir ao jornal: seus horários variavam, trabalhava cada vez mais de casa e tinha certeza de que a má vontade do editor, em todos os sentidos, culminaria eventualmente na sua demissão. Se o emprego estava por um triz, também estava o farrapo de segurança de ser jornalista do El Nacional, colaborador do oficialismo; o preço adicional era o desencontro com Milena, o que as relegava a uma nebulosidade que, Victoria acreditava, talvez fosse, naquelas circunstâncias, para melhor.

Estava diante do espelho, dedicando-se à aparência um tanto além do que era usual enquanto coreografava mentalmente o compromisso da tarde, os nervos tão afetados de expectativa que se perdia, sem lembrar se já escovara ou não os dentes. Voltou do banheiro à sala para atender o telefone e, certa de que escutaria a voz de Cacho ou, melhor ainda, a de Ernesto, dispensou a saudação:

— Alguma notícia?

Ouviu ruídos indistintos. Insistiu:

— Alô?

— O Bebito só tem uma mão da qual arrancar as unhas...

E a essas palavras, mais rosnadas do que proferidas, seguiram-se os urros. Victoria não mais esqueceria os gritos abjetos de um ser humano feito em pedaços ainda vivo, a agudeza insuportável do desespero de um homem reduzido a súplicas de animal. Foram segundos, ou menos, pois os berros rasgaram seu ouvido e, por reflexo, ela bateu o aparelho de volta no gancho com um estrondo, e de novo, e de novo, até danificá-lo, e arrancou o fio da parede.

Andou pelo corredor sem saber como se equilibrava na gelatina das pernas. No banheiro, vomitou, ajoelhada no piso frio, com o programa de música clássica da rádio ao fundo.

Victoria chegou ao trabalho em um caminho de autômato. Enxergava só adiante, pois os flancos, inclusive os sons, diluíam-se. Por sobrevivência, agarrava-se a um fiapo de fantasia de que não fora Ernesto ao telefone, e sim uma artimanha de qualquer espécie. No saguão do térreo do El Nacional, ia direto aos elevadores, e tiveram de chamá-la duas vezes a fim de avisar que uma menina a esperava. Usando a mochila com que Victoria a presenteara, Mercedes sorria, estendia-lhe um livro e também, como esclarecimento, o pedaço de papel com o nome de Victoria que mostrara ao senhor do saguão. Victoria tocou gentilmente seus ombros e levou-a para fora, evitando assustar Mercedes ao mesmo tempo em que a preservava.

— Sim... Eu disse para você vir aqui se não me encontrasse no restaurante — lembrou, recriminando-se em segredo.

Mercedes entregou o livro: era *A cabana do Pai Tomás*. Mostrou uma folha onde anotara suas impressões sobre os personagens; havia gostado, e sinalizou querendo saber se ela tinha outro como aquele. Victoria enfrentava dificuldade em compreender toda a pergunta. Fez sinais, mas os dedos titubeavam, e desistiu. Contou com a leitura labial por Mercedes e disse saber de uma história parecida, também escrita por uma mulher.

— Levo amanhã no Rufino, sem falta.

Mercedes a encarava, os olhos limpos e astutos que a franja tornava a alcançar. Pediu o livro e abriu-o em determinada página, perto do final. Indicou, com o esmalte colorido sempre trincado, o trecho: "A noite mais sombria termina com a aurora". Arrematou brandindo a caneta com veemência de espada justiceira, como fizera no restaurante.

Na redação, o aviso de demissão esperava Victoria sobre a máquina de escrever e, não bastasse, o editor chamou-a quase instantaneamente. O discurso leitoso foi de todo previsível.

— E ainda me chega uma cartinha denunciando que o El Nacional abriga em seus quadros uma ex-montonera...

Ele era paternal, como se lhe custasse falar, e vez por outra coçava algo na coroa parcial de cabelo em volta da careca, que lembrava um frade franciscano. Era de ter pena, Victoria pensou, da cena inteira, incluindo a samambaia desmaiada e a Underwood de colecionador. Mas não conseguiu. Tudo ainda se desmanchava ante o zumbido do martírio latejando em seu cérebro.

Da sala do editor foi à sua mesa. Observavam-na, era certo, inclusive Milena. Victoria recolheu um bloco de anotações e a xícara de estimação. Parou. Perguntou a Milena se havia mexido nas suas coisas e, à negativa, prosseguiu:

— Está tudo diferente. — Percorreu com dedos trêmulos o material. — Fora do lugar.

Tirou a chave do esconderijo na gaveta superior e abaixou-se para destrancar a gaveta de baixo. Não precisou: estava arrombada, e dela haviam sumido a carta anônima e a folha com os dias e horários das ligações silenciosas. Victoria começou a rir, discretamente.

— O que há? — Milena segredou, fascinada com a reação.

— Não entendo para quê, se já devolvi seus bombons...

— Como assim?

O riso de Victoria aumentava e congregava olhares, mais do que antes. Ela se ergueu. Não conteve a quase gargalhada. Avisou que iria ao banheiro e atravessou a sala, que assistia quase toda ao ataque de hilaridade.

Entrou no toalete com Milena atrás de si. Estavam a sós. Victoria arremessou-se em uma cabine e trouxe Milena consigo. Fecharam-se. Victoria dava risadas contorcidas, a barriga já sentia o esforço, e Milena punha-se a acompanhá-la.

— Achei que estava demitida...

— Foi você — Victoria constatou, ainda rindo.

— Eu?

— A quinta-coluna era você — Victoria gritou, transfigurada de um instante a outro. Espalmou os azulejos, muito próximo do rosto de Milena. — O tempo todo! Com quem você falou? Hein? Com quem falou? De mim e mais quem? — Victoria avançava, efervescia, as veias do pescoço intumesciam. — Seu marido, garanto! Os amigos dele no ministério! Ou o senhor editor, para subir no seu conceitozinho de mierda!

Victoria acuou Milena contra a parede. Nem ela mesma se reconhecia ou controlava: tornara-se veículo bestial do ódio. Milena não conseguia falar. Comprimia os olhos, encolhia-se e levantava as mãos em defesa, como uma criança.

— Eu não disse nada — reclamou debilmente.

— Mentirosa — Victoria deu outro golpe. — Delatora mentirosa do inferno! Traidora!

A violência das palavras de Victoria perdia o efeito da surpresa. Milena recobrava a firmeza da fala e encontrava seu olhar. Victoria gritava acusações desconexas, debatia-se contra nada, seus sentidos espiralavam sem obedecê-la. Milena repetia, impondo-se:

— Não sei do que está falando. Não sei do que você está falando, Victoria! Não sei!

Milena conteve-a, cingiu o esperneio com seu corpo e a fúria a consumiu ao esgotamento. Victoria amoleceu, escorou-se na parede e deslizou as costas até jazer em um trapo arquejante e arruinado.

— Escute — Milena confortou, descendo até ela, tomando-lhe o rosto entre as mãos, acariciando o cabelo —, seja o que for, é uma leviandade. Vicky — pediu, intensamente —, é uma missão suicida.

Victoria enxergou — aos borrões, pois os olhos aguavam e ardiam — o semblante de Milena, a única coisa que a mantinha no mundo naquele momento. Socorreu-se dos braços dela ao dizer, querendo sorrir:

— Me chamou de Vicky.

A torneira gotejava. Alguém entrou a um ranger das dobradiças da porta. As duas fizeram silêncio sem se largarem.

REFEITA SOB CAMADAS de maquiagem e por detrás dos óculos escuros, Victoria pôde sair com discrição. Milena ia ao seu lado. Conversavam baixinho.

— Está segura? — inquiriu Milena.

— Vou até o fim — Victoria assegurou.

Victoria disse que depois iria direto para casa, que no dia seguinte viria buscar seus pertences. No ombro, sobre a alça do vestido de jérsei, pesava a bolsa grande a tiracolo, carregando o gravador. Entrou no elevador e ficou de frente para Milena, do lado de fora. Acenou de leve, para reafirmar que estava melhor, e elevou as lentes de aviador à testa. Milena parecia refrear algo; Victoria também o fazia. Olhavam-se com uma força de vendaval, invisível aos de fora, à redação em câmera lenta ao redor. Victoria chegou à grade negra e trançada.

— Sabe o que tento fazer desde que cheguei aqui?

— O quê? — Milena devolveu, também se aproximando.

— Escrever tão bem quanto você. — O elevador fez um ruído e entrou em movimento descendente. — O melhor texto que conheço.

O elevador venceu o andar e roubou a visão da face de Milena, recortada por entre as grades. Victoria teve a impressão de que, no último segundo, ela abriu a boca como se fosse dizer algo.

14 de julho de 1952

O ponto de encontro de Rafael com Graciela era a esquina da loja Etam na Florida, e ele já estava em frente à vitrine: admirava um penhoar de chiffon enquanto bafejava e atritava as mãos para aquecê-las. Fazia pouco mais de mês que a amiga cantava propagandas no rádio, e naquele dia faria uma audição para integrar a turnê da companhia de radioteatro estrelada por Meneca Norton. Divisou a figura de Graciela surgindo atrás do monumento a Sáenz Peña e logo quis saber:

— E então?

Ela silenciou, as feições paradas. Formou um ricto com os lábios e abaixou a cabeça. Rafael estreitou-a ao peito e estalou um beijo em sua testa. A marcha constante da Florida envolvia-os.

— Pior para eles. — Soltou-a e obrigou-a a alçar o queixo. — Veja o lado bom. Hoje sou eu que pago. Mas de pé, economizando a gorjeta.

Na pizzaria da Lavalle, de toldo vermelho e branco, Rafael só interrompeu o agrado no braço de Graciela, enfiado no seu, para tirar a carteira do bolso, quando foi a vez de pedirem. No entanto, ela agarrou a mão dele no instante em que Rafael oferecia o dinheiro ao caixa, afastou-a e fez o pagamento.

— O nosso acerto — ele contestou.

A atriz conservou a seriedade sob o olhar de Rafael, primeiro desorientado, depois migrando à compreensão. Ela mastigou um sorriso nos cantos da boca. Rafael segurou-a pelos ombros, sacudiu-a e Graciela rendeu-se. Atirou a cabeça para trás como fazia antes de rir alto.

— O primeiro ensaio é amanhã.

Ele gargalhou. Abraçou-a, ergueu-a e atirou-a ao alto. Graciela gritava uma mistura de celebração e medo da queda; os dois sequer atentaram aos protestos sobre o andar da fila, nem ao casal de Las Flores que, já servido, presenciava a algazarra. O homem cutucou a esposa em meio ao alarido:

— O que foi que eu disse, Arminda? Buenos Aires é uma cidade de loucos.

Rafael e Graciela comeram voltados à rua e ao Metropolitan, lembrando a primeira noite no Rufino. A diferença era que, agora, em lugar de imaginar intrigas das pessoas de fora, eles afetavam o vocabulário de comensais da Recoleta e faziam de conta que as fatias de pizza e os copos de gasosa eram o banquete do chá da tarde no Alvear Palace.

EM COMEMORAÇÃO À NOTÍCIA, Graciela presenteou Rafael com o penhoar de chiffon da Etam. Ele o vestia sobre os paetês do figurino do número de dança na casa de tango — naquela noite era Dolores del Río — e divertia Rosa e Graciela com um desfile de modas no terraço do sobrado, um retângulo cinza e sujo, acessível pelo alçapão a quem desobedecesse as normas da cooperativa. Além do presente, Rafael sobrepunha à silhueta os vestidos de Nelly Lynch, que Graciela mandara ajustar à sua magreza e trouxera ao julgamento dos outros dois.

— Este modelo na sua estreia como atriz de rádio... Este outro para uma noite sofisticada no bar do hotel — ele sugeria, posando. — E este...

— Para tirar, no quarto do hotel, quando acabar a sofisticação — Rosa interpôs, aos risos. Dedilhava o violão e testava o encordoamento novo, também regalado pela atriz.

Graciela contagiou-se, oscilando em uma das cadeiras de balanço abandonadas no terraço, quase podres de cupins e da intempérie. Colocara, por diversão, o vestido vitoriano da personagem de Wilde no Nuevo Teatro. Exalava fumo em círculos caprichosos e revirava, no colo, a lata de biscoitos Anselmi com os autógrafos das estrelas de Hollywood, garimpando o visual a ser usado agora que ela era Anita Castro. Rafael largou as roupas. Tomou proveito dos saltos baixos e fez demonstração de sapateado.

— Veja: se lhe pedirem, este é o americano. E o russo. E o irlandês.

Ele desconjuntava-se, para gozo das duas.

— Sapatear no rádio, Rafi?

— Não, na vida. Tudo é espetáculo. — Ele deu outra volta no cachecol e jogou às costas a ponta. — Em Rosario me conheciam como pé de pluma.

— Ah, esqueci de comentar — Graciela avisou de súbito, tragando o cigarro. — É em uma emissora de Rosario que inicia a turnê.

Rafael dobrou as roupas de Nelly, conferindo à lida um preciosismo intencional. Os olhos de Rosa, ele percebia de esguelha, queimavam-lhe.

— Qual emissora? — Rosa disse.

— Atlas, Astor... Um nome curto com "a". Não, Ariel. É isso, Ariel.

Ele deixou de evitar Rosa. Ela olhou para ele e para Graciela, que por sua vez investigava os silêncios, e afinou uma corda do violão. Acompanhou a si mesma em um solfejo gentil e repousou o instrumento às costas, preso na correia afivelada. Alinhou o figurino de Mercedes Simone, levantou a tampa do alçapão e anunciou que congelava e teria de poupar a garganta.

— Vamos ver se finalmente conversam — resmungou, a cabeça desaparecendo ao interior da casa. — Mania de gente branca de falar por meias-palavras.

Rafael vestiu o casaco e ocupou a segunda cadeira de balanço. Deu um impulso sutil para que o assento não viesse abaixo. Cobriu-se e estendeu a Graciela, cobrindo-a também, a manta de lã trazida do quarto. Respirou fundo e o fôlego, expulso, desfez-se em um rastro alvo contra a noite.

— Rosa diz que, para você, somos passageiros.

Graciela ruminou algo. Desenganchou, de ambas as orelhas, os brincos de argola, de latão fino e ordinário. Torceu o engate e transformou-os em qualquer coisa de anelar. Pediu a mão de Rafael e colocou um no dedo do amigo; o outro, enfiou no seu. Sorriu. Ele ajeitou a aliança provisória. A única luz vinha do poste da rua e os atingia em um jato parcial e inclinado.

— E, se perguntarem como nos conhecemos, foi limpando merda na pensão.

— Rafi, nós vamos mentir — ela rebateu, incrédula, como se ele houvesse pronunciado um disparate monstruoso.

— Basta mentir.

Ele fitou o otimismo nas faces róseas do frio, no saltitar dos olhos por obra do inseparável frasco de bebida, e pediu ele mesmo um gole. Bebeu e revolveu as fotografias na lata de biscoito até chegar à sua com o cachorro de pelagem negra, dedicada a Fernando, dentro do envelope devolvido ao remetente. Alisou a borda dentada e o vinco do traço da dedicatória em tinta azul.

— Acho que é hora de você saber de Dante.

RAFAEL CONTOU A HISTÓRIA voltado ao céu, um simulacro de monólogo que era a única forma de despejá-la, em um caudal que o lacerava pela última vez, pois estava convicto de não a repetir. Graciela respeitou, com sua abstenção, os meandros que ele nem sempre fazia entender, as frases cortadas, as palavras engolidas e as atrapalhações, e era pela ausência da interlocutora que ele ousava se embrenhar, palmo a palmo, naquele ano em Rosario, estupefato de ser a sua voz a dizer tais coisas.

— Já não sabia ao certo o que era real — revelou, lá pelas tantas. — Não entendia como havia chegado ali, de que maneira o caos fascinante de estar com ele se degredara para aquilo. Me lembrava do dia em que ele mostrou a câmera recém comprada sei lá onde. As fotografias saíam na hora. Insistiu em tirar fotos minhas na cama, posando deste jeito ou daquele. Vamos, é brincadeira, para testar, não seja estraga-prazeres. E a cada vez tudo ficava um pouco mais exposto, mais baixo, mais sórdido, e Dante um pouco menos amoroso. Depois muito menos. Era do céu ao inferno em um minuto, fazia o que bem entendia e ao mesmo tempo enxergava injúrias nas menores bobagens, do nada parecia que me queria morto. Passei a não querer me levantar da cama. Acordava pensando nos instantâneos da noite anterior, enojava-me e questionava se os sonhara... Dante prometia destruí-los e eu sabia que mentia. Sabia que mentia sempre. Mas a cada manhã eu continuava ali, e tinha de admitir que tudo havia sucedido e estava sucedendo comigo, que era eu mesmo aquele bagaço, acreditando em qualquer engodo, pedindo desculpas pelo que não tinha feito, domesticando todo impulso, rastejando por um grão do enternecimento puro dos primeiros dias, que era de onde havia aprendido a sugar uma miragem inteira para durar até a próxima agonia.

Ele engoliu um enjoo. Escutou, à distância, os acordes de Rosa e as palmas.

— Um dia encontrei o esconderijo, atrás de uma gaveta, e estraçalhei as fotos, uma por uma. Fiquei esperando para mostrar a ele, como para dizer: pronto, aquele Rafael visto pela sua câmera nunca mais. Imaginei um escarcéu. Muito pior. Ele olhou tudo calado, juntou umas coisas e se foi como se eu não existisse. Sem Dante, eu não tinha nada para matar o que me matava. Continuei acordando sozinho no meio da noite, como se ele estivesse de volta comigo na cama, me sacudindo, gritando, convencido de que eu o enganava por tramas estapafúrdias, tentando me fazer admitir casos, ameaçando enviar as tais fotografias para a minha irmã em Villa María. Esse risco não havia mais, mas sequer havia ele comigo. Parei de trabalhar, não comia nada. Não sei se queria morrer de fato. Mas queria que parasse. Comecei a entender a mulher dele, falecida, que ele pintava como uma desequilibrada. Tomou remédios para dormir... Um acidente, um erro na dosagem, diziam por lá. Claro, a família dela, endinheirada, dona de jornal e rádio, podia contar como quisesse. Imaginei se o desgoverno dela fora o que eu experimentava com Dante. Não por fotografias, pois a câmera era nova, mas por outros meios, outros terrores, não sei. E me ocorreu fazer parecido com o que ela havia feito, porque me recusava a armar uma cena, um escândalo, com sangue ou com... — Procurou os termos, repudiou todos. — Então arrumei dinheiro, limpei e organizei o quarto, como uma dama, e fui às compras. Só que, antes da farmácia onde sabia que me venderiam, passei pela estação de trens. Lembrei que Rosario deveria ter sido somente uma etapa minha antes da capital, do sonho de dançar, e resolvi saber dos preços. Em suma, eram os barbitúricos ou a passagem a Buenos Aires. Comprei a passagem. Queria ver ao menos um arranha-céu e um discurso de Evita, e igual podia me matar depois. — Cruzou os braços sob a lã. — No desembarque, conheci Rosa, que cantava na estação de Retiro, e bueno, cá estamos. — Olhou de novo o próprio retrato. — Quando já me sentia melhor, fui a um estúdio tirar a fotografia. O cachorro é empréstimo do fotógrafo. Fiquei com uma para mim e a outra enviei a Dante, em um gesto de paz. Voltou três semanas depois com aquele carimbo de *ao remetente*. E nada mais.

Os dois enregelavam-se sob o lume do poste de rua e dos focos notívagos na Boca. Rafael aguardava a reação sem desejá-la, temeroso de que, em algum ponto, em uma descrição excessivamente verdadeira, houvesse trespassado um fosso de vulgaridade irreversível que devoraria o laço com Graciela. Pacificou-se e, mais, acalentou-se, capitulou em definitivo o bálsamo que era estarem juntos, quando a atriz arrastou sua cadeira para ainda mais próximo da dele, unindo-as, abraçou-o e aconchegou-se, a cabeça perpendicular à sua, o vestido grosso de teatro aquecendo ambos. Ele virou o rosto em parte e as faces descansaram uma sobre a outra. As alianças feitas dos brincos de argola tocavam-se.

— Como é isso — ela quis saber, mal movendo o ar —, a vertigem aqui, aqui e aqui —, disse, o dedo indicando o estômago, o peito e a cabeça —, a pele formigando, ser olhada como a coisa mais preciosa do mundo... Esse flutuar nas alturas?

A pergunta soara sincera, e por isso temerária. Rafael deslocou-se para encarar Graciela.

— Por isso a aviso. Você não é heroína. — Tirou os braços de baixo da manta e, alcançando a lata de biscoitos, entranhou ao fundo o envelope com seu retrato. — Voe nos ares com outro. Com Fernando Dante, pise terra bem firme. Ele não é a catástrofe que você procura, é a fumaça que não deixa ver o que acontece.

Ele escolheu uma das fotografias autografadas e comparou-a ao perfil da pretensa noiva. Alternou o olhar entre ela e Marguerite Chapman, impressa na imagem promocional da Columbia Pictures.

— A senhorita poderia ser ruiva, Anita Castro — analisou, e recomeçava, tal qual Graciela, a sorrir.

20 de abril de 1977

— De maneira que tudo isto, Macbeth, o retorno aos palcos, é por Nelly Lynch.

— De certa forma, sim. E também porque meu amigo Gastón Molina rompeu nosso namoro de juventude por telegrama e a penitência é me aturar de vez em quando.

— O crítico da revista Astros ironizou que o verdadeiro motivo é que seus papéis no cinema já começam a rarear.

— Esse crítico fala assim de todas as atrizes que atingem certa idade. É um rito de passagem. O apelido dele entre nós é menopausa.

— Se dá bem com suas colegas?

— Já sei. Quer chegar às rixas.

— Além de Nelly e Graciela Borges, comentam de outras na carreira internacional. Rita Moreno, Sara Montiel.

— Se eu cultivasse o número de inimizades e tivesse o apetite sexual que inventam, não me sobraria tempo para trabalhar. Acham que tentei roubar Tinayre de Mirtha, Saslavsky da Campoy, Salcedo de Julia e Magaña de Nury. E isso que sou casada.

— Bem, o seu casamento também costuma ser objeto de perguntas.

— E a resposta é que não existem duas pessoas que se amem mais do que meu marido Rafael e eu.

— Mas há aspectos da sua vida que estão documentados. As fotografias de quando levou um tombo no tapete vermelho e teve de ser ajudada por Sidney Poitier...

— Devo ter explicado mil vezes: eu tropecei no vestido. Fui copiar a moda de Liz Taylor, aquelas túnicas longuíssimas, e o salto enganchou. E, se quer saber, quem causou problemas naquele filme foi o diretor, que se entupia de cocaína e brigava o tempo todo. Duas semanas de produção viraram cinco. Mas, claro, nada disso escrevem. Escrevem, sim, que Graciela Jarcón é uma conventillera que compareceu embriagada à estreia.

— Por isso dá tão poucas entrevistas?

— Vou lhe contar o que aconteceu. No final de sessenta e três, dei uma entrevista nos Estados Unidos. O jornalista citou a morte de Marilyn, que eu havia conhecido em um jantar, e acabei fazendo graça com a morte de Kennedy. Culpa do uísque, entende? Não gostaram. De qualquer maneira, meu contrato se encerrava e fui embora. Uns anos depois, estava em uma festa em Portugal, na véspera de seguir para Roma, e comecei a conversar com um tipo. Nem sabia que era repórter. De um assunto a outro, elogiei a mocidade portuguesa, o público jovem e animado. E eu lá sabia que mocidade portuguesa era o nome que os fascistas usavam, por Dios, eu estava dançando chá-chá-chá e bebendo aguardente. Mas, no dia seguinte, saiu a manchete de que eu apoiava o salazarismo. Finalmente, em setenta e quatro, voltei aos Estados Unidos e falei com outro jornalista. Serviram licor de ovos e, não sei por quê, me empolguei e desatei a contar uma porção de piadas de guerra, mais velhas do que eu, e acharam que eram sobre o Vietnã... De novo se irritaram comigo. A solução era ou parar de beber ou parar de dar entrevistas. Resolvi parar de dar entrevistas. Exceto a pessoas como a Gilio, que tenho por amiga, e para falar de trabalhos específicos, como este.

— Parece que sua especialidade é não tomar partido.

— É que não importa, compreende? O que eu acho disto ou daquilo, com quem eu durmo ou deixo de dormir, se bebo além da conta, que importância tem? Sou só uma atriz. Que deem ouvidos à La Negra cantando Violeta Parra ou à Mafalda, que é muito mais articulada do que eu. O máximo que conseguiria, se saísse dizendo tudo o que penso, seria ter de ir encontrar os amigos no exílio. Nacha, Norma, Favero, Alterio, Griselda, Puig, todos longe. Frente ao que sucede no país, nada do que eu faço deveria importar. Que diferença faz na vida de quem passa fome em uma villa miseria se eu subo ao palco no sábado ou não? O melhor para todo mundo é eu ficar de boca fechada.

— Alguém poderia chamar isso de omissão comodista.

— Alguém poderia ir às favas.

Graciela achatou o cigarro no cinzeiro. A moça do El Nacional tomou seu café. Milena era seu nome, Graciela lembrava a si mesma, para evitar esquecer novamente. Depois dos autógrafos aos colegiais, o segundo piso da confeitaria Ideal mantivera-se imperturbado, com o andar manso do garçom e o viajar das vozes no oco do salão, e foi como se a entrevista houvesse usado o espaço livre e se desdobrado em mutações desde o início, solavancos, calmaria, acidez, coleguismo, deferência, combate. Àquela altura, a sensação, para Graciela, era de ter se exaurido por uma trilha inesperadamente tortuosa. Ela massageou o pescoço e viu Milena estalar os dedos, mover os cabelos demasiadamente revoltos para um compromisso de trabalho e anotar algo em seu bloco. Quando a jornalista abriu o gravador e inverteu a fita, que chegara ao final, a atriz deduziu, também pelo sensível incômodo, que restava algo a escavar.

— Você referiu escritores com quem mantém amizade...

— Vamos — Graciela instigou, apressando a rota —, me pergunte.

— Sabe onde quero chegar?

— O jeito como você foi levando, as bisbilhotices de tabloide, tudo só podia chegar em Onetti.

Graciela infundiu a xícara com mais álcool do frasco de alumínio. Esperou a atitude de Milena, que também a estudava, prudentemente, transparecendo certa ojeriza. Graciela supunha que alguém, talvez o próprio Rafael, houvesse precavido: se você perguntar do conto, ela lhe arranca a cabeça.

— Já me conformei em responder mais da minha vida do que de trabalho, e no início gostei do seu estilo, essa audácia. Ao menos é honesta. Mas, no fim das contas, tudo foi conduzindo a ela, não é mesmo? À atriz das fotografias pornográficas pelo correio, à amante humilhada e sua vingança sórdida em uma turnê de reles hotéis com reles tipos. Por supuesto que deve ser Graciela Jarcón, como corresponde. Mas também escutei de personagens de Gabo e de Vargas Llosa que teriam se baseado em mim. Já escutei que fui amante de Fidel ou espiã em busca do cadáver de Eva Perón na Europa. Se formos de boato em boato...

— Você queria que ele se matasse?

Graciela interrompeu-se. Desceu a xícara, da qual sorvia com gosto. Cravou os olhos em Milena e dispensou bruscamente a intromissão do garçom oferecendo mais café.

— Sei o que pretende.

— Não — a entrevistadora disse, em tom ameno. — Não estou provocando. — Ela puxou uma folha da bolsa. — Quero ler algo.

E leu a nota no El Litoral, de Santa Fé, de 29 de agosto de 1953: "Causou apreensão o ocorrido no festival de teatro santafesino, na noite da sexta-feira última, quando uma atriz estreante foi acometida de crise nervosa e teve de ser removida do palco. A função foi cancelada e o episódio foi imputado a questões de natureza particular da artista, já desligada da companhia. O infortúnio deu-se exatamente durante a mais famosa cena da personagem Lady Macbeth, e o fato renovou comentários acerca da lendária maldição que paira sobre a obra".

Graciela não se moveu.

— Era você — a repórter declarou. — E esta era a cena.

Graciela entendeu o que viria quando a outra procurou uma anotação no bloco. De antemão, obstruiu-a:

— Você não deve ler.

— "Aqui ainda há uma mancha. Sai, mancha amaldiçoada! Sai! Estou mandando".

— Não se diz esse texto em voz alta fora de ensaios.

— "O inferno é sombrio... Mas quem poderia imaginar que o velho tivesse tanto sangue no corpo? Estas mãos nunca ficarão limpas?".

— Já chega.

Os apelos tornavam-se urgentes no mesmo passo da obstinação da leitura.

— "Aqui ainda há odor de sangue. Todo o perfume da Arábia não conseguiria deixar cheirosa esta mãozinha. Ao leito, ao leito, vinde, dai-me a mão. O que está feito não está por fazer. Ao leito, ao leito, ao...".

— Pare com isso. Pare! Pare imediatamente!

Graciela avançou ao bloco. Ele foi salvo em um recuo ágil da jornalista, que se apoiou à mesa e divagou, estoica, fitando a atriz com interesse.

— Eis o que eu acho. Você recebe a notícia da morte dele, por telefone, telegrama ou o que seja, um pouco antes da apresentação de *Macbeth*. Por isso desmorona em cena em Santa Fé. Vai embora. Desfaz-se da máquina fotográfica e tudo o mais, e com o tempo reaparece em outro lugar, em outro ato no rádio, no cinema, onde seja. Tudo fica para trás. Inclusive o nome, esse nome metido a gran cosa que usou informalmente na passagem por Rosario e que aparece no conto de Juan Carlos Onetti. Só o que consta de registros é uma Anita Castro no radioteatro e, anos depois, aparece Graciela Jarcón atuando em rádio e cinema. — Olhou pela janela um instante. — Que você pretendia destroçar esse homem é óbvio. Os amantes de uma noite, os quartos de hotel, as poses à câmera, é tudo um desempenho de profunda devoção e que só converge a um resultado. Consigo entender o envio das fotos. Porque havia promessas, é verdade, juras que ele fez e miseravelmente descumpriu. Consigo conceber os impulsos, até mesmo os de mandá-las aos amigos e conhecidos... Mas há um ponto crucial que não posso... Um último mistério que me rouba o sono. — Ela passou a mão no rosto muito maquiado. — Por que a surpresa com o suicídio? Por que a reação tão forte em Santa Fé? Era o que você queria ver acontecer, evidentemente, pois outra coisa não poderia esperar quando endereçou o envelope com a última fotografia para a filha do sujeito.

Graciela tivera tempo de reaver a calma, e escutara calada. Tirou mais um cigarro do maço, direto com os lábios.

— Se já montou a lenda toda na sua cabeça, com essa figura mirabolante e implausível, quem sou eu para opinar? — Tragou. — Vocês escritores que resolvam suas prosas de terror.

— As coisas de cama são a última questão que me ocupa. Não interessam para nada. Mas esta criança... Como pôde? Mesmo se mal a conhecia, como pôde? — Agora era a outra que se inclinava sobre a mesa, assinalando sua aversão. — É por isso a volta ao palco, por causa daquela noite naquele teatro de província. Para resgatar algo seu e só seu. Você não está nesta peça por Nelly Lynch, nem por amor ao teatro, nem mesmo por uma rusga com Graciela Borges, nem por nada que não seja você mesma e o altar sagrado e perene do seu ego.

— Escute aqui, sua pirralha de merda — Graciela afinal gritou, saltando da cadeira a ponto de derrubar louça na mesa —, não faço ideia de onde você saiu e, se foi mesmo do El Nacional, não sei que espécie de maluquice de jornalismo andam praticando lá, mas o que digo sem a menor dúvida é que você não sabe de porra nenhuma do que está falando, entendeu?

A explosão reverberava. Ao fundo, os garçons assistiam boquiabertos. Graciela chegou perto do microfone do gravador e vociferou, sílaba por sílaba, para registro mais claro:

— Porra nenhuma! — Apontou o cigarro acusadoramente. — Na idade em que você devia andar engolindo pastillitas e brincando de Victoria Ocampo, eu batalhava por arte e por comida. Acha que não encontrei cem iguais na minha vida? Se aproxima feito camarada, finge respeito, somos todas artistas, todas mulheres, irmãs em espírito neste mundo cão... E, no que eu baixo a guarda, aí está, no seu pedestal de classe média, criando falsas imundícies e me julgando pior do que um homem. Eu... — Graciela parou, desconcertada, e sentou-se. Moderou a voz. — Seu nariz está sangrando.

A atriz guardou silêncio enquanto a moça amparou o sangue em um guardanapo. O garçom veio, organizou a louça e ofereceu ajuda sem compreender a situação. Entrevistada e entrevistadora cederam a um estranho vácuo, cada qual restabelecendo o curso de qualquer coisa que se desgovernara e beirara o colapso. Soaram passos apressados na escada. Graciela ajeitou detalhes do penteado e da blusa e observou Milena, despida de raiva. Ia dizer algo. Um rapaz suarento, de olhar estrábico, cortou-a, e não foi detido pelas advertências do garçom.

— Cacho — a repórter surpreendeu-se.

— Perdão — o rapaz rogou, também a Graciela. — No jornal disseram que estava aqui — explicou.

Os dois foram ao canto tratar um assunto privado e, ao que tudo indicava, imperativo. Graciela fumou, o cigarro já agarrado mais solidamente aos dedos. O tal Cacho falava depressa, e Graciela escutou alguns nomes: Vicky, Ernesto, Beba. Os jovens retornaram, e Graciela achou que Milena empalidecera. Ela desligou o gravador, recolheu seu material para dentro da bolsa e pediu:

— Antes você mencionou que podíamos conversar novamente, contar os corpos. Falava sério?

— Podemos — Graciela concedeu, insegura de que outro modo reagir. — Na noite de estreia, se quiser.

— Quero.

Um funcionário avisou a Cacho que movesse seu carro. Ele zangou-se. Os ânimos recrudesciam. A jornalista puxou o amigo para descerem ao térreo e eles lançaram-se à escada. A atriz levantou-se e foi à janela, de onde enxergou o casal entrar em um exíguo automóvel marrom-escuro parado em fila dupla na Suipacha. Graciela viu Milena erguer brevemente o rosto antes de sumir no interior do veículo. Não teve certeza se o derradeiro olhar que trocaram foi recíproco, porque o ocultavam os óculos de aviador pousados no nariz da jornalista, sujo de sangue seco.

CAPÍTULO 12
Êxodo

23 de julho de 1952

O salão da casa de tango de Rebecca Liberman, à luz das primeiras horas da tarde, era um recinto vetusto e esmaecido, com o amontoado de garrafas vazias no bar, as cadeiras viradas sobre as mesas e o palco às escuras. Na parede, o quadro de uma vista bucólica do castelo de Wawel formava dupla com o pôster de um grupo de mulheres em um saloon do Velho Oeste denominado The pussy cat, garantindo soft bottomed whores at rock bottom prices. Rosa abria uma cortina decorada com borlas; a paraguaia Belén recolhia lixo dos cantos para dentro da lata; e a diminuta Florencia catava no piso as lascas menos visíveis de vidro, sob o comentário suspirado de Rebecca, apoiada sobre um cotovelo no braço da cadeira de rodas:

— Preciso parar de fazer isso...

Na noite anterior, um homem calvo, de testa alta, óculos, olhos azuis e tez clara entrou na casa de tango, ocupou sozinho uma mesa discreta, pediu uma cerveja e ficou quieto, fumando. Rebecca sentou-se para puxar conversa. Ele era lacônico, porém, à insistência dela, apresentou-se como Ricardo Klement, engenheiro da CAPRI, e no mais permaneceu evasivo. Desconfiada da aparência e do sotaque germânico, Rebecca fingiu distração e desenhou em um guardanapo, a gestos casuais e lentos, uma cruz suástica. O cliente viu o rabisco e balbuciou algo sobre ter de ir embora. Rebecca pegou a garrafa de cerveja e quebrou-a na cabeça dele. Mesmo ao vê-lo fugir, ainda gritava palavras em iídiche que até então ninguém a escutara pronunciar.

— Parar de quebrar garrafas na cabeça das pessoas? — Florencia virou-se. — Era um nazista, Becca. Não me diga que se arrepende.

— Quem sai à força não paga a conta.

Rosa e Belén carregaram a lata de lixo até a cozinha e largaram-na junto à parede. Belén lavou as mãos primeiro.

— Tem o bastante para chegar ao Brasil, Rosa? — perguntou, secando-se no avental.

— Até o Uruguai. Lá junto guita para o trecho seguinte, e assim vou indo. Foi como cheguei aqui, cantando de estação em estação.

Rosa também se limpou. O som de uma discussão fiscal entre Rebecca, como presidente da cooperativa, e Florencia, como líder da oposição, enveredava pela cozinha. Rebecca ameaçava desmantelar o partido nanico e Florencia decretava orgulhosa que o partido nanico era ela. Belén inquiriu, movendo a cabeça para indicar o salão, onde estava Rebecca:

— Vai mesmo embora sem avisar nada a Becca?

— É melhor — Rosa disse, moendo o pesar.

Como sempre faziam antes de se apresentarem, as duas colegas disputaram uma partida de varetas, como chamava Rosa, ou chuka, no guarani ocasional de Belén. A paraguaia quase sempre saía vitoriosa, os dedos fintando a gravidade ao puxar do entrevero as varetas sem uma tocadela. Jogavam a poucos pesos, mais ao sabor do rito do que do lucro, e porque era um meio de conversarem reservadamente, fora do alcance dos melindres e das rudezas de quem jamais compreenderia.

— Ainda quer ser professora, Belén?
Belén respondeu atenta à peça que retraía vagarosamente:
— Um dia.

Rosa apalpou o nó do lenço branco ao pescoço. Portava vestimenta de gaúcho, como Azucena Maizani. Seguiu a jogada de Belén com os olhos e demorou-os nela. Belén pareceu notar, depois de comemorar a vitória próxima.

— Epa — Belén contestou —, nada de me olhar desse jeito. E, também, eu e você não somos a mesma coisa. Você vai longe.

— É cansativo — disse Rosa. — Sempre policiando o que digo e faço. Tenho dor de cabeça da raiva que seguro, de tudo o que guardo comigo e não conseguiria explicar nem se tentasse... Ainda assim, com eles, sou sempre a criatura rancorosa, difícil, de má disposição, cheia de mágoas.

Belén escolheu a vareta a ser removida, bem do miolo, e sacou-a milimetricamente enquanto falava, serena.

— Meus antepassados do lado materno contavam de Ñamandú, o que criou a si mesmo do caos, e das três terras. Na primeira terra conviviam homens e deuses, com alimento para todos e sem enfermidades. Mais tarde, os deuses castigaram o pecado dos homens mandando à terra um dilúvio que a arrasou. Então Ñamandú criou a segunda terra, imperfeita, cheia de doenças, dor e sofrimento, que é a que habitamos agora. — Belén fez jogadas sucessivas, todas hábeis e pacientes. — Mas existe a promessa de uma terceira terra, onde o mal não encontrará morada e não haverá castigos nem desventuras, e ninguém padecerá. Essa terra ainda estamos esperando. E aqui eu emendo uma ideia minha sobre essa espera. — Ela interrompeu os movimentos precisos e achegou-se. — Eu acho que a grande reconstrução se dará porque todo o sangue que o homem branco derramou voltará em outro dilúvio, inundará sua casa e o afogará para sempre. Mas, antes disso, o mundo será o pior que já foi, e o homem será o mais feroz e carrancudo de sua existência, e usará ardis para fazer crer que suas trevas são invencíveis. E sabe por quê, Rosa? — Belén elevou e puxou, triunfal, a penúltima vareta. — Porque o fôlego de morte é o mais putrefato.

Rosa sorriu. Pagou as moedas. Ia saindo, mas Belén a impediu e a espantou ao tirar de dentro do decote um maço de notas. Ofereceu-os, entre dois dedos, como um cigarro.

— Antes de você recusar — a paraguaia disse —, não é meu. É de Becca.

— Mas você contou que eu ia embora?

— Não sei mentir, Rosa. Então ela pediu que eu perdesse o jogo de chuka e dissese que este pagamento caiu do bolso do nazista na arruaça de ontem, e que eu o surrupiei só para mim. Mas não consigo. Não consigo mentir, não consigo perder de propósito, e não consigo fingir ser desonesta. Então faça o favor de aceitar e seguir a pantomima.

Rosa titubeou. Belén depositou as notas à sua frente e foi ao espelho prender as flores no cabelo.

— Dinheiro é dinheiro. Considere uma doação do fundo dos salvadores brancos.

O SALÃO DANÇAVA com alguma sonolência. Rosa terminava de tirar música do violão com maestria, as mãos arrancando sonidos das cordas com a proeza de duas pessoas que tocassem ao mesmo tempo. Cantou o trecho "yo quiero, muchacha, que al fin mostrés la hilacha y al mishio recuerdo le des un golpe de hacha" olhando para Belén no bar. As palmas da paraguaia, ao fim, foram de entusiasmo. Também Rebecca e Florencia assoviaram. Os demais, bêbados ou entregues a carícias, aplaudiram apáticos. Rosa encostou o violão à parede e anunciou:

— Tango composto por María Luisa Carnelli, embora creditada como Luis Mario. — Passeou o olhar na casa de tango e suas caras mais ou menos agradáveis. — Luis Mario... — falava já de si para si. — E agora... Antes de ceder o palco, um poema falado.

A luz buscou-a e tornou o ambiente ao redor mais soturno, quebrado por conversinhas de alcova e pelo tinir de copos no bar. Rosa limpou a garganta. Tinha apenas a rima inicial.

— Agradeço seus ouvidos, o apreço a cada noite, mas é tudo encarecido pelo preço do açoite.

O salão estranhava. Rosa enxergou Belén sorrir. Ela olhou para baixo, pensou em um verso e voltou ao microfone.

— E agora cabe a mim querer o obrigado. Pois me devem, sim, pelo tronco e pelo arado, pelo candombe, pelo tango, tanto mango e todo roubo. Todo o arroubo. Que nunca foi benevolente, penso eu, ou as antecedentes gostavam do fedor europeu?

Despertava o desconforto. Os clientes entreolhavam-se, duvidando do que escutavam.

— Se soubessem a fortuna de ouvir o nosso canto. Se houvesse uma tribuna para todo o reino banto, veriam que as beldades que compraram são majestades que lesaram. E dançamos mesmo assim, nós, às que não deram fim.

Agora a reação era audível, o que a inflamou. Declamou energicamente:

— E a Belén, ali no canto, igualmente agradeçam pela terra que arrendaram, pois, senhores, não esqueçam quanta guerra entabularam, a sangria que fizeram, a orgia que lideraram desde que aportaram os navios. Mas hoje escutaram Rosa Ríos. O serviço aceitam de bom grado, desde que eu seja clandestina, como a capitã Remedios ter mendigado após criar a Argentina.

Rosa embebeu-se das vaias e também de expressões divertidas, a maioria vinda das colegas. Florencia, por exemplo, subira no balcão e batia palmas junto com Belén. Rosa olhou para Rebecca Liberman, para ver se a desesperara ao causar o alvoroço, mas ela não esboçava alarme.

— Divirtam-se à vontade, mesmo sem minha presença, mas a bem da verdade nunca precisaram de licença. Quem é dono nunca pede. — Pegou o violão e fez uma reverência. — Rosa Ríos se despede.

O vozerio recobria o poema. Alguém atirou uma bola de papel, que acertou sua testa inofensivamente e caiu.

— Bem — disse, mais baixo —, seus bisnetos vão gostar.

Saiu rápido da casa. Na rua, escutou Rebecca à porta:

— Até amanhã, bubele.

Parou. Virou-se. Tinha as mãos nos bolsos e uma delas apertava as notas de dinheiro enroladas. Viu o colar de pérolas descendo em voltas e voltas do pescoço de Rebecca. Levou mais tempo do que o necessário para responder:

— Até amanhã.

Foi-se, o violão às costas, encolhendo-se do frio, feliz com o êxito.

NA MANHÃ SEGUINTE, Ríos da Rosa deixou o quarto da pensão de Don Pablo. Carregava o violão e uma maleta e secava as lágrimas da despedida a Rafael, a quem pediu que não o acompanhasse à gare, e assim encurtariam o adeus. Não viu Graciela; supôs que saíra mais cedo, e conformou-se. Passou um dedo no colarinho da camisa e da gravata, cedidas por Rafael e um tanto grandes nele, e um receio quase o fez se esquivar de Don Pablo no corredor, mas corrigiu-se e mostrou-se:

— Estou indo, Don Pablo.

O senhorio, de balde e vassoura, olhou-o, deteve-se em suas roupas e sacudiu a cabeça.

— Não, não, não. O que é isso?

Don Pablo veio com as mãos estendidas como se fosse agarrá-lo, e Ríos deu um passo atrás, pronto a se defender. Contudo, o dono da pensão limitou-se a desfazer o nó da gravata e a consertá-lo com afetuosa dedicação. Aguçava as vistas ao estreitar o colarinho e estender um amarrotado no tecido.

— Agora sim — Don Pablo disse, a satisfação escapando sob o bigode. — Um homem jovem como você tem de andar alinhado.

Ele deu batidinhas às faces de Ríos. Apontou o livro de registros, na verdade um caderno simples, e advertiu que desse baixa na sua hospedagem. A formalidade não fazia muito sentido, mas Ríos compreendeu: ajeitou a caneta nos dedos, virou uma folha e, pela primeira vez, assinou seu nome. Admirou a própria letra e sorriu a Don Pablo, os dois medindo-se, sustando emoções, tentando mutuamente silenciar o momento, como se, ao fazê-lo, tanto mais o avultassem.

Ríos largou a maleta no solo da plataforma da estação de Retiro. Suportava os olhares e comentários desde que saíra da pensão à rua em San Telmo e, com a passagem no bolso, consolava-se, antevendo o instante em que afinal estaria encerrado no vagão, rumo ao Brasil. À medida que as atenções se dispersavam, arriscou olhar à volta. Sob o grande relógio com numerais romanos, perto da cabine do telégrafo, estava Graciela, ou Anita, o cabelo agora castanho-escuro com um acento ruivo, ainda aguardando o trem que a levaria a Rosario para o início da turnê de radioteatro. Ela fechava os braços ao redor do corpo, ignorando a conversa do homem sorridente ao seu lado. O homem inclinou-se mais, Graciela arrastou a mala e se desvencilhou, e ele venceu a distância. Ríos titubeou um minuto, pegou a maleta, firmou a alça do violão e fez caminho até eles.

— Desculpe o atraso — Ríos disse ao chegar, engrossando a voz algo nervosa. Deu um beijo na bochecha de Graciela e passou o braço aos ombros da atriz.

O homem se afastou, relutante. Ríos e Graciela não se falavam a não ser pela proximidade dos corpos, ressabiados do movimento que os cercava. O fundo da gare e a transparência no teto alto e curvo tingiam de claridade o túnel e suas frenéticas inconstâncias. O trem de Ríos chamou antes, e ele embarcou e sentou-se. Conferiu, pela janela, se a amiga ficara em segurança. Graciela usava a bolsa de melindrosa dos compromissos importantes e, por baixo do casaco, via-se parte da saia do vestido azul de Nelly Lynch. Ela o fitava como a um herói, e não sem remorso. Ríos sentiu que partilhavam algo pequeno e solene ao se misturarem à roda humana que vive em trânsito, à caça de um torrão do mundo para si.

21 de abril de 1977

Milena passou a manhã com Lili no oftalmologista, com quem ambas tinham horário. Inventava qualquer narrativa para a filha, sentada de pernas cruzadas a seus pés, um pouco cabisbaixa depois que o menino de outra paciente na sala de espera rechaçara seu convite para brincarem. O garoto movera o rosto de um lado a outro, calado e decidido, e ainda espiava Lili pelas costas enquanto mascava chiclete. A mãe dele lia uma revista El Hogar e balançava uma perna. Milena embaralhou-se na história da cavalaria do reino, pois afligia-se em pensamento com Victoria desde a véspera, quando se despediram no elevador após a demissão da colega, e ademais estava azeda por causa do menino do chiclete. Lili notou, pois chegou ao ouvido da mãe:

— Não fique brava, mamãe — pediu, cochichando. — Ele não sabe que sou princesa.

E sorriu, com os olhos míopes e doces que partiam Milena ao meio.

Depois da consulta, Milena chegou ao jornal à hora do almoço, molhada e maldizendo a chuva. Assim que desceu do elevador, jogou um olhar à redação e questionou a recepcionista:

— Victoria esteve aí?

Ela fez um gesto, continuou atendendo o telefone, e então pediu um minuto e tapou o bocal.

— No fim da manhã, para levar as coisas... Cá entre nós, estava pavorosa. Cara de quem não dorme há uma semana. —

Ia voltar ao telefone, mas conteve-se. — Perguntou de uma loja de fantasias que fosse aqui perto — emendou, baixinho.

— Fantasias?

A recepcionista deu de ombros e seguiu o atendimento. Milena caminhou à sua mesa e, ao mesmo tempo, o editor deixou sua sala e encontrou-a. Lançou páginas sobre a máquina de escrever, cobertas de aparas de revisão.

— Você deve ter enlouquecido — ele disse. — Mas o resto está decente.

Milena tomou assento. Leu a entrevista de Graciela Jarcón, o material que dava a impressão de já ter sido bastante resumido e suavizado, e mesmo assim o editor cortara todo o teor longinquamente político. Tocou o microfone e o gravador sobre a mesa, abriu a cabina para constatar a presença da fita e acionou o botão. Ao som de um início de frase, desligou-o. Tamborilou os dedos. À janela, a chuva encorpava aos trovões. Ela pensou na sala do arquivo morto, no almoxarifado, onde os contínuos às vezes tiravam seus cochilos. Enfiou o gravador na bolsa e caminhou devagar para lá, modulando as atitudes, celebrando internamente quando viu Emilia, da coluna social, chegar depois dela, o que significava que Milena se safaria de escrever o horóscopo.

Quando a tarde se esvaía, Milena olhava pela janela atrás da sua mesa, mesclando a preocupação com Lili — que haveria de estar com medo das trovoadas — a trechos da gravação da entrevista, escutada na sala do arquivo morto, que repercutiam em sua cabeça. Tentara o número de Victoria mais de uma vez, e nem sinal dava. Apanhou-se usando um dedo para escrever no ar, como Victoria fazia. O toque do telefone intrometeu-se.

— Milena Martelli, cultura.

— Senhora Martelli, fala Rafael, marido de Graciela Jarcón.

Milena virou-se de lado, quase de costas à redação.

— Como vai o senhor?

— Sobre a entrevista, Graciela pediu que eu reforçasse que é bem-vinda à estreia de sábado no Cervantes para continuá-la.

Ela raciocinou o mais depressa que pôde. Mordeu, por dentro, o canto do lábio. Atreveu-se:

— Sim, porque faltaram coisas.

— Claro, da forma como Graciela disse que terminaram ontem na Ideal... Ficou preocupada.

Milena certificou-se de que os colegas não a percebiam. Espichou-se e enxergou um telefone público na rua. Voltou-se à mesa e arrancou uma caneta do porta-lápis.

— Pode por favor me lembrar seu número? Já lhe retorno a ligação.

Teve de solicitar a Rafael Jarcón que o repetisse, porque, inicialmente, não o escutou, fixada na caneta, que lhe era completamente estranha: segundo as letras em relevo, uma Parker, com listas em um verde furta-cor, tal qual uma esmeralda que sumisse e ressurgisse conforme a luz.

Após o fechamento no El Nacional, Milena apressou-se à Laprida e ao edifício de Victoria. Premiu diversas vezes o botão do apartamento, e nada. Passou aos outros. Ouviu uma sequência de resmungos, não conheço, não sei dizer, um que não atendeu e outro que desligou, até que uma vizinha de andar deu-lhe tempo de findar as desculpas e o discurso nervoso e acelerado, deixou uma longa pausa e respondeu com o mero zumbido que destrancava o portão de entrada.

Milena atravessou o corredor com uma olhada ao apartamento de Victoria, que nada revelava. Encontrou mais adiante a porta da vizinha que a atendera, o rosto apenas visível na fresta aberta no comprimento da corrente de segurança da tranca, uma franja crespa e grisalha no meio da testa ampla.

— Pode mostrar uma identificação? — a mulher perguntou.

Milena exibiu a identidade de jornalista, encorajada com a previdência, como medida de confiança de ambas as partes. A porta foi cerrada, destrancada, e, à sua abertura, a anfitriã anunciou como preâmbulo:

— Tenho ouvido sensível.

ALICIA, A VIZINHA de Victoria, ofereceu chá, que Milena aceitou. Como lhe faltasse a calma de esperar sozinha na sala, Milena ajudou Alicia na cozinha. O lugar era repleto de panos, toalhas e cortinas de diferentes motivos e estampas, e diversos itens com bordados e crochês. Mesmo o piso se revestia de um tapete espesso. Alicia explicava enquanto servia água quente da chaleira:

— Encho a decoração de tecido, que absorve algo do barulho. É o que tento dizer a Victoria, mas acabo me fazendo a chata: desde pequena mal podia sentar à mesa nas refeições, de tanto que me molestava o ruído dos meu pais e irmãos mastigando, dos talheres contra o prato... Um mosquito e passo a noite em claro. Durante o dia ou estou na rua ou há carros e televisão que disfarçam os incômodos, mas, à noite, e Victoria sendo noturna como é, bem, havia ocasiões em que ou eu batia e reclamava, ou não dormia.

Alicia girava lentamente a colherinha na xícara depois de adoçar o chá. Milena escolheu, de uma caixa de madeira encarnada, o de erva-doce. Da prateleira, o gato persa regia a casa e piscava sonolento.

— Pode ver o fino que são as paredes. E o meu quarto divide com a sala de estar dela, onde fica a escrivaninha. Uma

escritora, então você imagine. Nas últimas semanas a datilografia sempre varava as noites. Se parava de bater à máquina era para estalar os dedos. Mas ontem estava especial, um ra-
-ta-ta-tá altíssimo, e ainda por cima intercalado com o que parecia um rádio.

— Rádio?

— Foi o que pensei. Ela escuta rádio seguidamente, mas aquilo era distinto, uma entrevista longa, em volume alto. E, se não era a tal entrevista, nem a máquina, eram as vozes. Dela e do namorado. Presumo eu que seja namorado, sabe-se lá, um rapaz bonito com uns olhos assim, um para lá e outro para cá. Cacho, ela chama, se não me engano. Conversavam muito alto, e isso depois de meses só de sussurros.

Alicia estava de roupão e chinelas. Entregou a xícara a Milena e tomou da sua.

— Então bati — Alicia disse, soprando o líquido. — Achei esquisito que ela abriu tanto a porta, geralmente abria só o necessário. Ainda mais uma pessoa reservada como Victoria. Mas escancarou-a, como se quisesse que eu visse tudo. E esse Cacho estava à escrivaninha.

— Era ele datilografando?

— Sim. No sofá, vi folhas e mais folhas e uma caneta. E um gravador. Do que entendi, ambos escutavam a gravação, e ele batia algo à máquina enquanto ela, à mão, trabalhava em outra coisa. Me lembro dele dizer que não saberia se conseguiria transcrever e editar ao mesmo tempo... Ela o incentivava assim: vamos, vamos, Cacho, vai dar, isso tem que ser terminado. Café velho e novo por tudo, e até uns comprimidos. Madrugada afora foi essa função. O silêncio só veio muito depois do sol. Desde então, nada.

Milena provou o chá. Alicia convidou-a à sala. Milena agradeceu, porém justificou o tempo escasso, citou Lili e Jorge. O gato de Alicia saltou da prateleira e enrodilhou-se em suas pernas, sinuoso e almofadado.

— Mais tarde me dei conta, Milena.

— De quê?

— Bem, vocês do jornal devem saber mais ainda, não? Dessas pessoas que são levadas sem rastro. Imagino que ela não saiba em quem confiar, a não ser em você.

Milena não confirmou e nem desmentiu. Ergueu e submergiu o saquinho para dissolver o chá.

— O que quero dizer é que a barulheira ontem foi excessiva, mesmo para Victoria. Era deliberada. Falavam alto desnecessariamente, o volume era desmedido, até outros vizinhos se queixaram. E a janela estava toda aberta. Ela vigiava a Laprida, entende? Na minha opinião, Victoria queria precisamente isso, que eu visse, que todos escutássemos, que ficássemos acordados caso viessem aí e... — Alicia girou a colher de novo. — Em qualquer caso. Que alguém testemunhasse e se animasse a falar.

Milena devolveu o chá pela metade. O gato espalhou-se no tapete, o rabo recurvava-se e acarinhava seu tornozelo. Ela olhou o relógio de pulso.

— Ela vai aparecer — disse.

— O que não entendo é: se está com medo, por que escrever em casa e não no jornal?

— Ela não se sente segura lá — Milena murmurou.

— A julgar por ontem — Alicia concluiu —, tampouco aqui.

Milena e Alicia miraram-se, e, por um instante, Milena compreendeu o problema com a sensibilidade a ruídos quando Alicia bebeu da infusão forçando-a goela abaixo. O gato persa dormia, o pelo subindo e descendo a cada respirar.

26 de julho de 1952

Fernando Dante, cronista esportivo do La Voz de Rosario, entrou na rádio Ariel vindo direto da redação do jornal, ninando frouxamente um cigarro e uma febrícula no corpo que avançava a passo no corredor da emissora. Portava os boletins para serem lidos no ar, inclusive o último despacho emitido pela residência presidencial em Buenos Aires a respeito da primeira-dama. Do lado de fora da partição de vidro que isolava o estúdio, Dante encontrou o velho Lanza aguardando o fim do radioteatro para que os dois entrassem às nove e meia com as notícias da noite. Lanza arregaçava as mangas, que brotavam folgadas das cavas do colete, e, à chegada de Dante, quis saber:

— E?

— O comunicado ainda é o das quatro e meia. "O estado de saúde declinou sensivelmente". Trinta e seis quilos e em coma... É um cadáver que respira.

Lanza tossiu. Dante passou o material dele e ficou com o seu. Olhou para o interior do estúdio, onde o elenco se dividia entre os microfones e enunciava a leitura do texto, em gestos e impostações afetadas. Dante vasculhou as atrizes, das quais apenas discernia Meneca Norton, e, de torso em torso, parou em uma jovem com um broche de pedras negras, vestido claro com bainha de pele, brinco pingente em formato de gota e cabelo arruivado. Ela decerto errara uma fala, pois, após dar a deixa a outro, cobriu a boca e virou-se com ar cúmplice a uma colega, que também se divertia silenciosamente. A ruiva fumou, o que era um risco à encenação, e parecia não se importar. Seus lábios entortaram ao expulsar a fumaça, e o olhar pulava de um a outro, cuidando a sua vez.

— O que temos aqui? — Dante falou, mais para si próprio do que a Lanza.

— Recebi um convite de Luisito — Lanza comentou. — Para o Acción.

— Em Montevidéu? Vai aceitar?

— Talvez mais adiante. Seria bom fugir de Perón, rever amigos.

Lanza seguiu no assunto, sem o interesse de Dante, compenetrado na atriz. A peça encerrou-se. Ao apagar do pequeno letreiro de "no ar" e ao sinal do técnico na cabine, a companhia deixou o estúdio agrupada em risos satisfeitos. Alguém pediu um autógrafo a Meneca. Dante sorriu à outra, a ruiva, quando seu olhar e o dela convergiram e, mais, acostaram-se um no outro. Ela veio e chegou justo quando Lanza dizia:

— Queria era voltar a Madri. As republiquetas deste continente são um enigma. O povo aos prantos por uma bataclana do rádio...

A última parte era claramente para a atriz, pois ele a olhava debochado e beijou sua mão sem licença. Por sua vez, ela soprou a Dante uma voz amigável e senhora de si:

— Você sabe como perderam para Franco na Espanha?

Dante não respondeu, nem ela complementou: já causara o efeito, apagando o sorriso de Lanza. Ela vestiu as luvas rubi, combinando com a bolsa. Dante perguntou seu nome, mas o técnico apurava-os, e ele e Lanza ingressaram no estúdio acarpetado, fecharam a porta e sentaram-se à mesa, um em cada microfone. Dante descartou o cigarro, organizou rápido suas notas, apertou o ombro do amigo e colega. A moça estava do outro lado do vidro. Tinha um nariz marcante e, sob o verniz da beleza e dos trajes de estreia, Dante farejou uma fragilidade que o deliciava. A atriz sustentava seu exame, e todo o êxtase futuro foi coreografado em segundos entre os dois.

As letras vermelhas e delgadas acenderam: estavam no ar. Mario Ricardo Lanza saudou os ouvintes e prometeu as últimas manchetes, quentes das prensas do La Voz de Rosario, sobre as negociações do armistício entre as Coreias e a incipiente campanha de Eisenhower. Passou a locução a Fernando Dante, que anunciou:

— Traremos também as notícias da saúde do mestre Fangio e do novo contrato de Leguisamo, que estabelece a El Pulpo o ordenado mais alto já pago a um jóquei argentino...

Dante emudeceu quando Lanza tocou seu braço e apontou o letreiro: o "no ar" escurecera. Alguém ingressara na cabine com alguma emergência. O técnico ligou seu microfone e, em uma brevidade angustiada, disse ao estúdio:

— Vai entrar o comunicado.

— Se murió?

A pergunta de Dante saíra em tom causal, mascarando um assombro incongruente com a previsibilidade do evento. Ele olhou o relógio: eram nove e trinta e seis. Formou-se a cadeia nacional e, desde outro estúdio, em Buenos Aires, instalado na residência presidencial, abateu-se sobre eles o anúncio de Jorge Furnot de que a Subsecretaria de Informações cumpria o penosíssimo dever de informar ao povo da República que, às oito e vinte e cinco, havia falecido a senhora Eva Perón, chefa espiritual da nação.

O locutor prosseguiu, falando dos planos de traslado dos restos mortais da senhora Perón ao Ministério do Trabalho para os ritos funerais. Lanza, sisudo, olhava reto à frente, e Dante tornou a procurar a atriz. Ela já não sorria. Era inútil retomar o flerte. Desnorteavam-se e, a um tempo, uniam-se, à maneira insólita dos primeiros sobreviventes que se avistam ao emergir dos escombros de um terremoto.

22 de abril de 1977

Milena lavava o rosto na pia do banheiro do El Nacional. Tentava persuadir-se de que os nervos a trapacearam, mais cedo, ao encontrar a mesa como a encontrara, toda igual e ao mesmo tempo toda diferente, os objetos fora da ordem por uma medida ínfima mas inegável ao seu costume. Pensava, também, no telefonema de dez minutos antes, na conversa de corda bamba em que Alicia, a vizinha dos ouvidos sensíveis, cuidando termos e omitindo nomes, confirmara que Victoria não aparecera mais no edifício desde a madrugada ruidosa de quarta para quinta-feira. Puxou a água da pele ao cabelo com mãos que, desde o despertar, não se acalmavam ou disciplinavam o bastante para o trabalho. Entrou a recepcionista:

— Visita aí para você. Meio tímida, escondida no canto.

Ela saiu. Milena fechou a torneira e, até deixar o toalete, obedeceu ao ímpeto de correr ao encontro de Victoria, antecipando o alívio do seu sorriso, imaginando uma aparência incógnita em óculos de aviador e talvez outros artefatos. Todavia, controlou-se, como vinha fazendo sempre no jornal, e atravessou o corredor da redação fingindo mínimo interesse.

O NÓ NO PEITO de Milena voltou a comprimir-se: não era Victoria, mas uma garota de mochila, esperando-a fixamente, fora das vistas dos outros.

— Sim?

A menina não falou. Mostrou uma folha de caderno com o nome Milena Martelli escrito em uma letra que, Milena teve certeza, era a de Victoria disfarçada com um traço distinto. A garota indicou o nome, e Milena entendeu que perguntava.

— Sou eu — Milena afirmou.

A menina sorriu. Tinha franja comprida e portava um uniforme escolar que era largo nela e com muito uso. Tirou as alças da mochila, abriu-a e entregou a Milena um livro cuja capa dizia *Sab*, de Gertrudis Gómez de Avellaneda. Milena compreendeu: era a garota dos livros do restaurante Rufino, de quem Victoria falara no apartamento do Kavanagh; Mercedes, se recordava bem. Sentiu o vacilo mais evidente nas mãos. Queria perguntar de Victoria e, no entanto, tinha certeza de que Victoria nada diria que pusesse Mercedes em risco. Nessa hesitação, foi a própria menina que, observando-a atentamente, estendeu devagar um dedo e apontou, com unha coberta de esmalte cintilante, um marcador em uma determinada página do livro. Sorriu de novo, vestiu a mochila e tomou a direção das escadas, por onde sumiu, sempre fitando Milena com olhos sagazes de anciã.

Milena avançou até sua mesa e, sob o barulho indiferente das lidas jornalísticas, abriu o livro e leu o trecho sublinhado: "Nem sempre reinarão no mundo o erro, a ignorância e as absurdas preocupações: vossa decrepitude anuncia vossa ruína. A palavra de salvação ressoará por toda a existência da terra: os velhos ídolos cairão de seus imundos altares e o trono da justiça se alçará brilhante sobre as ruínas das velhas sociedades. Sim, uma voz celestial o anuncia. Em vão, me diz, em vão lutarão os velhos elementos do mundo moral contra o princípio regenerador: em vão haverá na terrível luta dias de escuridão e horas de desalento... O dia da verdade amanhecerá claro e radiante".

Ela levantou-se e apoiou-se à janela a tempo de ver Mercedes, na calçada e já a alguma distância, extrair da mochila um inacreditável conjunto de capa e espada, que explicava por que Victoria perguntara à recepcionista sobre lojas de fantasias no dia anterior. Mercedes amarrou a capa ao pescoço e seguiu pela Avenida de Mayo, para diversão dos passantes: a capa preta cobrindo a mochila e esvoaçando como o cabelo, a espada de brinquedo em punho, sem acinte mas intrepidamente, com a nobreza de uma guerreira que venceu as muralhas do inimigo.

Milena tornou ao livro. Releu o parágrafo assinalado, que incluía uma frase destacada com um triplo sublinhado: "uma voz celestial o anuncia". Notou que o cartão que marcava a página, e que ela havia menosprezado, era na verdade um postal. A imagem era uma vista imponente do Kavanagh, que ela alisou carinhosamente, e, embaixo, a mensagem impressa *Recuerdo de Buenos Aires*. Victoria circulara a palavra "recuerdo", e, no verso, escrevera, muito pequeno, "buscame por el cielo y me verás".

Milena sentiu novamente os latejos no peito ao identificar a *Canción de Taurus* de Gabriela Mistral. A voz celestial, a busca no céu e o título do poema impeliram-na em pressa incontida à mesa de Emilia, que datilografava suas notas sobre a sociedade.

— O horóscopo ficou com você ontem? — Milena indagou baixo.

Emilia olhou-a por sobre os óculos.

— Achei que tinha sido você — respondeu, com estranhamento, mas mantendo a discrição. — Quando cheguei já estava no escaninho do revisor...

Milena agarrou uma edição daquele dia do El Nacional, a primeira que cruzou seu caminho urgente de volta à mesa.

CAPÍTULO 13
Deixa

26 de julho de 1952

Após a estreia, os proprietários da rádio Ariel e do jornal La Voz de Rosario abririam sua residência a uma pequena homenagem aos integrantes da companhia de teatro. Contudo, o falecimento de Eva Perón fizera não somente sustar toda atividade artística e esportiva, por ordem imediata do governo provincial em Santa Fé, como desacorçoara o ânimo festivo do elenco, cuja maioria, inclusive Meneca Norton, mandara suas escusas e declinara. Excetuaram-se três voluntários enviados como sinal de algum prestígio ao convite, e Graciela era uma. Ela ficara para trás no portão de entrada, fumando, antes de juntar-se à recepção.

— Nervosa? — perguntaram às suas costas.

Era o jornalista que ela vira no estúdio, com as mãos nos bolsos, o do leve topete no cabelo e do sorriso que lhe diminuía os olhos a luas minguantes, um raro caso de traço de fisionomia que ela guardara com facilidade.

— Você é aquele repórter.

— Cronista esportivo.

— Não precisam de todos na redação? Devem estar em polvorosa com a notícia.

— Sou da família. Quer dizer, por casamento.

Viúvo, ele acrescentou, sem a pergunta. Graciela acendeu um cigarro dos seus para ele, a pedido. Guardou os fósforos de volta na bolsa.

— Ficaria mais elegante se usasse isqueiro...
— Não sei se dou um carajo para ficar elegante.
— Bem, é a prerrogativa de quem já foi agraciada. Mesmo seu perfil tem seu charme.

Ela sabia o bolero que ele tentava conduzir, lançando anzol à sua insegurança e revestindo-a de elogios fúteis, e tinha reservas tanto quanto tinha certa vontade, além de uma suspeita que se avolumava. O ajardinado detrás do portão alojava trinado de grilos. Ela firmou à cabeça a chapeleta de noite.

— Algum conselho para uma primeira vez em casa de oligarquias?
— Desde que se disponha a brindar uma morte...
— Bebendo de graça — ela respondeu, enfiando o braço no dele —, brindo até incêndio.

Antes de atravessarem o portão, ela se apresentou: Anita Castro. Fernando Dante, ele devolveu, e ela retesou-se ao nome, mesmo adivinhado, e tragou longamente, com os olhos adiante, na entrada da casa coberta de hera.

GRACIELA REPRESOU UM bocejo e ofertou o cálice à moça que passou com a garrafa. Deixara que os colegas da companhia providenciassem anedotas de teatro como tempero à excêntrica monotonia na grande sala de estar dos donos da rádio, carregada de bons modos que mal escondiam, por um lustro de decoro, o regozijo da família com os acontecimentos em Buenos Aires. Em sua quietude, ela colhera algumas vezes o olhar de Dante, em conluio com o seu a cada bagatela: a embriaguez crescente do anfitrião, a sua senhora que devorava doces sem parar, e as indiretas a Evita que ganhavam ousadia no passo das horas e da bebida.

— É bom respirar a liberdade — o filho dos donos comentou, ao lado da esposa grávida.

As velas do candelabro decorativo tinham pavios intocados. Uma moça uniformizada terminava de preencher o cálice de Graciela, e a atriz reparou nos sinais de consternação em sua face, que ela sensivelmente se compelia a reprimir.

— Eu concordo — Graciela respondeu alto. — Há anos não se come um glaceado decente no chá das cinco.

Ela agradeceu à servente, que lhe destinou um ligeiro olhar raso d'água. O homem não retrucou, e sua mulher desviou o assunto, querendo saber se Graciela sonhava em ser atriz desde a infância.

— Só depois que desisti de ser açougueira. Achava tão lindo o açougue do bairro, ele cortando a carne, pesando e embrulhando tão rápido no papel barato. Ainda me recordo do cheiro do pano manchado de sangue que ele usava para secar o balcão e espantar as moscas.

Graciela sorriu aberto e ratificou a veracidade da história com um meneio da cabeça. Viu Dante abafar o riso. Escutou-se o tique-taque do carrilhão.

— Claro — encrespou-se o filho dos donos —, só lamenta quem se beneficiou...

— De novo tem razão. Mandar sapatos a órfãos, máquinas de costura a viúvas... Onde vamos parar? Três refeições ao dia?

Ela emborcou sua taça. Relanceou os semblantes, um por um, do grupo mergulhado em mal-estar. Virou-se à lareira atrás de si, sobre a qual a pintura de uma dama de mantilha fulminava-a de autoridade.

— Plateia difícil — ela disse, em lugar de pedir licença, ao retirar-se para o jardim.

GRACIELA FUMOU PERTO de um bebedouro de pássaros com estátua de querubim, em pé, menosprezando o banco de ferro. Os galhos estavam nus do inverno, e a atriz usava a ponta do sapato preto nas folhas secas. Dante veio juntar-se a ela, com as mãos nos bolsos, o que, pelo jeito, era uma constante.

— Uma peronista na casa dos Godoy.
— Não sou peronista.
— Seja o que for, é extraordinária.

Dante não falhava no itinerário detalhado por Rafael em suas confissões noturnas no terraço sujo da casa de tango de Rebecca Liberman: agora era a hipérbole, o fascínio precipitado, a palavra exata a assanhar a vontade de mais afeto a quem pouco o experimentara. A questão era que, ainda assim, ele lograva fazer parecer que era tudo unicamente para ela, inclusive os olhos de lua querendo bebê-la. Dante estava próximo. Ela molhou os lábios frios e chegou a tomar fôlego para dizer algo; assustou-a o vulto de branco, baixo e rechonchudo, numa janela escurecida do segundo andar da casa, as mãos grudadas no vidro, contemplando o jardim.

— Dios mío. Lá, à esquerda — disse, indicando a figura para Dante. — Aliás, à direita.

Dante perturbou-se de imediato, mas não buscou aquela direção. Firmou os olhos nos dela, aproximou-se e segurou seus ombros delicadamente. Falou baixo:

— Olhe só para mim.
— O que há?
— Esta casa foi um hospital de niños. Há muito tempo.
— Ah, por favor...
— Tranquila — ele pediu, impedindo-a de mudar de posição. — O único jeito de ela ir embora é não olhar.

Dante falava por pausas, calmo e muito convicto. Ela forçou-se a obedecer. Estudava o rosto dele enquanto, no seu campo de visão, ainda percebia o vulto. Atemorizou-se. As sombras do jardim da soturna casa, naquela soturna noite, cercavam-na. Ela sentia os olhos dançarem involuntariamente até que não pôde controlar que se desviassem à janela e, nesse exato momento, foi chacoalhada por Dante em um susto, com gritos breves de ambos.

— Bruto! — protestou, sem deixar de juntar-se à brincadeira.

Dante pediu licença e apressou-se de volta à casa, rindo e explicando:

— Não é um fantasma. Chama-se Vicky.

Se era uma filha, Rafael não a mencionara. De qualquer forma, Graciela mal ficou sozinha no jardim, pois, em sentido contrário a Dante, saiu a esposa do filho dos donos, em um andar desajeitado pela carga no ventre, as mãos à base das costas, e veio ao encontro da atriz. Ela reapresentou-se. Chamava-se Susana.

— Nunca vi meu marido daquela cor antes.

— Desculpe, mas o amargor neste lugar não chegou comigo.

— Está certa — Susana admitiu. Bufou quando ocupou o banco de ferro. — Desde aquele Natal é assim. Meu sogro enfiado na garrafa e minha sogra no açúcar, ambos sem tocar no assunto.

— Que assunto?

— O da filha caçula. Leonor. Irmã do meu marido. Morreu numa véspera de Natal... Para todos os efeitos, tomou a dose errada. Suicídio é termo que não se usa por aqui. Quando Leonor era viva, dominava a casa com suas rebeldias, cabulando aula, saindo às escondidas para bailes. Agora é sua ausência que domina.

— Não sei por que está me dizendo isso.

— Pelo jeito como você olhava para o viúvo dela.

Susana moveu o queixo na direção da casa e de Dante. Contou de um jantar de aniversário de fundação do jornal

La Voz de Rosario, quando Leonor enxergou um jornalista recém-contratado em outra mesa. No final da refeição, limpou-se, retocou a maquiagem e segredou a Susana: "Já que vou me casar com aquele homem, é melhor eu ir me apresentar". Um rompante parecido com os que já dedicara a outros destinos e vocações encontrados e abandonados pelo caminho, mas esse, Susana disse, permaneceu. Ela e Dante dançaram o resto da noite e, à saída, eram namorados. Ao terminar, Susana apontou com um giro do indicador qualquer coisa indefinida na direção da atriz.

— Me lembro exatamente da expressão da minha cunhada quando foi ter com ele no jantar. Leonor tinha isso, de viver em um clarão. Aos poucos a luz foi escapando... Médicos e remédios para algo que ela nunca dizia direito o que era, explicações pela metade. E então aquela véspera de Natal.

— Dante... — Graciela interrompeu-se; a familiaridade do uso do nome estranhou a ela própria. — Ele teve algo que ver?

Susana virou-se para a casa. Bocejou.

— Ando falante demais. — Ela alisou, sobre a barriga, o tecido com estampa em petit-pois. — Esta aqui, se nascer mulher, não vai escapar de ter o nome da tia.

Graciela jogou a bagana do cigarro no bebedouro de pássaros. A luz na janela do segundo andar estava acesa e o vulto desaparecera.

DANTE ACOMPANHOU-A de volta ao hotel. Percorriam o caminho que ele liderava, na cidade fechada em luto, e a conversa ia sem ordem nem elos, guinando os temas como as esquinas: a mania de Graciela de cantarolar à deriva — "este samba é de uma cena de ano-novo, em um filme, e não me saiu mais da cabeça", ela contou —, as lições com Nelly Lynch, o rosarigasino que a fazia rir — com ele aprendeu a dizer que tomaria o bogasondi para ir à loja comprar uma pollegasera — e, muito depois de se afastarem da casa, Leonor, a esposa falecida. Dante disse, em um comedimento que soava penoso e sincero, que Leonor, ou distante e melancólica ou rodopiando em euforia, mas sempre etérea, nunca havia pertencido a este mundo, e um dia o deixou. Também explicou que a filha Vicky, a silhueta no quarto do segundo andar, estava em Rosario de férias, pois, depois da morte de Leonor, havia sido mandada ao internato em Buenos Aires, mesmo tão nova, sem que ele fosse consultado, e ele se ressentia, mas com os Godoy só restava obedecer.

— Até porque existe um... pacto. Muito tênue, mas está ali. Em troca da nena, eles me absolvem da responsabilidade que evidentemente me atribuem por Leonor. E nem precisariam. Eu mesmo me culpo. — Dante socorreu-a de um passo em falso na fenda do calçamento. — Nunca confessei a ninguém.

Graciela gostava da voz, ainda que estivesse manipulando-a: a confidência, a história triste. Houve um silêncio prolongado. O frio úmido vindo da rambla produziu um arrepio e uma sacudida em seu corpo.

— Agora você me deve um segredo — ele tentou.

— Que casa rara, o jeito como falam e não falam das coisas.

— E você, do que não fala?

Ela abriu a bolsa e mostrou, com uma piscadela, os doces que roubara para um lanche tardio.

— Não, senhorita Castro. Algo importante. Seu nome.

— Faz horas que lhe disse meu nome.

— Que não seja artístico.

— Certas coisas há que fazer por merecer, senhor Dante.

Ela perguntou se houve alguém depois de Leonor, e Dante negou. Graciela não soube o que fazer com a resposta, pois, por um lado, era mentira, houvera Rafael; e, por outro, seria incomum que Dante o confessasse tão logo. Era um caminhar acidentado o deles. Estavam diante de cartazes de propaganda sobre uma parede cinzenta: o concerto de uma orquestra visitante, um circo que já partira da cidade, um sorridente candidato ao conselho municipal a quem um artista amador acrescentara chifres, cavanhaque e um bigode espiralado. Um automóvel trafegou próximo à calçada e, de dentro do veículo, dois rapazes urravam vitória e lançaram pela janela uma garrafa que se espatifou contra o muro. Os cacos de vidro precipitaram-se, esparramados no pavimento, e o líquido escorreu sobre os anúncios. Um rato cinza e eriçado disparou dali perto.

Quando chegaram, após serpenteios dispensáveis em Rosario, não estavam no hotel, e sim no edifício modesto que Dante habitava.

— Deve estar surpresa, mas...

Graciela encheu-se de um elã cuja origem vinha dela e de fora, como se cumprisse uma ordem premeditada e incontrolável. Subiu às pontas dos pés, quase encostou-se ao jornalista, bem no recanto do peito, ombro e pescoço onde descansaria a cabeça de uma amante nas horas miúdas da madrugada, e o sussurro foi um mormaço fatídico:

— Não precisava ter me despistado, desde sempre viríamos parar aqui.

22 de abril de 1977

Antes que Milena pudesse terminar de ler a primeira frase do seu signo na coluna de astrologia, à busca do que Victoria houvesse ali deixado, interromperam-na o editor e o bilheteria de cinema, tratando em dupla de um problema ridículo e vindos de supetão à sua mesa, quase fazendo-a praguejar. Mas ela resistiu, ante a precariedade de tudo, o país que se esfacelava, o ambiente instável no jornal e a sua situação com a chefia. Eles faziam considerações que eram ataques velados a Victoria e, mesmo engasgando o repúdio, Milena, sabendo-se testada, concordou tacitamente. O jornal aberto queimava sob seus cotovelos.

— Aqui somos todos colegas, a colaboração é primordial...

Não a evadiam os vários sentidos da colaboração a que o editor aludia, mas suas palavras escorriam nas paredes do túnel que se formava, vertiginoso, na mente de Milena, sem que ela pudesse contê-lo, congregando todo seu pensar a Victoria e ao horóscopo. Pontuou alguns gestos e interjeições para ostentar atenção ao chefe, desviou o olhar ao jornal, folheou-o despojadamente como para avaliar o conteúdo da página e leu o início das previsões de Touro: "Não deixe de jogar na sorte: os astros dizem que é hora de apostar".

— Você o que acha, Milena?

— Acho que sim — ela disse de imediato, levantando o rosto.

Ele se satisfez com a resposta e afundou no túnel. Jogar na sorte, os números da sorte dos signos, o código de Victoria com os números distribuídos no alfabeto que ela explicara aquele dia no banheiro. Seria impossível anotar e decodificar as dezenas na frente dos dois; essa parte ficaria para o final. Era necessário ir adiante. Milena pegou uma caneta e simulou corrigir algo no próprio artigo. Fisgou o trecho seguinte: "Siga o rastro do brilho da esmeralda rumo" e, antes de terminar, o papel sumiu diante dela, arrancado por um dos homens.

— É o que digo sobre o espaço que destinamos a cada filme...

— Não — ela pediu, em tom anêmico, e segurou o jornal, agora em mãos do bilheteria de cinema. Os dois homens encararam-na. — Quer dizer, ainda preciso.

Ele devolveu-o sem convicção. Milena debruçou-se e buscou participar mais, contornando o momento. Falou de colunas e parágrafos e deixou que os dois embarcassem em uma tangente. Do seu lado do túnel, pensou na esmeralda. Rodou a caneta nos dedos. Era a Parker do lusco-fusco verde que aparecera na sua mesa no dia anterior e, camuflada no porta-lápis, passara despercebida na possível inspeção que desarrumara a mesa. Lembrava uma pedra preciosa.

— Bonita Vacumatic.

— Sim... — ela concordou.

— Eu coleciono canetas-tinteiro — seguiu o bilheteria de cinema. — Um ofício nobre demanda um nobre instrumento.

— Claro que coleciona.

— Perdón?

Milena enfiou os dedos no porta-lápis, sem encontrar nada atípico. Seguir o rastro da esmeralda: seguir o texto saído da caneta? O editor repetia algo.

— O quê?

— Está longe, Milena.

Ela mencionou estar lutando contra um bloqueio na matéria sobre a montagem de *Fedra* no Cómico e querer fazer as palavras cruzadas, pois a ajudavam. O editor anuiu devagar.

— Também tenho manias. Meu truque é... — o bilheteria tagarelou.

Milena observou-o, tentando interessar-se, pois sabia do estranhamento conspícuo do editor. Sentia-se febril desde o colo e secou o suor do rosto antes que pingasse.

— Estou um pouco tonta — disse, ao questionamento do editor se passava bem.

— Vá tomar água e dê um fim a essas dietas — ele ordenou, suas dúvidas tombando para o lado da simpatia. — Se seu marido gosta, é o que importa.

O editor e o bilheteria finalmente saíram. A redação inteira agora caía no túnel, e de tal maneira que sua imagem e seus sons se despedaçavam e perdiam o sentido, um caleidoscópio disforme. Milena não enxergou nada mais do que a frase seguinte para Touro: "Siga o rastro do brilho da esmeralda rumo ao tesouro que se esconde lá, no mirante de onde se vê a galáxia". Abandonando em parte o controle, rasgou metade da página, ergueu-se de um pulo e marchou à saleta do depósito, a coluna de astrologia esmagada no punho tenso.

26 de julho de 1952

— Eu disse. Sou desajeitada.

Graciela e Dante desfrutaram o ensaio dos toques na dança, a oferenda dos corpos em um jogo de promessas que fermentava, porém o ritmo sofria e a fazia rir constrangida. Não era, ela lembrou, como dançar com Rafael, que acertava o compasso pelos dois, mas havia a sede recobrindo tudo. Agora descansavam no sofá, e ela recebia um beijo na curva do ombro, aconchegada nele enquanto olhava fotografias. Uma era da filha de Dante, em meio ao que seria uma pirueta de bailarina, e impressionou-a o inusitado da textura, do foco fugaz do registro.

— É uma máquina nova — ele disse.

— Me mostre.

— Certas coisas há que fazer por merecer — Dante sugeriu, enigmático, e pegou o retrato da filha. — Tenho de incentivá-la a dançar. É retraída nos movimentos, como você, sempre acha que está errando. E eu digo: faça de qualquer jeito, Vicky, misture o que sabe e o que não sabe, a única maneira de dançar é tudo ou nada.

Ele olhava a imagem da criança desde léguas e com um enlevo tremendo, as pupilas coladas magneticamente à carinha obscurecida pelo braço e pelo cabelo. Devia ser bom ser olhada assim, ocorreu à atriz. Ela alcançou os cigarros e os fósforos na bolsa jogada ao baú que fazia as vezes de mesa de centro no apartamento improvisado, lembrando bastidores de teatro. Dante largou ali a fotografia.

— Tenho um presente — ele ofereceu. Buscou algo em uma gaveta e entregou-lhe. — Veja, é musical.

O isqueiro, em tom dourado, tocava um trecho de valsa ao girar de uma pequena manivela. Graciela disparou a chama mais de uma vez e recusou-o:

— Gosto dos fósforos... Uso no trabalho — acrescentou ao ver que ele perdia o sorriso. — Nelly me ensinou.

Dante não retornou a ela; encostou-se ao móvel de onde retirara o isqueiro e pôs as mãos nos bolsos. Aos pés do móvel insinuava-se pó de cupim. Graciela tentou novamente.

— Você deve ter coisas assim ao escrever, não? Bobagens para dar sorte? — Ela tocou o broche de pétalas e contas negras. — Isto também, tenho há anos e sempre uso em dias importantes, testes, estreias.

Ele continuava frio. Mexeu no cabelo e fechou os olhos:

— Era de Leonor.

As atitudes de Dante convergiam às histórias sobre ele, esse estar em carne viva o tempo todo, o trabalho de ourives que era navegá-lo e o agridoce dos afagos e seus reversos. Desafiando tudo, Graciela acreditava que certas coisas entre eles eram irrepetíveis, tal qual aquele instante, ela cômoda no sofá, ele em pé do outro lado da sala, o espaço entre os dois e o temor de que, por uma mesquinharia, ela pusera a perder a noite inteira de avanços insaciados, o germinar de algo talvez incalculável. Ela sentou-se ereta e terminou o copo da bebida forte que ele servira sem nomear. Pediu mais, docemente.

— Acho que chega — ele respondeu, a voz uma guilhotina.

— Por quê?

— Na rua já tropeçava de bêbada, tive de ampará-la.

— Do que está falando? Meu salto entrou no buraco da calçada e pisei em falso. Você viu.

Dante voltou a sorrir, paternal, o que a confundiu mais.

— Está bem — ele cedeu cinicamente. — Me enganei eu.

Ele tornou a sentar-se e serviu outra dose da garrafa imitando cristal. Graciela bebeu. Abaixou os olhos ao copo entre as mãos, circundou a borda com o dedo. Dante veio. Delicadamente, traçou um caminho com os lábios em seu pescoço. Ela virou-se para ele, hospedando de bom grado o carinho, desafogada do mal-estar de antes. Deixou o copo no baú e agarrou-o em um beijo.

— Vamos logo — disse, sem as bocas se desunirem por completo. — Já perdemos tempo — falou aos gemidos. — Já perdemos tanto tempo.

Era cruel e inevitável a sobriedade dos sentidos depois dos trajetos desordenados e famintos dos corpos um no outro, em cada reentrância da pele coberta da solução dos cheiros, salivas e suores misturados. Dante dormia despido nos lençóis revoltos, e Graciela contemplava-o em silêncio, na penumbra, tornando a enganchar os brincos às orelhas e erguendo do piso a anágua com a menor ação possível. Não o despertaria, de forma a resguardar-se da punhalada de ver o interesse por ela extinto, pois consumado. Entristecia-se. Levantou-se para subir a anágua à cintura.

— Onde vai?

A voz dele, amortecida de cama, convidava.

— Se quiser que eu fique...

Dante respondeu procurando sua mão. Segurou-a e trouxe-a entre as suas. Graciela sentou-se. Aquilo era de todo novo, os encaixes tenros e perfeitos dos dedos e das línguas e, adiante, o quão fundo e quente ele entrara nela. Ela se curvou, os dois se beijaram, e adiaram a manhã ainda uma vez.

Na segunda vez em que se sentou à cama de Dante naquela madrugada, a atriz subiu nela, cruzou as pernas e, instada por ele, cobriu os olhos, na expectativa da surpresa que ele anunciava. Ouviu sons de encaixes metálicos e quase espiou.

— Só não me assuste — pediu, encolhendo-se, e deu uma risada que morreu com o súbito clique de uma câmera.

De golpe, ela abaixou as mãos. Ao clique sucedeu um breve ruído morredouro. Dante estava à porta, segurando a máquina, uma caixa retangular revestida de couro marrom da qual se projetava, como focinho de fera, a cabine escura sanfonada terminando em uma fronte de metal polido que ostentava ao centro o círculo impiedoso da lente. Havia hastes e botões e, na lateral, o visor, detrás do qual surgiu o rosto do jornalista. Ele fechou o visor retrátil, abriu as costas da caixa e veio à cama.

— Aqui está — disse, com orgulho e malícia. — Trazida de viagem. Não produziram muitas.

Dante sacudiu um quadrado de papel fotográfico branco e úmido. Deu-o, sorridente, a Graciela, que tomou-o pela ponta e, de lábios entreabertos, como estava desde o registro, testemunhou o espantoso materializar do próprio retrato, os contornos da imagem engolindo e vencendo o esbranquiçado para revelá-la, nua e desprevenida, ocultando-se infantilmente. Era a prova das histórias de Rafael: o instantâneo, a exposição à revelia, a insinuação de um vínculo e de um desafio na repentina posse de uma parte dela que poderia ser tanto lembrança quanto instrumento futuro. Dante falava das maravilhas do artefato, da revelação na mesma cabine interna, dos múltiplos ajustes disponíveis para a distância focal, do reles minuto necessário à cristalização da foto.

— Deveria ter me avisado — ela arguiu, de início covarde e, a seguir, mais decidida. — Não pode fazer sem me avisar.

Graciela jogou ao leito a fotografia, puxou os lençóis e recuou.

— É um elogio — Dante contrapôs. — Não pude resistir a fotografá-la.

— Não é direito.

Ela balançou a cabeça. O estômago doía, e da agonia brotava a ira, quase a turvar as vistas. Dante formulava protestos. A atriz levantou-se e vestiu-se a lancetadas, mais carregando do que portando as roupas e suas coisas, e lançou-se pelo quarto e pela sala até a porta. Ele vinha atrás, dizia que ela o rejeitava de novo, rejeitara-o desde o início, contrariava tudo, encantar-se por ela era subir montanha acima, e ele garantia que, apesar do ataque de recato, ela devia se divertir todas as noites com os colegas de elenco. Graciela não respondia, exceto ao insistir que não era direito, mas — e não sabia precisar o motivo — cada palavra dele a alvejava. Ela bateu a porta do apartamento atrás de si. Calçou os sapatos e enfiava as mangas do casaco quando percebeu que o broche não estava preso ao vestido. Desacelerou seus movimentos. Voltou, arranhou a madeira com as unhas e, logo, bateu com os nós dos dedos, uma vez só. Ele abriu, e não estava atrás da porta quando ela a empurrou devagar: estava à janela, virado de costas.

— Meu broche da sorte...

Dante já o pusera no canto da mesa. Não se voltava. Graciela pregou a bijuteria no tecido e desolou-se. Aquelas horas haviam sido como beber o primeiro gole d'água e, aí, dar-se conta da sede abissal e querer encharcar-se da torrente da represa, mesmo se a afogasse. Era tudo tão quebradiço, e bonito, e terrível. Ela falou, firmando a voz:

— Aquilo que disse da sua filha... De ter pena de levá-la ao hipódromo porque se decepciona se o cavalo dela não vence.

Ele não se moveu.

— Ponha um trocado em cada cavalo do páreo. Depois, invente que se enganou na hora de apostar e ela acabou ganhando assim mesmo. — Segurou a maçaneta para puxá-la. — Por um tempo ela vai acreditar. É o que basta a uma menina.

Dante ficou de lado, encarou o chão, e então Graciela. Qualquer coisa ruía neles e entre eles. Em Dante surgiu o que parecia uma lágrima, mas ele sorria. Ela se apanhou correspondendo.

— Catástrofe... — falou baixinho. — Vai ser uma catástrofe — reconheceu, inebriando-se da possibilidade.

Ele deu o primeiro passo. Precipitaram-se um ao outro na sala.

— Você precisa saber que está segura — Dante disse, segurando ambas as faces da atriz. — Aconteça o que acontecer comigo e com você, com qualquer pessoa, as insignificâncias dos outros, as baixezas de cama, nada pode quebrar isto, entendeu? — Beijou-a e manteve os rostos próximos. — Nada vai interferir.

— Nada, nunca, pode interferir.

Amaram-se ali mesmo, aos borbotões, contra a parede e sobre a mesa. A atriz sabia que ele engendrara a incisão final, identificara o nervo para prometer a cura. E, quando chegou a duvidar se ele não tinha razão quanto ao passo em falso e à fotografia, agoniou-a a lembrança de como Rafael acabara sem distinguir verdade e mentira. Decerto assim Dante quebrava, discretamente, fenda por fenda, e sempre cercando tudo de tamanho aconchego que Leonor, e Rafael, e agora ela, mal sabiam onde procurar os pedaços ao final. Mas ela se fartara de dissecá-lo, de entrincheirar-se em cuidados; queria diluir-se na crença de que nem a Rafael, nem a Leonor ele poderia ter olhado daquela maneira ou soluçado semelhantes juras. Um homem capaz de devotar-se à filha era capaz de amar, bastava ser a pessoa certa a romper a couraça que ela também suportava. Dante era o veneno e seu antídoto, e quão doce era o vício, como era poderosa a atração do desfiladeiro para um voo de iniciante.

— Pode ser que eu tenha tropeçado sozinha — Graciela segredou, mais tarde, vendo na janela as nuvens cor-de-rosa reunidas no horizonte e o sol prestes a se levantar. Não lhe saía fácil a inverdade, mas era recompensada pelo estreitar do abraço de Dante. Ela afinal aceitara o isqueiro, antecipando a falta que sentiria dos fósforos, e, em troca, acionou-o e chamuscou, por uma borda, a fotografia instantânea. O fogo, devorando o papel ao som da valsa do isqueiro musical, deu-lhe um calafrio: o acordo estava negociado, singular e indestrutível, e o torto das cláusulas era a origem de todo o feitiço e todo o perigo.

A máquina fotográfica descansava na mesa de cabeceira, as palavras Polaroid Land Camera, Model 95 mínimas e finas na fronte de metal. Ao lado da câmera, outro objeto de estimação cuja existência Dante acabara de partilhar com Graciela: o único instrumento ao qual confiava a escrita e revisão dos seus textos, uma caneta-tinteiro rajada de verde cujo cintilar ia e vinha contra a luz. Era bonita, diferente, mas o modelo daquela Parker tinha um nome específico que ela olvidara rápido.

Muitas vezes, nos anos e décadas seguintes, Graciela se lembraria do intervalo fatal de segundos defronte à porta de Dante, no corredor alto e triste do edifício. Sempre que, em diálogos inconsequentes, aguados de champanhe morno ou de café frio, ouvisse histórias de incríveis coincidências do destino, de gente que escapou de acidentes por um atraso e de amores iniciados em uma confusão fortuita, Graciela pensaria na queda do broche de pétalas, sem a qual ela talvez houvesse deixado o apartamento sem retornar e sumido na noite de Rosario, ilesa, para esquecer e ser esquecida.

22 de abril de 1977

O tempo frenético e lancinante que Milena passou sozinha na saleta do depósito, decodificando as mensagens de Victoria, seria lembrado por ela em relâmpagos.

Ela revirou as gavetas do móvel onde estivera sentada naquele dia com Victoria, mas, sem saber o que buscava, era impossível destrinchar a montoeira de material antiquado e encontrar ali um sentido às palavras do horóscopo, que ela relia de quando em quando, como se tornassem a iluminá-la. O mirante de onde se vê a galáxia, ela pensou, devia ser aquele pequeno gaveteiro; não lhe ocorria outra leitura, e ao mesmo tempo era um tanto óbvio enfiar nas gavetas seja lá o que fosse — atípico para Victoria, que até então deixara as informações aos pedacinhos, de forma a não colocar elas duas e nem Mercedes em risco — e garantir que somente Milena teria o conjunto.

Ela se frustrava e cansava. Jogou um grampeador coberto de ferrugem para dentro da gaveta e fechou-a. Sentou-se no móvel. Tinha em mãos a astrologia rasgada do jornal. Voltou ao início de Touro: "Não deixe de jogar na sorte: os astros dizem que é hora de apostar". Puxou uma folha qualquer e um lápis velho do armário de ferro, escreveu o alfabeto e começou a distribuir nas letras as dezenas de um a noventa e nove. Alguém girou a maçaneta lentamente: decerto eram o bilheteria de cinema e a recepcionista querendo ver se a saleta estava livre, mas podia ser um aviso, e Milena apavorou-se, interrompeu todo ruído e manteve os olhos arregalados na porta. Seria o primeiro dos clarões insculpidos em sua mente, a ameaça da maçaneta redonda e então parada durante aquele minuto de respiração suspensa.

Quando relaxou, apoiou o braço no armário de ferro e inspirou fundo. Olhou para o alto e permitiu-se um descanso. Viu a luminária simples, esférica, com uma das lâmpadas queimada, e viu a prateleira superior do armário, tomada de caixas. Pensou que eram os ângulos nos quais ela se fixara naquela ocasião com Victoria, o ponto de onde ela vira a galáxia, e pensou no "buscame por el cielo" de Mistral. Subiu cautelosamente no gaveteiro, equilibrando-se devagar, rezando para que ele a sustentasse, e alcançou a caixa mais à beira, empoeirada, mas com trilhas e falhas no pó como se recentemente mexida. Leu o conteúdo: eram mata-borrões que ninguém mais usava, e a marca oferecia "superior absorção". O rastro do brilho da esmeralda: a tinta da caneta-tinteiro.

Desceu a caixa. Abriu-a e tirou de dentro, um a um, os mata-borrões. Ao fundo, sob uma camada de papelão que lhe pareceu espessa demais, encontrou um envelope grande e cheio. Descartou a caixa ao piso, rasgou a borda do envelope e sacudiu-o ao colo. Era a segunda imagem que assomaria como relâmpago: um castigado calhamaço de páginas misturando escrita datilográfica e à mão, e uma fotografia, que escapou e borboleteou ao solo. Milena segurou o manuscrito, reconhecendo fascinada a letra de Victoria, o trejeito de usar e desistir de uma infinidade de títulos rasurados no cabeçalho da primeira página, a primeira frase longa e esmagadora: "Passei quatro tardes da minha vida com Graciela Jarcón; todas eram quartas-feiras, e nas primeiras três — dias perdidos na névoa das férias escolares da minha infância em Rosario, no intervalo dos anos posteriores aos barbitúricos de mamãe e anteriores ao balaço na cabeça de papai — ela era uma personagem de Juan Carlos Onetti".

Milena folheou-o, todo remendado e rabiscado, mas evidente no seu transbordar. Victoria contava de si e de Graciela Jarcón; de memória, verdade, arte e literatura; de mulheres ficcionistas e recriadoras de si mesmas; e falava, de início por metáforas e progressivamente em termos desvelados e acusadores, culminando em denúncia aberta de desaparecimentos prematuros, apagamento político, realidades negadas, silêncios e mentiras criminosas. Perto do fim, o texto era uma amorosa dedicatória aos pais, à escrita, ao povo argentino, à teimosia da esperança e das lutas, ainda que perdidas, e também aos amigos, inclusive uma, anônima, fã de bombons sortidos e exímia escritora. Milena leu-o aos pedaços: quando virou a última página, a maçaneta girou de novo, agora duas vezes.

Ela não se intimidou como antes, e pegou a fotografia tombada. Da esquerda para a direita, Cacho, outro rapaz, que ela desconhecia, Victoria e outra moça, ruiva, olhavam para a câmera com semblantes festivos e uma mesa de jantar em desordem ao fundo. Em cima das cabeças, respectivamente, os números 1-2-3-5, e o 5, sobre a ruiva, estava circulado. Milena não compreendeu a quebra na contagem das pessoas na foto, mas lembrou os números da sorte dos signos, pegou o jornal e tornou a redigir em um ritmo mais febril. As dezenas do horóscopo transformaram-se em letras, que ela agrupou em sequências, chegando eventualmente aos nomes completos que formavam. Entendeu logo que a ordem de nomes era a ordem de pessoas na foto, mas o último sobrenome, da moça ruiva, era esquisito: "Beatriz Acostaqc". Tentou rearranjá-lo. Achou que teria de retroceder ao código, à distribuição no alfabeto. Perturbava-se, esfregou o rosto e o cabelo. Colocou a fotografia sobre o manuscrito, que estava virado na última página, e a folha com os rabiscos dos nomes. Atentou ao número cinco e ao fato de que estava circulado. Então compreendeu.

A maçaneta insistiu e Milena já não escutava, transfixada no derradeiro lampejo de imagem que a perseguiria. Na fotografia, o rosto sorridente de Victoria. Na folha de rascunho, os nomes decodificados de Ernesto Ginsburg Sader, Victoria Dante Godoy, Carlos Alberto Moreno e Beatriz Acosta. E, no manuscrito, em maiúsculas cerimoniais no rodapé da página, as iniciais a-m-ll-e-d-g da ave-maria, a marca dos textos definitivos, os que mereciam ficar como legado.

As letras adicionais extraídas dos números, "qc", que Milena havia incluído confusamente no sobrenome de Beatriz, não deixavam mais dúvidas, ante o "5" e o veemente círculo que identificavam Beatriz na foto: fosse quem fosse Beatriz Acosta, era ela a quinta-coluna do grupo.

CAPÍTULO 14

Camarim, última chamada

23 de abril de 1977

Teodoro andou em círculos diante da porta do camarim do Cervantes. O elevador abriu-se e Rafael saiu, acompanhado de uma senhora que abraçava uma pilha de documentos junto ao corpo. Os dois tinham pressa, especialmente a mulher, e Rafael apenas destinou um olhar a Teodoro antes de bater rápido e avisar ao interior do camarim:

— Milena Martelli do El Nacional.

A senhora parou à porta, esbaforida e com olheiras. Teodoro, no corredor, não espiou para dentro, de forma que somente adivinhou, pela expressão da mulher, a intensidade com que as duas se fitavam. Escutou Graciela dizer:

— Então você é que é Milena.

Ela entrou e Rafael fechou a porta. Teodoro dominou a curiosidade até que o próprio Rafael encostou o ouvido, e então imitou-o, dividindo com ele uma aflição silenciosa. Antes que discernissem qualquer conversa, o diretor de palco arremeteu pelo corredor em uma agitação de galinha degolada, com cigarro e prancheta.

— Belo serviço, hein, Teo? — reclamou.

O diretor esmurrou a porta. À falta de resposta, tentou abri-la e encontrou-a trancada. Esbravejou, com a mão sobre as têmporas, fumou e pôs fumaça pelas narinas. Alertou Rafael enquanto saía:

— Lacorte autorizou a substituta.
— Nem soou a chamada final!
— E você — acrescentou, dirigindo-se a Teodoro —, venha comigo.

Acatando a ordem, Teodoro começou a seguir o diretor. Voltou-se para Rafael e abriu os braços, em sinal de que nada podia fazer. Resignou-se ao passo do chefe, escutando-o, lastimando que por um triz lhe escapava poder, no futuro, contar que vira Graciela Jarcón interpretar Lady Macbeth no teatro.

MILENA TRANCOU A porta do camarim, por instrução de Graciela, e sentou-se. Afastou acessórios e bijuterias e depositou os originais de Victoria, que ela transcrevera à máquina e fotocopiara, no balcão da penteadeira. Graciela não se moveu. Pousou nos textos os olhos mascarados da maquiagem dramática.

— Estava até agora correndo, dando telefonemas. Ninguém vai publicar. — Dobrou os cotovelos atrás do corpo e alongou-se do peso da pilha. — Muito menos o El Nacional.

Bateram forte, tentaram entrar, e Graciela sequer piscou. Seu olhar deslizou sobre as primeiras linhas. Milena estudou-a e tomou um copo d'água sem pedir. A atriz recuou como se as frases lidas a ferissem, pegou da penteadeira os Chesterfield e os fósforos; tanto o cigarro quanto o palito tremelicavam em seus dedos.

— Pode ser que Vicky tenha feito cópias e posto no correio, como fez Rodolfo Walsh — Milena acrescentou. — Ou estas podem ser as únicas.

— Você também deve querer saber por quê — Graciela falou, por um canto da boca, o outro sustentando o cigarro enquanto o acendia. — Foi isso o que ela me perguntou na Ideal. Por isso a camuflagem, para evitar uma resposta pasteurizada em desculpas.

— Ela diz aí que no fim das contas — Milena tocou os originais — era tudo o mesmo, ou medalha, ou seu reverso.

Milena tirou da bolsa a Parker Vacumatic e largou-a sobre a pilha. O rosto de Graciela esteve a ponto de cair; nesse instante, uma caixa de som próxima ao teto emitiu um breve chiado e, em seguida, o alarme: "Graciela Jarcón, última chamada, cinco minutos para entrar em cena". A atriz consternou-se e pareceu faltar-lhe o fôlego. Milena tirou a fita cassete da bolsa e deixou-a sobre a pilha de papéis.

— Se quiser destruir.

Graciela chegou perto.

— Não tenho tempo de ler. Me conte depressa.

Segurou as mãos de Milena, quase implorando. Milena surpreendeu-se, mas em segundos correspondeu e inclinou-se à frente como Graciela, as duas espelhadas, o cigarro fumegando entre os dedos da atriz.

RAFAEL INTERROMPEU SEU clamor à porta, que àquela altura virava desespero, quando ela se destrancou e revelou primeiro Milena e depois Graciela. A esposa vinha não completamente serena, mas sólida; tomou o braço dele e guiou-os, em silêncio, no caminho ao palco. Rafael e Milena entreolharam-se. Os passos de Graciela, com o apoio do corrimão, desceram ligeiro a escada, e Rafael, em seu encalço, erguia a cauda do vestido verde profundo, acinturado, com mangas de morcego. Começaram a deparar-se, no trajeto, com pessoas em diversos estados de admiração ou nervosismo, e todas, à vista de Graciela, aquietavam-se. Ao final da escada, passaram pela sala dos atores. Alguns desejavam mierda, outros calavam em reverência; atrás deles formou-se um grupo agitado (a camareira, os técnicos, os assistentes), rodeando-a, aprumando-a, fazendo perguntas e dando orientações, e era Rafael quem os atendia. Atravessaram o corredor que levaria ao palco e, ali, Teo se virou e sorriu deslumbrado ao vê-los. O diretor de palco, que falava à substituta, enfureceu-se e em instantes transitou para conformar-se e abrir passagem, respeitoso. A substituta sorriu, mais brandamente do que Teodoro, e fez uma mesura simbólica. Cutucou um técnico ao seu lado:

— Você me deve plata.

Um contrarregra passou a Graciela a carta e o castiçal a serem usados em cena, e todos abriram passagem respeitosamente. Rafael e Graciela pararam em frente aos bustos de María Guerrero e de Fernando Díaz de Mendoza. Rafael fez os últimos ajustes na maquiagem e no cabelo.

— Como se sente?

— Como se fosse morrer — Graciela confessou. — Mas tudo é espetáculo, Rafi.

Ela sorria e penava desde recônditos cavernosos que nem ele alcançaria. Mais atrás, Milena observava-os, tão esfíngica quanto. Graciela deixou-o. Foi às portas espessas que davam ao palco e exibiam o aviso severo de silêncio. Voltou-se uma última vez para Milena e, ao diretor, acenou de leve a cabeça. Virou as costas, nas quais descia a cascata do penteado volumoso. As portas se abriram e, por um momento, antes que cerrassem novamente, Rafael, Milena, Teodoro, o diretor de palco, a substituta e os outros tiveram a visão de Lady Macbeth nas sombras da coxia, só, prestes a materializar-se na vasta sala principal do Teatro Nacional Cervantes, uma figura mínima e majestosa ante os panos laterais negros, o pano central aberto, a boca de cena vazia, os holofotes da ribalta, os círculos de luz no solo, a escuridão expectante. Ela cruzou o limiar do cenário e desapareceu.

23 de abril de 1977

A casa desapercebida, em um bairro residencial desapercebido, emprestada por amigos de amigos, era um mosaico de seus usos: em um quarto havia um berço e uma pintura de ovelhas saltitantes na parede, outro parecia um escritório administrativo com um calendário de mesa de 1973; a cozinha tinha revestimento à mostra e acumulava material de uma reforma por concluir; e a sala de estar era de pilhas de livros e discos, uma televisão portátil e um colchão nu sobre o carpete. Recentemente o local era entreposto a quem precisasse passar uns dias incógnito, como agora Victoria e Cacho, à espera de informações de itinerário seguro. Eles mantinham as janelas fechadas e arriscavam pouca luz; Victoria estava no quarto do berço, lendo, no batente da porta, as datas ao lado de linhas marcando a altura crescente de uma criança. Os ocupantes transitórios fizeram antes a descoberta, pois deixaram ali também algumas datas, nomes, iniciais, palavras de ordem. Cacho chamou-a da sala e ela atendeu.

— Vai começar um filme — ele disse, abatido.

Ela terminou suas inscrições, apagou a luz e foi ao amigo. Deitou-se com ele no colchão. Haviam feito amor mais cedo, e, embora seguissem pouco vestidos, o ímpeto já amortecera. A sala estava iluminada somente pela tela, que mostrava os nomes de Mecha Ortiz e Hugo del Carril. Victoria lembrou que, do outro lado da cidade, Graciela Jarcón era Lady Macbeth.

— Aqui perto era um estúdio de cinema... Há muitos anos — Cacho mencionou. — Agora só tem o hipódromo.

— Quero dar um pulo ali amanhã. Colocamos uns mangos em cada cavalo, e assim ganhamos de qualquer maneira.

Ela encontrou os olhos duvidosos de Cacho. Fechou, de brincadeira, a pálpebra do mais estrábico.

— Não me diga o que vai acontecer, Cacho.

— Nem que eu soubesse, Vicky.

Cacho sorriu triste, e Victoria acariciou-o.

— Ando tão boba.

— Lembra o meu conto da aula do velho Maldonado, na faculdade? Aquele que fez você sair da sala em protesto? Era uma corrida de cavalos.

Victoria prestou atenção a uma cena do filme, em que as personagens arrumavam-se para uma festa elegante. Ela suspirou.

— Ultimamente cada vez menos quero deixar as coisas por dizer...

— Sim?

— Esse dia, Cacho, do seu conto. Na semana anterior, Maldonado me recebeu na sala dele. Me chamou com aquele jeito de juiz de paz e disse: "O seu texto é o melhor, mas vou melindrar o pessoal do segundo ano se ler uma caloura em aula...". E coçava a barba. "É assim mesmo, chica, inveja de escritores". Eu compreendi, aceitei, até agradeci. E então, na aula, o velho anunciou o seu nome. Outro calouro.

Victoria alisava o queixo. Ele fez silêncio. Ao escutarem um automóvel na rua, os dois preocuparam-se, mas o som distanciou-se. Cacho retornou à conversa:

— Eu teria feito a mesma coisa e saído da sala.

— Nunca contei porque parece vaidade. Ou mentira.

— Queria ter conhecido você melhor naquela época — ele disse, a voz apagada. — Essa história de Maldonado. Aquela noite no Di Tella, na saída da peça, quando você quase foi falar com Graciela Jarcón e desistiu. E o porquê de sempre mudar o assunto quando se falava da obra de Onetti. Perdemos tempo.

— Mas nos divertimos, você, eu e Ernesto.

— E Ernesto.

Ela fez outro carinho nele, desta vez no peito descoberto.

— Lembra de quando íamos às instituições das vilas? Voltávamos chorando e enchíamos a cara para amenizar.

— E os debates nas reuniões. As brigas dentro do movimento.

Victoria mexeu-se devagar. Ficou sentada entre Cacho e a televisão. Olhava para ele.

— Com a promoção da justiça social e das liberdades democráticas, com a denúncia de quaisquer governos que as ameacem — ela recitou, vagarosamente, a ata fundacional.

— E com a defesa intransigente do povo — completou ele.

— Nós três dançamos bem, Cachito. No baile da associação. Não acha?

— Fizemos bonito, Vicky.

Victoria voltou-se à tela. Era uma festa de ano-novo, cheia de brindes e serpentinas, em um salão com orquestra. Tocavam algo como um samba. O volume era moderado, mas mesmo assim ela tomou impulso, ficou em pé e puxou as mãos de Cacho, tirando-o para dançar.

— Achei que não gostasse — ele observou.

Era de pensar que Victoria recebera uma descarga elétrica: ela começou a agitar o corpo, jogar pernas e braços ao seu bel-prazer, sem cadência lógica, mas divertindo-se à grande. Misturava o samba com passos de charleston e swing. Cacho ia no seu compasso. Ele riu.

— Que bailado é esse?

— É tudo ou nada — disse ela, iniciando uma pirueta. — O único jeito de dançar.

Victoria temia que as náuseas voltassem, mas isso não aconteceu. Levou Cacho em um tango que se transformou em twist. Depois soltou-o e atirou-se em candombe e em uma dança moderna interpretativa. Ele deu uma risada mais alta. Ia fazer outro comentário quando bateram forte à porta. Cacho recuou, pôs-se diante de Victoria e os dois trocaram um olhar apavorado. Ficaram imóveis. Bateram de novo, mais forte, esmurraram, chutaram. Ela havia coberto a boca: descobriu-a e, para assombro de Cacho, embora séria, engatou um movimento de sapateado.

— Não terminei.

— Vicky, temos que ir!

— Ir para onde, Cacho? — Victoria recobrava parte da alegria. — Vamos — estimulou —, vamos dançar até quando der.

Continuaram os chutes. Cacho dividia o olhar entre a porta, que começava a ceder, e a amiga, tresloucada entre mambo e discoteca sobre o colchão. No momento em que, no filme da televisão, terminava a contagem regressiva e Victoria entrava com abandono e desenvoltura na parte do balé clássico, o baque mais violento derrubou a porta.

O paradeiro da Polaroid Model 95 era desconhecido por Victoria. Estivesse à mão, seria o meio de congelar aquele fragmento de segundo, justo quando irrompiam as figuras das sombras, mas antes que elas usurpassem dela o arabesque, desequilibrado porém exultante, o sorriso invencível e os olhos abertos muito além das paredes do refúgio, mergulhada no brilho azulado e diáfano da comemoração de ano-novo que explodia na tela do aparelho.

Fora do enquadramento, permaneceria em sigilo o que Victoria escreveu no marco da porta do dormitório de criança, em mais de um traçado profundo da esferográfica encontrada no quarto-escritório: além das iniciais "C.A.M." de Cacho, as letras "P-M-A: LMTQ", que, para ela, significavam "papá — mamá — Argentina: lo mismo te quiero. V.D. 1977".

CAPÍTULO 15
Palco aberto

23 de abril de 1977

Os panos centrais correram desde lados opostos e seu encontro abafou a aclamação da plateia na sala María Guerrero do Teatro Nacional Cervantes. Graciela tocou o rosto brilhante de suor, cercada dos colegas de elenco, trocando louvores e alívio no palco agora fechado, trazendo ao peito o buquê pesado de rosas de hastes longas. Beijou Gastón Molina, o diretor Lacorte e Teodoro, com quem deixou as flores; atirou-se nos braços do marido Rafael. Largou-o devagar. Restava uma figura para trás na coxia, a de Milena Martelli, com expressão neutra, sustentando a braçada dos manuscritos de Victoria Dante, dividida, em parte, com Rafael.

— Tenho este problema. Sempre tive. Direita, esquerda — Graciela disse a Milena, erguendo uma e outra mão. — Eu acho que, quando Dante abriu o envelope dele e viu a foto dos cavalos com a dedicatória para Vicky, deu-se conta de tudo, do que devia ter chegado a ela no colégio em lugar dos cavalos. Ao menos foi o que me ocorreu, no palco, em Santa Fé. Bem na hora das mãos, estas mãos, esta mancha...

Milena a estranhava. Os outros, quietos em um semicírculo, também pasmavam-se.

— Não vou dizer as falas — acalmou-os. Continuou para Milena: — Eu sei, é demais... É pedir demais que acreditem em um artifício tão prosaico, que bebi e me enganei nos envelopes, enderecei a foto de Vicky para Dante e... vice-versa. As fronteiras da mentira só eu conheço, e assim será sempre. Triste isso, no? A imensidão que uma pessoa guarda consigo. E que se perde ao pó junto com ela.

Graciela não obtinha reação de Milena, exceto por um agravamento em seu olhar, uma urgência muda nos papéis. A atriz tomou inteira a taça que Teodoro ofereceu, devolveu-a, pegou com Milena metade dos textos e, o tempo todo encarando-a em uma resolução exclusiva às duas e com os pés descalços pisando cerimoniosos o cenário liso e frio, iniciou o caminho ao proscênio.

— Por favor, não venham — sinalizou a Gastón, Lacorte e outros que, sem entender, tencionaram acompanhá-la. Os dedos e o queixo tiritavam. — Fiquem. Preservem-se.

A Rafael, o mais perseverante, moveu a boca sem pronunciar as palavras: "o russo Ivanovitch". Ele interrompeu o passo. Graciela sentia o coração e o sangue pulsando muito mais bestiais do que antes de entrar em cena. Insinuou-se entre as cortinas e deparou-se novamente com os refletores na ribalta e o abismo da plateia.

A SURPRESA DO RESSURGIMENTO da atriz principal reivindicou exclamações admiradas, a volta de quem saía e uma nova salva de aplausos. Graciela sorriu. Passeou os olhos em toda a extensão da sala à italiana, a caixa de camadas vermelhas e iluminadas de assentos de plateia, balcões, tertúlia, até o paraíso com os afrescos no teto, e localizou o camarote lateral onde estavam Don Pablo, com seu andador, Ríos da Rosa e Belén, Mariana, de batom cereja e marido novo, bastante jovem, e Florencia, que se debruçava à madeira entalhada do parapeito e abanava o leque de plumas herdado de Rebecca Liberman. Graciela se demorou em Ríos e ele correspondeu. Ela limpou a garganta. As palmas acabaram em expectativa.

— Não tenho mais nada para vocês — disse. Houve algum riso. — Os esquetes da ambulância e das linhas cruzadas já conhecem bem. Se tivesse a decência de Casacuberta, cairia dura aqui mesmo, mas nunca foi do meu feitio sair com dignidade.

Graciela agachou-se e distribuiu os manuscritos à primeira fila. Incentivou que fossem passados adiante.

— Aos amigos da imprensa... — Ela alcançou um e apontou, sorrindo. — O senhor aí, que odeia tudo o que eu faço.

Ainda colhendo as graças do desempenho, ela obteve mais risadas. O próprio jornalista curvou-se brevemente. Outros começavam a ler o texto. Graciela imiscuiu-se na abertura do pano central, para dentro, e pediu o restante dos manuscritos a Milena e Rafael; retornou para fora e entregou-os à audiência, já com certo burburinho. Guardou alguns junto a si, as bordas das folhas úmidas do contato com a pele.

— Nós da comédia criamos personagens, nos matamos por originalidade, nos estrebuchamos por um milímetro de ritmo, nos entregamos ao ridículo por uma gargalhada, passamos décadas na corda bamba, e só quando cometemos homicídio somos atrizes de verdade. — Simulou fumar um cachimbo e arremedou: — "Ah, uma assassina. Finalmente uma pessoa complexa e interessante".

Riram de novo. Ela levantou os olhos a um ponto do paraíso e abaixou-os ao público.

— Só estou nesta peça e nesta carreira graças aos trabalhadores de cinema e teatro que me suportam. A meu marido Rafael. A gente que me deu teto e comida quando eu não tinha e amizade quando não mereci. — Buscou Ríos e Don Pablo. Tornou à plateia. — Vocês sabem que faço questão de despistar acerca do passado. E não me arrependo de nada, nada que tenha dito, porque sempre achei ser meu direito de sobrevivência contar a história que quiser, e quem escute que faça seu proveito e seu juízo. Aliás direito de todas nós, que vamos ter nossas histórias contadas e distorcidas de qualquer forma. Claro, isso dá azo a tanta invenção... Que comecei me prostituindo, por exemplo, o que por supuesto é uma calúnia. Eu tentei cobrar, mas ninguém pagou.

Os risos vieram desconfortáveis. Várias pessoas liam seus manuscritos com ar de choque ou intriga.

— Fui ensinada por Nelly Lynch. Lembram-se dela? Se não lembram, foi porque se exilou por ter denunciado um homem, protegido de outro nome do mundo artístico que, vejam a ironia, agora, e a mando de outros homens, é esse que se evita dizer neste país. — Ela enfatizou "evita". Levou o indicador aos lábios. — Silêncio, silêncio... Bem, Nelly Lynch, e com ela Nora Montclair, ficou em uma curva da estrada na costa do Pacífico no ano passado. Disse a ela várias vezes que lhe devia tudo, mas ainda faltou repetir, para que não esquecesse.

Espoucaram alguns aplausos à lembrança de Nelly. O desassossego aumentava. Graciela tirou da face o cabelo desgrenhado.

— O que tive de mais firme na vida foi esse desejo de não querer ser esquecida, não querer desaparecer como se nunca houvesse existido. Me parece uma sina horrenda um ser humano sumir simplesmente. Da arte. Da memória. Rumo a um carro sem placas, um porão de tortura, uma tumba sem nome, ao capricho de quem condena sem processo em seus salões estofados, com seus investimentos em dólar. — As palavras causavam tumulto. Houve apoio ruidoso e também vaias. — Sim, há muitos já, há ausências demais clamando pelos cantos. Eu sei de uma. A repórter que me entrevistou na quarta-feira e... a quem muita coisa ficou por falar. Que sua mãe não era uma desvairada e que seu pai era um bom pai. Que os grandes gestos, como este meu deve parecer a vocês, são vazios. Que os gestos que importam, que desafiam e salvam, são os de gente como ela e de gente tida por inferior, muito longe das luzes e de egos como o de Graciela Jarcón. Veja, até falo de mim na terceira pessoa. Victoria chamaria isto de oportunismo. Porque é sábia, desde pequena. Não acreditou na farsa das apostas nos cavalos.

A confusa agitação engrandecia. O pessoal do teatro desesperava-se.

— Victoria Dante é seu nome. — Notou que não a escutavam e imaginou que haviam desligado os microfones de palco. — Victoria Dante — gritou. — Seu nome é Victoria Dante. Não se esqueçam, pois haverá acerto de contas depois que tudo isso passar.

A sala tornava-se uma caldeira em dourado e rubro. A cortina de emergência baixava. Graciela impôs a voz quase a se esgoelar.

— Victoria me perguntou do famoso conto de Juan Carlos Onetti, das fotografias pornográficas e da revanche sanguinária. Os mistérios de que tanto especulam. As respostas estão aí, no seu testemunho. A verdade, em primeira mão. — Lançou outro manuscrito ao meio da sala. — Leiam à vontade. E o repassem, publiquem, não deixem que se apague.

A voz gastava e aniquilava-se em um sopro arranhado. Alastrou-se uma borrasca de aplausos aos quais não faltava oposição, uma revoada de estardalhaço contraditório, o levante irrevogável da audiência. Graciela repetiu o nome de Victoria e atirou o mais alto possível o último texto antes do fechar da cortina emergencial. Ela passou um dedo por dentro da linha do decote, o tecido pegajoso. Examinou nas mãos os resíduos de sangue postiço e maquiagem derretida sob as unhas e nos sulcos da pele, como fuligem grudada ao corpo.

Quando ergueu de novo o olhar, os panos estavam abertos, a sala completamente deserta e o pandemônio dissipado. Graciela restava sozinha no palco, todo o ambiente enegrecido e pacato salvo pela única luz que ela solicitava que deixassem sempre acesa, sobre assentos centrais vazios no paraíso. O que ela punha sob a luz era secreto e inacessível, como muita coisa a seu respeito, mas é de se pensar em uma garotinha de camisola branca e olhar arguto, ou em uma estrela de idas eras de ouro, de chapéu e bengala, pronta para seu grande número de canto e dança.

— Aí está — ela murmurou naquela direção.

Graciela Jarcón destinou ao paraíso a pose de bailarina, as pernas muito retas, um pé cruzado diante do outro, os braços como asas de cisne para trás e o corpo todo dobrado à frente, submerso em um agradecimento solitário, tão final e tão efêmero como toda pretensão humana.

23 de abril de 1977

Milena estava em casa, na madrugada da noite de estreia de *Macbeth* no Cervantes, sentada à cabeceira da mesa de mogno, e o marido Jorge no extremo oposto, sob uma luz filtrada pelo globo fosco do lustre. Ele tinha as mãos entrelaçadas e o rosto carregado, mas falava em um deslizar manso sobre um fio de lâmina.

— A senhora não pode achar que vai dormir antes de me explicar o que houve.

Ela amassou o embrulho do chocolate e lambeu as pontas dos dedos. Riu da visão alcoolizada, dançante, que tinha da carranca do marido.

— Lembra nossa noite de núpcias, Jorge? Eu disse que estava doendo e pedi que parasse. Você continuou. Mesmo ouvindo meu choro, repetia que, quanto mais rápido e mais fundo enfiasse, menos eu sofreria. No outro dia veio com café na cama e flores. Dizem que a gente casa com o pai, e eu vou e caso com minha mãe. — Pegou outro bombom da caixa que ficava na gaveta de Victoria no jornal. — Eu estava na casa de Graciela Jarcón. Comemos pizza no chão da sala e bebemos até falar outra língua. O marido dela faz um sapateado que você não imagina.

— Que bonito, María Elena. E eu aqui, colocando sua filha para dormir.

— Victoria é uma piba de mierda, Jorge. A ingenuidade desta piba. — Milena tirou da bolsa o original de Victoria, amassado. — Colocar os nomes no horóscopo do El Nacional usando um código desses... Mas depois entendi. — Ela mastigou. — Não importa se descobrirem, pois ela não está entregando nenhum nome que eles já não tivessem. Foi o que ela queria fazer: publicar no El Nacional os nomes de desaparecidos. Bem, três desaparecidos e uma quinta-coluna. Foi o que Vicky deixou na fotografia, que a tal Beatriz Acosta era a delatora, e pode muito bem ter sido. — Riu com os dentes cobertos de doce. — Piba de mierda. Chegou a desconfiar de mim, uma única vez, e nunca mais... E não vou saber, neste terreno minado jamais se saberá. Pode ter sido Beatriz, posso ter sido eu, ou até mais alguém. No fim das contas, trabalhando a um metro e meio da outra, mal nos conhecíamos. E esta menina, esta ingenuidade personificada, ainda coloca no final da previsão para Touro, escute só, eu decorei: "Faça por si e pelos seus, pelos que estão e os que se foram, para que tão cedo não esqueçam. Esta vitória será sempre sua". Para mim, Jorge. Dedicou justo para mim.

Milena seguiu rindo, sem som, mas com tanta força que escorreram lágrimas, até que a graça dizimou-se e só ficaram as lágrimas no rosto corado. Jorge rosnou:

— Você está incompreensível e completamente bêbada.

— E ainda escolhi o título — ela acrescentou, pouco se lhe dando a intervenção do marido. Mostrou a primeira página. — Está vendo? Tudo o que ela riscou? É péssima com títulos, rejeitou todos. Mas escolhi este: *O mesmo te quero*. É de um soneto que...

— O que é isso, María Elena? Me cago dessa sua coleguinha do jornal e seus diários sentimentais! O que você tem na cabeça de trazer para dentro da minha casa essas porcarias de subversivos?

— Eu sei, mas espere. Ainda não me chame de louca. Ouça o resto. Amanhã vou ser demitida. Se não por conta do que aconteceu hoje na estreia no Cervantes, por ter permitido que outra jornalista se passasse por mim em uma entrevista, e certamente quando lerem o memorando que deixei nas mesas explicando o código. Pus assim nos números da sorte do horóscopo que sai amanhã: "Victoria Dante desapareceu pela ditadura e por este jornal de covardes lameculos".

Jorge levantou-se de um salto, mas abaixou a voz furiosa.

— Sua energúmena inconsequente.

— E sabe do que mais? — Milena perguntou, escolhendo outro chocolate. — Engordei dois quilos. Agora devem ser quase trinta a perder.

— Você faz ideia do que pode acontecer, estúpida? Demente, alienada dos dez mil caralhos!

— Um pouco alienada, sim. Mas sei de algumas coisas. Soube levar minhas desconfianças a você, que levou o recado aos seus amigos do ministério, e algum deles entregou o serviço a quem interessava. São muitas canaletas de informações, não é mesmo? Quem é que trabalhava de dentro do jornal?

— Eu não sei e nem quero saber! Nem sei do que você está falando. Veio com boatos de uma lunática no El Nacional e eu passei adiante como qualquer um faria, qualquer pessoa racional com um mínimo de senso de responsabilidade faria, entendeu bem? Depois já está, pronto, não tenho nada mais que ver com o assunto. E agora era só o que faltava você me vir com ares de virtude, embriagada feito uma puta de esquina!

— Vendi Vicky por meia hora de conversa e um pouco de carinho com você. Depois me remoía, mas como avisá-la de uma coisa dessas? E você me convenceu de que seria um corretivo, no más. Que o que esses garotos precisam é de um susto que corrija a rota, cure os idealismos e os devolva à segurança. Umas ligações e cartas anônimas, uma mesa revirada, e largam tudo correndo. Você está fazendo um favor, é para o bem dela, foi o que você prometeu, Jorge. E eu, que fui atrás. Você tem razão. Que imbecil eu sou. Que perfeita pelotuda.

— La puta que te parió. Cretina histérica do inferno. Você tem uma filha, María Elena!

Milena ocultou o rosto nas mãos. Jorge berrava. Sua voz começava a projetar-se longe no túnel.

— Se você continuar — disse ela —, não vou precisar contar a Lili do pai que tem, porque ela mesma vai acordar e saber. — Tirou os dedos de cima dos olhos, apoiou-se nos cotovelos e encarou-o. — E vai saber de mim também. — Balançou a cabeça à insistência dele. — Não tenho mais medo, Jorge, de uma hora para outra não tenho medo de mais nada.

Milena deitou-se no sofá naquela noite. Adormeceu já de manhãzinha. Passou muito tempo olhando o teto, no escuro, com o original de Victoria e a Parker Vacumatic seguros ao peito, planejando o que levar ao apartamento do Kavanagh no dia seguinte, como fazer mais cópias do manuscrito e a quem endereçá-las. Pensou em histórias e histórias para contar a Lili, e em levá-la ao Rufino a fim de conhecer uma heroína de verdade em Mercedes. Mas, por ora, a filha dormia, já que por um milagre não despertara com a discussão, e era bom que dormisse, era bom e merecido que uma criança sonhasse por todo o tempo que fosse possível.

DALI A UMA SEMANA, Milena encontrou Emilia, a colunista social, no Tortoni. O convite partira de Emilia; dissera que tinha uma entrega a fazer. E ela de fato trazia entre os dedos curtos um pacote quadrado, que depositou sobre uma cadeira vaga enquanto cumprimentou o garçom pelo nome e fez o pedido sem necessitar do cardápio. Até serem servidas, Milena e Emilia mantiveram um silêncio rodeado da suave cantata de vozes e talheres que as alcançava, sentadas ao fundo da galeria de mesas, colunas altas de madeira e paredes forradas de emoldurações.

— Bem — Emilia disse, adoçando o café. — A Jarcón se foi do país, não?

Milena confirmou. Não removera os óculos escuros desde a rua.

— Uma temeridade o que fez a todos da peça... E tudo por um tal manuscrito que ninguém publicou.

— Olhe, Emilia...

— Deixe uma velha terminar — a colunista pediu. Projetou-se à frente. — Valeu a pena — falou, gaiata.

Milena tranquilizou-se provisoriamente. Punha e tirava os cotovelos da mesa, sem saber o que fazer consigo, sem conseguir pôr-se à vontade.

— E nada de Victoria?

— Ligo para a vizinha todos os dias — Milena respondeu, em negativa. — A família em Rosario também não sabe, mas pouco a viam. Passei a semana em delegacias e... em necrotérios — forçou.

Emilia suspirou e tomou o café. Milena mal sorvera do seu.

— Assinei a entrega, na falta da recepcionista — Emilia explicou, e trouxe o embrulho para diante de Milena.

— Ela saiu em férias?

— Vou resumir dia a dia. No fim de semana passado, ela rompeu com o bilheteria de cinema. Na segunda-feira, o pibe a rondou o dia todo e a seguiu até em casa. Na terça-feira, apareceu borracho e fez uma cena na redação, gritando que a moça era uma cadela. Foi levado à força. Na quarta-feira, nada. Na quinta-feira veio o bilheteria, todo barbeado e humilde, e leu a todos um poema de desculpas. Ontem ele trabalhou como se nada houvesse acontecido, e ela se demitiu. — Emilia pôs os óculos. — O poema era uma mistura de versos de Carolina Coronado e Rosalía de Castro, mas ele apresentou como seu. Hoje passou o dia falando que tudo era material valioso para seu livro, cujo protagonista, pasme, é ele mesmo. — Olhou as letras no pacote. — O que encomendou da Harrod's?

— Nada — Milena afirmou, igualmente curiosa.

Milena abriu a embalagem e a caixa. Logo por cima estava a nota, segundo a qual a encomenda havia sido feita por Victoria Dante, em fins de fevereiro.

— Por que Victoria não enviou ao seu endereço?

— Não devia ter o número do apartamento no Kavanagh... E, na minha casa, há o meu marido. — Retificou: — Bem, ex-marido.

Dentro da caixa, dois bonecos estavam meticulosamente acomodados, e ela puxou o primeiro pelo corpo, deixando pendentes os fios de comando. Era um cavalo baixo e robusto, de pelo castanho e cabeça grande. Ela passou-o a Emilia, ambas encantadas do realismo da sela, das patas articuladas, da textura da crina e dos olhos de contas de vidro. O segundo títere Milena resgatou devagar do pacote, pela cruzeta de comando, e a figura desenrolou-se e endireitou-se como se saltasse à vida. Emilia embeveceu-se:

— O que é isso?

Milena fez a boneca dar uma volta, em todo o glorioso detalhe: o adereço de pedras coloridas e franjas, que sustentava as duas grandes tranças saindo em arco das laterais da cabeça; o traje flamante até os pés, com os ombros e o colarinho nas alturas; as mangas que, ao comprido, tocavam os joelhos; o torso em camadas e camadas de estampas e bordados; e a capa de realeza saindo do pescoço. O rosto era cheio e digno, e os sapatos tinham pontas viradas para cima.

— A princesa da Mongólia.

Milena manipulou delicadamente as figuras. A princesa encaixou-se na montaria e cavalgou, em uma ondulação gentil e nobre, a largura da mesa do Tortoni, como se atravessasse um continente. Até rédeas havia. Milena guardou os bonecos e fechou a caixa. Segurou a xícara — as mãos fraquejavam e precisou ampará-la em ambas — e bebeu o café no intuito de desembaraçar a voz presa na garganta. Emilia respeitou, emudecida.

— Cochilamos tempo demais, gorda — a colunista sugeriu.

— Fiz mais do que cochilar.

— Fique. Mando vir minha garrafa de Fernet Branca.

A uma olhadela no relógio de pulso, Milena agradeceu, levantou-se e beijou-a.

— Telefono quando puder, Emilia.

Despediu-se a olhares contínuos para trás, até que perdeu Emilia de vista no Tortoni. Saiu algo encolhida, tentando não chamar atenção, e ganhou a Avenida de Mayo. Fazia calor, e Milena não sabia o que fazer ou esperar na Casa de Governo, mas sabia que Robert Cox, do Buenos Aires Herald, levaria a uma audiência uma lista de nomes que incluía os de Ernesto Ginsburg Sader, Carlos Alberto Moreno e Victoria Dante Godoy.

Não se esquivou do edifício do El Nacional, umas quadras adiante. Apenas viu a janela que era sua e de Victoria, e lhe pareceu irreconhecível, como tudo de antes, como o seu vulto refletido nos vidros da fachada, tanto que parou para ter certeza de igualar-se à própria imagem. Sem palavras e sem mais refletir, tirou do bolso a Parker e a fotografia dos amigos encontrada com o manuscrito, que pressionava contra o corpo, sob a caixa das marionetes, e empunhou-as alto, ostensivamente, ao prédio todo, à entrada e às janelas. A quem ali estivesse ou transitasse, apontava-a no retrato e repetia o nome de Victoria Dante.

A SEGUIR, no início da travessia da praça, cuja população no sábado resumia-se aos pombos, Milena notou um grupo um tanto furtivo perto da catedral, de mulheres ora mancomunadas, ora atentando à volta. Desviou para lá e acercou-se com prudência. Elas se voltaram quando ela pediu licença e se entreolharam com intensidade de vísceras em comum.

— As senhoras estão aqui por que motivo?

Àquela primeira reunião de mães de desaparecidos políticos, na Plaza de Mayo, acudiram quatorze mulheres. Dessas presenças, treze são conhecidas nos registros do movimento. A décima quarta é de uma jovem que nunca quis dar seu nome.

CAPÍTULO 16
Estreia

26 de julho de 1949

Ana María de la Gracia Cesarini chegou à capital nos chacoalhos de uma viagem só de ida. Usava sobre os trajes da província os ornamentos que conseguira: a bolsa de melindrosa, de malha metalizada com canutilhos azuis, e o broche com pedras negras e pétalas desencontradas. Desceu os degraus do vagão e pisou feliz a plataforma, atordoada da aglomeração, da fileira de balcões de serviços e comércio, da amostra da turbulência que experimentava já na estação de Retiro. Andou espremida entre as pessoas, orbitada a todo instante por uma em particular, da qual Ana María não se livrara desde que cometera o erro de escolher, entre os assentos vagos, o vizinho ao dela quando embarcou.

— O que me diz? — a garota teimava, cada braço franzino agarrado a uma maleta de mão.

Ana María girou para admirar a galeria espaçosa e alta, os azulejos verdes nos guichês de bilhetes, o vidro e o ferro no teto, as abóbadas e as colunas. Clara, a moça obstinada do trem, imitou-a. Ana María não queria rechaçá-la; a proposta tentava-a. Clara certamente também fugia da poeira de algum povoado de onde se emigra para não voltar, e fizera o melhor com a aparência, o cabelo em rolos artificiais sob um chapéu com penacho rosa e véu trançado, um brilho nos sapatos pardos. Caminharam juntas. Ana María propôs:

— Venha comigo achar uma condução e falamos mais.
— Para onde?
— Ver Evita — Ana María sorriu.

Clara disse querer procurar peças em cartaz com Lola Membrives, Margarita Xirgu ou Milagros de la Vega. O impasse resolveu-se quando o homem que as informou de linhas de bondes e ônibus avisou que Eva Perón estava na abertura da assembleia de fundação do Partido Feminino, no Cervantes. Ao ouvir que era um teatro, Clara entusiasmou-se.

— Que beleza — o homem comentou às duas. — São da juventude peronista?

— Sim — Ana María respondeu.

— Não — Clara disse ao mesmo tempo. — Vou me filiar hoje — consertou, coçando o nariz.

À saída, Ana María foi tomada de assalto pela cidade e por seu fervilhar, suas dimensões, seus cheiros de perfume e lixo, concreto e gente, café e combustível. Enxergou, na praça do outro lado da avenida, uma torre de tijolos à vista com relógio, e mais ao longe o topo de um edifício de linhas retas e brancas disparando ao céu de inverno. Encheu-se da escala de tudo e da sensação de que seu destino se descortinava. Clara também parecia impactada, mas não desistia de negociar:

— Nós duas saímos ganhando.

— Mas não sei se quero me chamar Clara — Ana María reclamou.

Clara descreveu um movimento de libélula entre o discorde de percursos dos passantes ao redor da estação: abriu os braços e, pela facilidade em erguer as maletas, Ana María deduziu que pouco continham.

— Você pode usar qualquer nome — Clara anunciou, sorrindo aberto, sobrepondo a voz ao ronco da metrópole. — É Buenos Aires. Todo mundo é um personagem.

Ana María plantou-se, com Clara, em frente ao Teatro Nacional Cervantes, onde um grupo crescente acotovelava-se na esperança de vislumbrar a primeira-dama. Ana María buscava resguardar uma vista decente da entrada principal, e Clara perdia-se, boquiaberta, no teatro em si, dominando em múltiplos andares a esquina de Libertad e Córdoba, com as esculturas insculpidas na fronte, os arcos, os pináculos e as balaustradas lembrando um castelo. Ana María descansou a mala no chão e perguntou:

— Afinal, por que tanto quer se desfazer do nome?

— Sejamos sinceras — Clara disse, ainda fixa no teatro. — Você não faz questão do seu. Largou um fim de mundo para se casar, certo? Trocamos as certidões, cada uma manda fazer a libreta como se tivesse perdido, e você ainda fica um ano mais velha e casa sem autorização de ninguém.

O passar do tempo acirrava as disposições e o gotejo de rumores — está vindo, terminaram os discursos, sairá logo, não vai demorar. A multidão estreitava-se, gerava um calor extemporâneo, e Ana María abriu o casaco. Quis saber se Clara não faria o mesmo com o seu, e ela negou e fechou o botão mais alto. Ana María desconfiou, da barra de florzinhas azuis aparecendo, que ela usava por baixo um vestido de casa, e notou a curiosidade de Clara pelo seu broche de pétalas, agora à mostra. Em compensação, Ana María almejava o chapéu com penacho cor de rosa e os brincos ovais combinando; achava que davam ares de dama da sociedade, enquanto os seus acessórios, inclusive a bolsa de melindrosa fora de moda, pareciam tolos e espalhafatosos, de artista decadente. Mostrou o broche e a bolsa.

— Estes dois pelo chapéu e os brincos.

Clara entortou um sorriso de mercante:

— As certidões junto.

— Se incluir o anel, negócio fechado.

Apertaram-se as mãos e fizeram as permutas. O último item foram as certidões de nascimento, cada papel dobrado mudando de dona em um gesto brevíssimo, mas de alguma cerimônia no modo como se olharam depois, ambas contentes. Clara tomou as maletas e abriu espaço. Ana María achou que ela ia embora fácil e rápido demais, batendo em retirada da certeza de que nunca mais se veriam.

— Não vai esperar?

— Me importa um carajo Evita — Clara segredou e, mesmo assim, alguém ouviu e olhou feio. — Vou à Corrientes.

— Bem, boa sorte — Ana María desejou.

— Mierda — sorriu Clara, para maior ultraje à volta. — No teatro dizem assim.

Ana María amargou injustificadamente o afastamento de uma estranha. Havia começado a sentir afinidade pela sua conversa, gostar até do seu nariz e dos rolos altos no cabelo de um castanho qualquer, fadado a ser tingido. Foi Clara quem, já extraviada do ajuntamento, chamou:

— Olhe, talvez saia desta porta lateral.

Tinha razão. Um automóvel portentoso, seguido em comboio por outro, parou diante daquela entrada. A movimentação provocou um estampido e, como resultado, Clara foi empurrada para ainda mais perto do local que apontara; Ana María acompanhou o quanto pôde, mas, com o peso extra da mala, ficou atrás. Algumas delegadas da assembleia deixavam o teatro pelo outro lado. Uma delas correu ao grupo e fez o relato que chegou aos ouvidos de Ana María:

— De arrepiar. De arrepiar — repetia. Comoveu-se, com um lenço ao rosto: — Precisavam ver o teatro vindo abaixo em palmas. Disse... Disse que, assim como só os humildes salvam os humildes, unicamente as mulheres serão a salvação das mulheres.

Ana María equilibrou-se nas pontas dos pés, e o furor ebuliu e precipitou-se à abertura das portas e ao surgimento de Eva Perón em carne e osso.

Eram metros entre o prédio do teatro e o veículo. Evita saiu à calçada entre flancos de assessores, pequenina e resplandecente, de tailleur com ombreiras e botões duplos, coque sóbrio e boca pintada. O clamor ensurdecia: o povo, e nele Ana María, disputava aos berros um naco de reconhecimento durante o exíguo trajeto. Eva não fazia mais do que dar acenos magros e errantes, e parecia que entraria no carro e sumiria tão incrivelmente quanto havia despontado, não fosse o casual instante em que os gritos se reduziram e um urro longo, superior a todos os demais, logrou a façanha de apanhar sua atenção.

— Evita!

Ana María encontrou surpresa a origem daquela voz. Clara ofegava, como se o grito roubasse todas as suas forças, e sustentou, nos olhos abalados, os de Eva Perón, francos e com a centelha de picardia que sempre desarmava, direcionando todo o seu esplendor, por um vintém no espaço e no tempo, ao risco de gente com o broche e a bolsa recém adquiridos decorando a ambição de arrabalde. Eva estendeu a Clara o sorriso cuja suave dentuça acentuava-lhe a juventude e o carisma. Acenou só para ela e, encerrando o instante de fábula, subiu no automóvel, fechou-se e partiu.

No dispersar da multidão e das delegadas da assembleia, Ana María não procurou Clara. Ali os caminhos bifurcavam. Somente assistiu ao seu andar, por vezes virando-se na direção do ocorrido, talvez persuadindo a si mesma de que fora realidade. Ana María lembrou-se de abrir sua nova certidão de nascimento e não a impressionou e nem importunou o fato de que Clara sequer era exatamente o nome de batismo da companheira de viagem, que agora se tornava seu. Provavelmente o nome era nada, saído de uma gaveta em um desses lugares onde se depositam pessoas ao esquecimento, e portanto a troca era igual.

Quando se misturou às outras nômades com maletas e sem passado e se perdeu na avenida e nas luzes de Buenos Aires, Clara, agora Ana María, ainda tinha à face lágrimas escorridas do olhar ébrio de combustão.

Três anos mais tarde, na noite que levara Eva Duarte às terras míticas de quem morre jovem, Graciela tinha em mente aquele episódio, de quando se livrara da certidão de nascimento e substituíra o nome Clara por Ana María de la Gracia Cesarini. Recordava como não enxugara as lágrimas e até as provara, e não somente porque as duas maletas e a bolsa de melindrosa a ocupavam, mas para reter todos os sentidos daqueles segundos invulgares e magníficos. Recordava a mirada de Eva Perón para si, o broche da sorte trocado e que agora estava ao piso do apartamento de Dante com o vestido, e a transitória, instável convicção de que pouco importava se as coisas se desnaturassem ou corrompessem e de que era de se desprezar seu posterior descenso, desde que proporcionassem uma única experiência delirante, emergindo descomunal do lodo da existência para ser lembrada no relâmpago que haveria de preceder o estertor e o blecaute.

Pensava, ao mesmo tempo, em Dante. Ele dormitava na cama, atrás dela, enquanto Graciela manuseava a Polaroid no banheiro, adivinhando e aprendendo como fazê-la funcionar. Espiou-se no visor, através do espelho ovalado, desarrumada e satisfeita, e ajustou a distância focal. Enxergou Dante no reflexo, já sob o claro do dia. Achou que, em parte, compreendia-o — sempre castigando com seus ataques e defesas e também desesperado por um resgate — e, no entanto, sabia que a compreensão, como o amor total, era impossível, mas bastava um momento para jogar-se, e agora ela queria toda a miséria. Para isso fomos feitos, ela concluiu, amor e ruína, e que soberba seria achar-se imune ao ato de ensandecida bravura que era apaixonar-se e, assim, obter o poder de, entre dois amantes, mudar o curso da história, ao escavar juntos a possibilidade de não temer absolutamente nada do futuro nem de antes, flutuar para longe da nossa natureza de algozes e condenados.

Dante abriu os olhos, apanhou-a antes de fazer a fotografia, e sorriu. Graciela sorriu de volta, tomada de algo que se revelava de golpe. Ali estava. Eram esses a armadilha e o ópio, a razão do salto à pira de sacrifício, o trompete de batalha e os sinos da vitória. Por isso vivemos e erramos nossos dias no mundo, roendo ossos como os primeiros humanos; por isso sonhamos e contamos nossos sonhos e os embelezamos com luzes até virarem mitos esculpidos em pedra; por isso as revoluções, o violino durante o naufrágio, o canto na cela da solitária, os filhos que não devíamos ter. É nessa esperança radioativa que nos moemos em fúteis lidas diárias, adoramos seres imaginários, nos arremessamos às tormentas e às neves e atravessamos os desertos e a barreira do som. Em tudo nos esticamos para alcançar um piscar de tamanha beleza que nos faça duvidar se a existência não é, ao fim de tudo, ficção, e deixar de arriscar seria tão eficaz quanto bramir contra o outono, conter o fôlego para evitar que fosse o último.

— Me diga seu nome — Dante pediu, meigo e dúplice.

Ela quis poder explicar que, se mentia, tão mais verdadeiro era o conteúdo, e tão mais perto estava de Dante em seus novelos de quimeras por meio dos quais ele controlava e aprisionava, e que sua resposta era estender-lhe a mão para uma aventura de salvação daquele mundo, uma revolta contra a sina, um pedaço de imortalidade. Não o fez. Lembrou-se de Nelly; de cada versão sua, Graciela Cáceres, Mariana Casanova, Anita Castro; e, em uma culminação fulminante, da primeira vista da certidão de nascimento recebida naquele dia em que Eva Perón surgiu do Cervantes, o papel dobrado de maneira a segmentar o novo nome. Deu-se conta de que o segmento formava um nome simples, porém grandioso, imperscrutável, um escândalo e um mistério ao mesmo tempo. Um nome para permanecer. Ergueu um nó de dedo e esfregou-o, involuntário, na ponta do nariz. Fitou-se no reflexo do espelho e, depois, direto à lente.

— Gracia César — disse, um sopro como os que apagavam os fósforos de ensaio, precisamente ao acionar a câmera e criar a si mesma no abismo instantâneo e infinito da fotografia.

EPÍLOGO

27 de maio de 1977

Juan Carlos Onetti escuta o rapaz com atenção disfarçada. Olha para algo meio à frente, meio abaixo, um ou outro movimento dos lábios ou do rosto ao absorver cada palavra.

— Onetti, o protagonista de seus contos, suas novelas, é indefectivelmente um homem. Um homem triste, apagado e de fatal destino. Mas as suas obras também estão infestadas de personagens femininas...

— Por que o termo "infestadas"? — Onetti interrompe, uma mirada satisfeita, o sorriso de xeque.

— Quero dizer, abundam as personagens femininas. — O apresentador concede um riso nervoso. — Personagens que, na realidade, poderiam muito bem ser protagonistas.

Onetti volta a escutar sério, de novo sem encarar o jovem, e parece antever pacientemente a pergunta.

— Eu inclusive recordo um conto esplêndido, pessoalmente acredito ser o melhor de seus contos, que se chama *O inferno tão temido*, em que a personagem central sem dúvida é uma mulher, mas está relegada a uma segunda posição. Parece que o personagem central e único é um homem.

O escritor murmura quase para si mesmo:

— Sim.

— Por que uma personagem feminina nunca foi protagonista de um de seus romances ou contos?

— Bem, essa crítica me foi feita muitas vezes — Onetti começa, com um vestígio de enfaro — por muita gente, e sobretudo por muitas mulheres. Aqui há algo daquela velha pieguice do mistério feminino. Mas o que me ocorreu... foi não compreender de todo a psicologia das reações femininas.

Onetti pende a cabeça para um lado. Seu olhar se distancia. Tem-se a impressão de que vai dar um suspiro, mas não o faz.

— De qualquer forma, nesse conto que acaba de mencionar, eu creio que a personagem seja ela. — Ele gesticula. — Está trabalhando à distância, não está em primeiro plano, não se vê seu rosto, ainda que o veja muitas vezes a pobre vítima.

— As fotografias que ela manda...

— As fotografias.

Onetti olha para baixo com certa fadiga, quase derrota. Torna ao seu discurso lento e empresta-lhe um tom derradeiro.

— Por isso creio que a personagem é ela.

Há um silêncio depois da frase, como houve antes, e, nas delongas, o vão de coisas perdidas e quiçá indizíveis, algo à espreita, oculto e inquietante, paira como um espectro.

NOTAS

• "Não me move, meu Deus / Para querer-te / O céu que me há um dia prometido / E nem me move o inferno tão temido / Para deixar por isso de ofender-te" e "Se o que ouso esperar não esperara / O mesmo que te quero te quisera" são versos do poema *A cristo crucificado*, do século 16 e de autoria desconhecida. A tradução aqui utilizada é de Manuel Bandeira, publicada na revista Suplemento Letras e Artes do jornal A manhã, ano 3, edição 111, de 9 de janeiro de 1949.
• "E bebi licores furiosos / para transmutar os rostos / em um anjo" são versos do poema *Festa*, de Alejandra Pizarnik, traduzido por Davis Diniz em *Os trabalhos e as noites* (Relicário, 2018).
• "Soy todo, pero nada es mío, / ni el dolor, ni la dicha, ni el espanto, / ni las palabras de mi canto" são versos de *Canto*, poema de Silvina Ocampo aqui traduzidos pela autora.
• "Nós dizíamos embriagadas / com a convicção de uma verdade / que havíamos de ser rainhas / e chegaríamos ao mar" são versos do poema *Todas íamos ser rainhas* de Gabriela Mistral em tradução de Henriqueta Lisboa. *Poemas escolhidos de Gabriela Mistral* (Delta, 1968).
• Versos do poema *Te estoy llamando*, de Idea Vilariño: "te estoy llamando / con la voz / con el cuerpo / con la vida / con todo lo que tengo / y que no tengo". Tradução livre da autora.
• Versos de *Un sol*, de Alfonsina Storni, aqui traduzidos pela autora: "Hielo y más hielo recogí en la vida: / Yo necesito un sol que me disuelva".

- "porque do grão delito de querer-te / só é pena bastante o confessá-lo" são versos de *Quando meu erro em teu opróbrio vejo*, de Sor Juana Inés de la Cruz, traduzidos por Anderson Braga Horta.
- Versos de *I — Ocaso*, Julia de Burgos, em tradução de Carla Diacov publicada no zine *mais pornô, por favor!*, n. 8: "Como sonho as horas azuis / que me esperam estirada ao teu lado, / sem mais luz do que a luz dos teus olhos, / sem mais leito do que o leito dos teus braços!"
- "Hoy vuelvo de países que están muertos, / después de un mar que no me dijo nada / porque el único viaje es el amor", versos de *El viaje*, de María Elena Walsh, aqui livremente traduzidos pela autora.
- "Quero tua angústia / quero tua dor, / toda a tua dor / e o corte da tua boca" são versos de *Grito número um*, de Virginia Brindis de Salas, traduzidos por Anelise Freitas, Ma Njanu e Marcela Batista.
- O trecho lido por Milena é do romance *Sab*, de Gertrudis Gomez de Avellaneda, em tradução livre da autora.
- As falas de Juan Carlos Onetti citadas no prólogo e no epílogo foram extraídas das entrevistas por ele concedidas à Televisión Española, respectivamente em 26 de setembro de 1976, no programa *A fondo*, e em 27 de maio de 1977, no programa *Encuentros con las letras*.
- As piadas sobre a guerra civil espanhola, feitas por Graciela no cine Monumental, são do monólogo *Es el enemigo?*, do humorista espanhol Miguel Gila (década de 1950), em tradução e adaptação livres.
- A música cantada por Nelly Lynch na apresentação improvisada diante do Obelisco consiste em tradução e adaptação livre da letra de *Se dice de mí*, milonga composta por Francisco Canaro e Ivo Pelay (1943) e tornada famosa na versão interpretada por Tita Merello (1955).

AGRADECIMENTOS

Entre escritas e reescritas, intervalos e retomadas, a criação deste romance perpassou dezesseis anos. Devo a obra a cada uma das pessoas que, das maneiras mais diversas, me acompanhou e auxiliou nessa trajetória pessoal e profissional, e aqui contemplo nomes de forma decididamente não exaustiva.

Muito obrigada a Charles Kiefer, que me deu esta história, e a Dorothea Muhr (Dolly Onetti), que a transformou.

A Charles Monteiro, Luiz Antonio de Assis Brasil, João Gilberto Noll (in memoriam), Leticia Wierzchowski, Natalia Borges Polesso, Ariane Severo, Andrea Barrios e Ricardo Py, que orientaram, leram e contribuíram de diversas maneiras, inclusive com seu carinho e incentivo.

Às primeiras valiosas leitoras e leitores, Leila, Cris, Dani, Carina, Rodrigo, Marco, Reginaldo, Pena e mais colegas da boa época da oficina literária.

A Virginia Friedman e Ana Inés Larre Borges, da Biblioteca Nacional do Uruguai, Zé Adão Barbosa e colegas da oficina da Casa de Teatro, Patricia, Lisiane e dona Roma Vaccari (in memoriam), professora Lucienne e turma de 2017 das artes cênicas da UNESP, e Ana Carolina Teixeira Pinto, pelo suporte à minha pesquisa, e aos doutores Fernando e Marco Aurélio e equipe do Hospital Mãe de Deus, por eu ter continuado.

À menina do restaurante Banchero, ao diretor do museu histórico do centro em Buenos Aires e à moça do hotel em

Montevidéu, cujos nomes não guardei, e a todo mi Buenos Aires querido.

A tão importantes mestres, colegas e amizades do caminho da escrita, tantas e tantos que, sendo impossível listar, agradeço nas pessoas de Suzana e Esther, primeiras responsáveis por me embrenhar nos caminhos literários, e Mariam, Kali, Samir, Julia, Andrezza e Maristela, grandes colegas na etapa final de gestação desta narrativa.

A amigas e amigos de hoje e de outros carnavais, a familiares, a chefias e colegas da Justiça do Trabalho, pela compreensão, estímulo e apoio constantes e, de novo sendo inviável relacionar todos os nomes, cito especialmente Aline, Ana Paula, Graziella, Letícia, Claudia e Michelle.

A Krause, *bravissimo*, Samla, Luísa, Evelyn, Davi, Gustavo, Rosp, grandes talentos e grandes pessoas, e toda a equipe da Dublinense.

A meus pais Egon Paulo e Maria Julieta, meu irmão Tomás, minha sobrinha Natália, meu parceiro Jonas, minha assistente dona Edithe, por tudo.

A muita gente preciosa na minha vida, para quem até pode faltar página mas nunca morada no lado esquerdo do peito, muito obrigada, agora e sempre.

Copyright © 2023 Renata Wolff

CONSELHO EDITORIAL
Eduardo Krause, Gustavo Faraon, Luísa Zardo,
Nicolle Garcia Ortiz, Rodrigo Rosp e Samla Borges
PREPARAÇÃO
Rodrigo Rosp e Samla Borges
REVISÃO
Evelyn Sartori e Lucas Barros Moura
CAPA E PROJETO GRÁFICO
Luísa Zardo
FOTO DA AUTORA
Davi Boaventura

**DADOS INTERNACIONAIS DE
CATALOGAÇÃO NA PUBLICAÇÃO (CIP)**

W855p Wolff, Renata.
O palco tão temido / Renata Wolff.
— Porto Alegre : Dublinense, 2023.
320 p. ; 19 cm.

ISBN: 978-65-5553-107-7

1. Literatura Brasileira. 2. Romances
Brasileiros. I. Título.

CDD 869.937 • CDU 869.0(81)-31

Catalogação na fonte:
Eunice Passos Flores Schwaste (CRB 10/2276)

Todos os direitos desta edição
reservados à Editora Dublinense Ltda.
Porto Alegre • RS
contato@dublinense.com.br

Descubra a sua próxima
leitura em nossa loja online

dublinense.COM.BR

Composto em TIEMPOS e impresso na BMF,
em PÓLEN NATURAL 70g/m² , em OUTUBRO de 2023.